EINLEITUNG

Man nehme einen attraktiven Quarterback, mische eine abenteuerlustige Prinzessin hinzu, dazu eine Prise flirrende erotische Spannung, und du erhältst die königliche Romanze deines Lebens.

Kyle Young—Star-Quarterback und Frauenheld – dachte, er wüsste, was er von seinem Leben wollte: Freiheit, Football und Fun. Dann trifft er Bella. Sie scheint die perfekte Frau zu sein: wunderhübsch, lustig und ein großer Footballfan. Doch was er nicht weiß: Bella ist außerdem Prinzessin Arabella von Salasia.

Arabella sehnt sich nach einem Abenteuer und Romantik, bevor sie sich ganz ihrem Land hingibt und einen Mann heiratet, den sie nicht liebt. Als sie Kyle kennenlernt, kann sie ihr Glück nicht fassen. Zwischen dem Footballspieler und der Prinzessin sprühen die Funken, und sie stürzen sich in eine Beziehung, die sich keiner von beiden hatte vorstellen können.

Bald jedoch sorgen das Pflichtgefühl und Selbstzweifel dafür, dass Kyle und Arabella getrennte Wege gehen. Könnte er der Prinz werden, den sie braucht? Und kann Arabella die Ablehnung ihrer Familie überwinden? Oder wird ihre Liebe sich um Mitternacht in einen Kürbis zurück verwandeln, und keiner von beiden lebt glücklich und zufrieden bis an sein Lebensende?

BLAUES BLUT UND TIEFE PASSÉ

Ein *Liebe am Spielfeldrand* Football-Roman, Buch 2

von
VIRNA DEPAUL

Blaues Blut und tiefe Passé
Copyright © 2017 by Virna DePaul

KAPITEL EINS

„Eure Hoheit, ist das wirklich nötig?"
Prinzessin Arabella von Salasia grinste ihren Bodyguard an, während sie ihm passend zu ihren eigenen rote Streifen ins Gesicht malte. „Das ist es, Royce. Du hast gesagt, du würdest mir dabei helfen, mich dem Publikum anzupassen, damit ich sicher bin. Also halt schon still." In voller Konzentration biss sie sich auf die Unterlippe. Wenn ihre Zeit in Amerika auskosten hieß, dass sie sich dafür eine Kriegsbemalung ins Gesicht pinseln musste, dann bitte.

Arabella und Royce waren noch nicht lange in New York City und würden gleich ein Spiel der New York Knights gegen die Savannah Bootleggers, Arabellas Lieblingsteam, besuchen. *Mein erstes Football-Spiel* dachte sie überglücklich, auch wenn Kyle Young heute Abend nicht spielte.

Kyle Young – der knallharte Quarterback.

Kyle Young – der teuflisch heiße.

Kyle Young – der so verdammt gut in diesen knackig-engen Hosen aussah.

Seit einigen Jahren schon war er ihr Lieblingsspieler. Sie verfolgte seine Karriere über die sozialen Netzwerke und jede erdenkliche Klatschseite genauestens. Nicht nur sah er umwerfend aus, er war außerdem auch noch ein talentierter, kluger Spieler, der seine Fähigkeiten im Laufe der Jahre immer weiter ausgebaut hatte. Doch, was sie nie jemand anderem gegenüber gestehen würde, sie stellte sich oft auch seine weiteren, verborgenen Talente vor. So etwas hätte natürlich niemals jemand von einer Prinzessin wissen dürfen.

Sie wünschte sich, sie könnte ihn heute spielen sehen, doch er hatte sich eine leichte Verletzung zugezogen und musste die nächsten beiden Spiele auf der Bank sitzen. Stattdessen hatten sie Brian Murphy, ihren Ersatz-Quarterback aufgestellt. Damit kam sie klar; den mochte sie auch. Nichts konnte die Vorfreude auf ihr erstes großes Abenteuer in Amerika ruinieren.

Arabella war vor vierundzwanzig Jahren in dem kleinen europäischen Fürstentum Salasia zur Welt gekommen und dort aufgewachsen und zwar mit dem sprichwörtlichen goldenen Löffel im Mund. Ihr Vater war gütig und tolerant, ihre Mutter jedoch war etwas strenger, wenn es um die Frage ging, wie eine Prinzessin sich zu benehmen hatte. Doch heute war Mutter schließlich nicht da, nicht wahr? Heute konnte Arabella tun und lassen, was sie wollte. Heute würde sie ihre Frau stehen in der Stadt, die niemals schläft, einer Stadt, von der sie immer geträumt hatte, so weit wie möglich entfernt von den wachsamen Augen ihrer Eltern.

Naja, ihre eigene Frau, solange ihr königlicher Wachhund – Schrägstrich – Bodyguard bei ihren Plänen mitmachte. Besser als nichts.

Arabella trat einen Schritt von Royce zurück und begutachtete ihre Arbeit. „Perfekt. Jetzt brauchst du nur noch einen Jumbofinger...“

„Bei allem Respekt, Eure Hoheit, das hört sich gar nicht–“

„Hier.“ Sie griff hinter sich nach einer riesigen roten Schaumstoffhand, wie sie bei so vielen American Footballspielen zum Einsatz kam, und schob sie ihm auf die Hand. „So, jetzt bist du die Nummer 1.“

Royce starrte sie mit einer Mischung aus Gleichgültigkeit und Verärgerung an. „Dürfte ich mich nochmals erkundigen, warum wir nicht bei Mr. York in dessen Privatloge sitzen werden? Dort wäre es für Sie eindeutig komfortabler, Eure Hoheit.“

„Ich möchte aber keinen Komfort, Royce. Ich möchte glücklich sein.“

Resigniert seufzte Royce.

Zufällig traf es sich, dass Jacques York, einem Freund der Familie und ebenfalls aus Salasia stammend, die New York Knights *gehörten*. Außerdem war er an einigen Wohltätigkeitsorganisationen der königlichen Familie von Salasia beteiligt, und das war der Grund, weswegen Arabella überhaupt in New York war. Die Tickets für das Spiel hatten sie von ihm bekommen, doch bei ihm in der

Loge zu sitzen hatte sie unter dem Vorwand abgelehnt, das Spiel hautnah erleben zu wollen – nicht wie eine Prinzessin, sondern wie eine normale Zuschauerin.

„Royce, schau doch mal, ich möchte einfach ein Footballspiel wie jeder andere auch erleben", meinte sie. „Zusammen mit dem Besitzer der New York Knights Martinis in einer klimatisierten Loge zu schlürfen, wäre da etwas kontraproduktiv, oder?"

Royce seufzte. „Da haben Sie wohl Recht, gnädige Frau."

Sie trat vor den Spiegel – einem von vielen in dieser großzügigen Hotelsuite – um zu überprüfen, dass ihre eigene Bemalung saß, und dass ihre langen, dunklen Haare zu einem ordentlichen Pferdeschwanz gebunden waren. Sonst trug sie immer einen Anzug zu öffentlichen Anlässen, doch heute waren es Jeans-Shorts und ein enges rotes Top, auf dem NEW YORK KNIGHTS, so sehr es sie auch schmerzte, über ihre Brust geschrieben stand.

Wenn Mutter mich jetzt so sehen könnte, dachte sie.

Nach ein paar weiteren, perfektionierenden Handgriffen hier und da fuhren sie in ihrer gemieteten Limo, komplett mit privatem Chauffeur, der allein auf ihre Bedürfnisse abgestellt war und ihr versicherte, er stehe ihr rund um die Uhr zur Verfügung, zum Knights' Stadion. Immer das Gleiche, immer und immer das Gleiche. Arabella ertappte sich dabei, wie sie sehnsüchtig aus den getönten Scheiben starrte. Ganz normale New Yorker bevölkerten die Bürgersteige, mit ihren Handys in der einen und einem Kaffeebecher in der anderen Hand. Was für ein Gefühl das wohl war, einfach aus einer New Yorker Wohnung, – nein, einem *Apartment* – zu kommen und einfach zu gehen, wohin man gerade wollte? *Ein Segen*, dachte sie. Ein wahrer Segen.

Ihr war klar, dass die meisten dachten, es müsste ein Segen sein, in Reichtum aufzuwachsen, die besten Schulen besuchen zu können und um die Welt zu reisen, doch wie sollte das gut sein, wenn man ständig überwacht wurde? Wenn man unentwegt darauf achten musste, was man sagte, was man tat, was man kaufte, und das rund um die Uhr? Wenn man nur geschäftlich verreiste oder aus Wohltätigkeitsgründen, wenn man immer von unzähligen Menschen umgeben war und sich nie gehen lassen konnte?

Die einfachen Menschen wussten gar nicht, wie gut sie es hatten.

„Das Knights Stadion", verkündete der Fahrer, während die Limo sich an einer sich windenden Autoschlange vorbeischob. Menschentrauben wanderten zum Stadion.

„Lassen Sie uns bitte am Privateingang raus", bat Royce den Fahrer und warf einen mulmigen Blick auf die Zuschauermassen, die ihrerseits versuchten, einen Blick in die Limousine hinein zu erhaschen.

„Nein, ich möchte hier aussteigen", sagte Arabella und hüpfte aufgeregt auf ihrem Sitz.

„Eure Hoheit, in diesen Menschenmassen ist es für Sie nicht sicher."

„Royce, du bist ein Spielverderber", sagte Arabella, legte die Hand an den Türgriff, und noch bevor Royce protestieren konnte, war sie schon in die kühle Septemberluft ausgestiegen. Die New Yorker starrten sie alle an und versuchten herauszubekommen, wer sie wohl war.

Royce krabbelte nach ihr aus der Limo. „Eure Hoheit, wenn Sie schon so leichtsinnig sind, dann sollten Sie wenigstens in meiner Nähe bleiben und auf mich hören. Ihre Mutter hat Ihnen nur unter der Bedingung gestattet, nach New York zu reisen, dass ich rund um die Uhr in Ihrer Nähe bleibe. Es gefällt ihr schon nicht, dass Sie überhaupt ein Footballspiel besuchen, ganz zu schweigen davon, dass Sie sich unter das gemeine Volk mischen."

„Ich weiß, ich weiß." Sie winkte seine Bedenken ab und führte ihn durch die vereinzelten Grüppchen in einen Bereich, der dichter gedrängt war und wo sich eifrige Besucher in der Nähe des Eingangs versammelt hatten. „Ich möchte aber dieses Ereignis wie jeder andere Footballfan erleben." Sie blieb abrupt stehen und wirbelte herum. „Und wenn irgendwer fragt, dann bist du mein Bruder. Versuch wenigstens heute mal so zu tun, als wärst du ein ganz normaler Mensch. Bitte, Royce. Für mich?" Sie zeigte ihm ihren besten Girlie-Schmollmund.

Über seinem sturen Gesicht zog er die Brauen zusammen. Royce sah für einen Mann mittleren Alters ziemlich gut aus. Würde er nur öfter lachen, dann hätte er vielleicht nicht solch tiefe Falten auf der Stirn gehabt.

Nachdem sie für beide Bier, Hot Dogs und Nachos gekauft hatten, fanden Royce und Arabella ihre Plätze auf der Tribüne. Arabella saß neben einem pickligen blonden

Teenager mit Zahnspange. Sie lächelte ihn an. „Hallo." Als sie ihm in die Augen schaute, wandte er schüchtern den Blick ab, woraufhin sie nur noch mehr lächelte. „Was ist denn so komisch?" Royce, der gerade den klebrigen Käse auf den Nachos begutachtete, sah auf. „Nichts Wichtiges." Sie knuffte ihn in die Seite, wie sie es bei ihrem älteren Bruder Louis gemacht hätte. „Nun mach dich mal ein wenig lockerer, Royce. Es wird schon alles gut werden. Vielleicht wird es dir heute Abend sogar ein wenig Spaß machen."

„Nein, gnädige Frau, Sie sind hier, um sich zu amüsieren. Ich arbeite."

„Wie du willst, Spaßbremse."

Plötzlich kam Leben ins Stadion, als die Knights aufs Spielfeld liefen. Arabella winkte mit ihrem roten Jumbofinger und tat so, als wäre sie ein Fan, obwohl die Bootleggers in ihrem Herzen saßen. Sie hatte sich vorgenommen, sich anzupassen, und sie würde sich anpassen. Und doch, als die Savannah Bootleggers dann das Spielfeld betraten, mit ihren leuchtenden Trikots, deren Blau so stark mit dem Rot und dem Grün auf dem Spielfeld kontrastierte, sprang sie auf und jubelte auch ihnen zu, was ihr ein paar irritierte Blicke von dem pickligen Jungen einbrachte.

„Man muss doch alle Spieler mögen, oder?", fragte sie den Jungen.

Wieder sah er in eine andere Richtung.

Ihre Augen tasteten den Spielfeldrand ab. Auch wenn er heute Abend nicht spielen würde, wäre Kyle Young sicherlich hier – in Fleisch und Blut – um sein Team anzufeuern, und sie konnte es kaum abwarten, ihn in echt zu sehen.

Als das Team sich mit seinen Kommandos auf das Spiel vorbereitete, nippte Arabella an ihrem Bier und ließ die gesamte Atmosphäre auf sich wirken. Das Bier schmeckte zwar wie fauliges Wasser – nicht, dass sie schon einmal fauliges Wasser getrunken hätte – doch nichts konnte ihr diesen Augenblick verderben. Die jubelnde Menge, der Hauch von Herbst, der in der Luft lag, die Spannung, die durch das Stadion schwirrte ... es war alles – wunderschön.

Sie schloss die Augen, um sich ganz auf die Geräusche und Gerüche zu konzentrieren.

Und als sie sie wieder öffnete, entdeckte sie ihn. Da unten, in Mannschaftstrikot und Jeans, winkte der Quarterback der Bootleggers, Kyle Young, der Menge vom Seitenrand aus zu. Wie die Trainer trug auch er Kopfhörer, um mit Murphy kommunizieren zu können.

Da ist er... Selbst von dieser Entfernung aus bewunderte sie seine Statur, seinen starken Körper, seine beeindruckende Präsenz... *Seufz.*

„Eure Hoheit, haben Sie gehört, was ich gesagt habe?"

„Bitte?" Arabella wandte sich Royce zu. „Entschuldige, das hatte ich gerade nicht auf dem Radar."

„Und das ist nicht das einzige, das Sie nicht auf dem Radar haben." Er deutete auf den Käse, der von den Nachos auf ihr Bein tropfte.

„Oh nein!" Schnell griff sie nach einer Serviette und

rieb an dem warmen Flecken auf ihrem Schenkel.

„Schreckliches Zeug", murmelte Royce.

„Eigentlich ist es nicht so schlimm, wie ich gedacht hatte." Sie biss in einen mit geschmolzenem Käse überzogenen Nacho. „Nun, Royce, warst du schon jemals bei einem Footballspiel?" Sie hatte selten Gelegenheit, mit ihrem Bodyguard zu sprechen, und jetzt, wo sie unter sich waren, würde sie versuchen, seine Einsilbigkeit zu durchbrechen. „Einem American Football Spiel?"

Er sah sie an, die rote Farbe in seinem Gesicht warf Falten auf der Stirn. „Nein, ich bin zum ersten Mal in Amerika, Eure Hoheit."

„Nenn mich doch bitte nicht so." Arabella ließ die Schultern hängen. „Nenn mich doch bitte Arabella, oder Schwesterchen–"

„Eure Hoheit–"

„Bitte", sagte sie nun fester, mit einem durchtriebenen Lächeln auf den Lippen. „Sonst verwandle ich mich nämlich in deinen schlimmsten Alptraum und schreie nach Aufmerksamkeit mit allem, was meine Lungen so hergeben. Möchtest du, dass ich hier einen Wutanfall bekomme, Royce?"

„Na schön." Er schien noch mit sich zu ringen, doch dann nickte er. Er presste ihren Namen hervor: „Ara ... bella", als verursachte ihm das Schmerzen.

Sie lachte herzhaft. „Na siehst du. Also, wie sieht es jetzt aus mit Sport? Hast du als Kind irgendwas gemacht? Fußball? Basketball? Cricket?"

Er dachte einen Moment nach, bevor er antwortete:

„Rugby, gnädige Frau, kurze Zeit, in der Schule."

„Ah ja, das sieht man." Royce hatte breite Schultern und eine breite Brust, die typische Statur eines Rugbyspielers. Sie wartete, dass er fortfuhr, doch wenn man versuchte, Royce zum Reden zu bringen, bekam man lange Zähne. „Und, hat es dir gefallen? Oder hast du es gehasst? Hast du gar nichts dabei empfunden?"

„Es war in Ordnung."

In Ordnung. Natürlich war es in Ordnung. Arabella wandte den Blick ab. So viel zum Thema, wir versuchen, eine freundliche Unterhaltung mit unseren Angestellten zu führen. Warum konnte Mutter nicht einen gesprächigen Bodyguard engagieren? Warum konnte Freundlichkeit der Prinzessin gegenüber nicht eine Einstellungsvoraussetzung für königliche Bedienstete sein? Dann würde sie im Kopf nicht ständig Selbstgespräche führen.

Als die Münze geworfen wurde, gewannen die Knights, und das Spiel begann, als der Schiedsrichter die Pfeife ertönen ließ. Früh im ersten Quarter schon erzielten die Knights einen Touchdown, und alle drehten durch. Die Jubelschreie gefielen ihr, das Händeklatschen, die Kameradschaft unter den Fans.

„Nun komm schon, Murphy", murmelte sie, ihre Augen sprangen zwischen dem neuen Quarterback und Kyle Young, der nervös am Spielfeldrand auf und ab ging, hin und her. Sie beobachtete, wie die Bootleggers auf die 20-Yard-Linie vordrangen. Es war das vierte Down, Murphy schoss zurück und wagte einen Hail Mary-Wurf aus weiter Entfernung. „Mach schon, mach schon ..."

BLAUES BLUT UND TIEFE PASSÉ

Der Widereceiver der Bootleggers griff nach oben, um den Pass zu fangen, und taumelte in die Endzone. „JA!", kreischte sie, und Freude erfüllte ihr Herz. Score! Zumindest konnte es keine Zu-Null-Niederlage mehr werden. Plötzlich bemerkte Arabella die Stille um sie herum. War sie wirklich gerade von ihrem Platz aufgesprungen und hatte der gegnerischen Mannschaft zugejubelt? Ausgerechnet von New Yorkern umgeben? „Hi, hi ..." Sie lächelte schwach. „Ich bin so dumm, ich verstehe wirklich nichts von Football."

Als sie ihre missmutigen Gespräche wieder aufnahmen, hatte die Menge ihr verziehen, und sie sahen weiter dem Spiel zu, während Royce den Kopf schüttelte. „Es gelingt Ihnen ja großartig, keine Aufmerksamkeit zu erregen, Eure Hoheit."

„Ach, hör schon auf, das hätte doch jedem passieren können", sagte Arabella. In Wirklichkeit wusste sie eine Menge über Football. Eine Menge mehr als irgendwer sonst in ihrer Familie, sogar in ganz Salasia, würde sie behaupten. Und jetzt konnte sie sagen, dass sie persönlich bei einem Bootleggers Spiel dabei gewesen war, und sogar, als die einen Punkt gegen die New York Knights gemacht hatten! Auch wenn nicht ihr Lieblingsspieler für den Touchdown gesorgt hatte, aber sie war ja schließlich der Mannschaft gegenüber loyal.

Gegen Ende des zweiten Viertels gewannen die Bootleggers drei weitere Punkte mit einem Feldtor, also stand es nun 14 zu 10. Der Buzzer ertönte, und es war Halbzeit. Viele Fans standen auf, um sich die Beine zu vertreten und zur Toilette zu gehen.

„War das nicht aufregend?", fragte Arabella Royce. „Ich wünschte so sehr, Kyle Young würde spielen, aber es ist auch wunderbar, dass Murphy jetzt mal zeigen kann, was er draufhat."

„Ja, wunderbar, Euer – Arabella. Und ziemlich aufregend." Er klatschte geziert mit den Fingern auf die andere Hand, weil er das Spiel kein bisschen ernst nahm, und sie verdrehte die Augen.

Als der Bierverkäufer vorbeikam, hielt Arabella ihn auf und kaufte noch ein großes, wippendes Getränk. „Hier, Royce, trink was. Du siehst ganz ausgetrocknet aus." Sie reichte ihm den mit der goldenen Flüssigkeit gefüllten Plastikbecher, und obwohl es aussah, als wollte er zunächst ablehnen, nahm er ihn kommentarlos. Zu ihrer großen Überraschung trank er ihn mit wenigen Schlucken auf ex, und ihre Augen weiteten sich amüsiert.

„Welch köstliches Getränk", bemerkte er. „Wie heißt es doch gleich?"

Sie kräuselte die Lippen. „Bud Light."

„Bud Light", wiederholte er, als wäre es der feinste Chardonnay. Royce' Gesichtsausdruck wirkte schon etwas entspannter, und Arabella fragte sich, ob er überhaupt schon einmal Bier getrunken hatte. Ganz klar war er nicht sehr trinkfest, wie es so schön heißt, denn seine Schultern entspannten sich, nachdem er das alkoholische Getränk zu sich genommen hatte, und dieser ständig grimmige Gesichtsausdruck verschwand.

„Weißt du was?" Arabella stand auf und streckte sich,

was ihr die Bewunderung der um sie herumsitzenden Männer einbrachte. „Ich möchte mir ein paar Souvenirs kaufen. Und vielleicht noch ein paar Bud Lights?" Sie zwinkerte Royce zu.

„Ganz wie Sie wünschen, gnädige Frau." Royce erhob sich schwankend und folgte Arabella aus der Reihe hinaus. Er war kein fürchterlicher Bodyguard – da hatte sie schon schlimmere gehabt – doch es hätte Royce sicherlich nicht geschadet, ihr mal ein oder zwei Lächeln zu schenken. Wenn sie Glück hatte, würden sie sich in der Menge vielleicht aus den Augen verlieren, und dann wäre sie *wirklich* mal allein.

Sie kamen am Kiosk an, in dem ein gelangweilter Angestellter sie bediente. Arabella sah sich die leuchtend roten Knights-Dinge an – T-Shirts, Wimpel, Wackelkopffiguren, Sammelkarten und Wasserflaschen – sie fragte sich, ob sie Royce dazu bringen könnte, von jeder Sorte eins zur Limo zu bringen. So sehr sie sich auch wünschte, das hier wäre ein Heimspiel der Bootleggers, Hauptsache, es waren NFL-Produkte, selbst wenn sie von den New York Knights waren.

Sie nahm ein T-Shirt mit einem glitzernden KNIGHTS-Logo auf der Brust und hielt es sich an, um zu schauen, wie es ihr stand. Sie warf einen Blick in einen winzigen Spiegel, der am Souvenirstand angebracht war. „Wie gefällt dir das, Royce? Würde mir das stehen?"

„Ihre Mutter würde mich auf der Stelle feuern."

Sie lachte und wollte es gerade schon wieder zurück auf das Regal legen, als sie eine Stimme hinter sich hörte.

13

„Rot ist nicht wirklich Ihre Farbe. Um ehrlich zu sein, müsste es ein strahlendes Blau sein."

Arabella wirbelte herum, um zu sehen, wer da so anmaßend sein konnte, ihr zu sagen, was ihr stand und was nicht. Sie wollte den ungezogenen Fremden gerade schon zusammenstauchen, als sie das gutaussehende Gesicht unter der Baseballkappe erkannte, die sehr tief ins Gesicht gezogen war. Es war niemand anderer als Kyle Young, der sich an einen Pfosten lehnte. Selbst in Straßenkleidung sah er übernatürlich und legendär aus.

„Ist das so?" Sie zwang sich zu atmen. Arabella war sich sicher sehen zu können, wie seine Muskeln sich unter seinem Hemd abzeichneten. Er strahlte pure Männlichkeit aus, von seinem starken Kinn bis hin zu seinen muskulösen Beinen – guter Gott, ihre Gedanken drifteten an Stellen, zu denen sie besser nicht sollten.

„Eindeutig. Rot ist eine aggressive Farbe. Blau ist himmlischer ... kühl ... erhaben." Seine Augen blitzten bewundernd auf, als sein Blick über ihren Körper wanderte, vom Kopf bis zu den Zehen. „Aber ich schätze, Sie sind kein Bootleggers Fan, dann ist es wohl egal. Ich wünsche Ihnen noch einen schönen Tag." Er wollte gerade zum Getränkestand gehen, als irgend etwas Arabella dazu brachte, ihm nachzugehen.

„Euer Hoh–, ähm, Arabella? Bleib bitte hier", forderte Royce sie auf.

Sie achtete gar nicht auf ihn *Das hier ist Kyle Young! Den lässt du nicht einfach so weggehen...* „Nein, warten Sie. Eigentlich bin ich ein Bootleggers Fan. Ich schwöre es

Ihnen."

„Also, also, ... Sie müssen gar nichts schwören, und, ganz ehrlich, Süße, Sie müssen mir nichts vormachen. Schließlich ist das hier Ihre Heimmannschaft." Kyle Young warf Royce einen raschen Blick zu, als gefiele es ihm gar nicht, dass noch jemand dabei war.

Süße? Das war wahrscheinlich nicht so emotional gemeint gewesen, wie es sich angehört hatte. Aber warum fing er eine Unterhaltung mit ihr an und ging dann einfach weg, wenn sie ihm nicht aufgefallen war? Sie eilte ihm hinterher. „Das stimmt nicht. Also, ich bin nicht aus New York. Ich musste diese Farben tragen..." Gott, sie hörte sich dämlich an, wie sie sich so verteidigte.

„Arabella? Wir müssen jetzt zu unseren Plätzen zurück", ermahnte sie Royce.

„Nur eine Minute ..." Sie konnte Royce nicht sagen, wer dieser Mann war, ohne ihm zu zeigen, dass sie ihn erkannt hatte, und die Genugtuung wollte sie ihm nicht geben, ganz egal, wie süß er auch war.

Kyle Young – *der* Kyle Young – blieb an einem Mülleimer stehen, um einen leeren Getränkebecher wegzuwerfen, dann drehte er sich um, um sie anzusehen, doch hatte stattdessen Royce' ernsten Gesichtsausdruck direkt vor der Nase. Er seufzte und ging um Royce herum. „Nun gut ... Sie sagen mir ... eine gutaussehende junge Frau – *nicht* aus New York – trägt *aus Versehen* die Farben der Knights, obwohl sie ein Bootleggers Fan ist?" Er lachte darüber und stemmte die Hände in die Hüften. „Liebes, Sie müssen jetzt nicht die Groupie-Seiten wechseln, bloß weil Sie mich getroffen haben. Immer schön loyal sein!" Er tippte ihr auf die Nase und ging davon.

„Wie bitte?" Der hatte ja Nerven! Dachte er wirklich, sie wäre zu ihm „übergelaufen", weil sie ihn erkannt hatte? Ja, er war schon verdammt umwerfend mit seinen blauen Augen, den Grübchen in seinen Wangen und seinen Bartstoppeln, doch er sollte sich bloß hüten, so etwas von ihr zu denken. „Zu Ihrer Information, ich bin kein Groupie", versicherte sie ihm. „Ich bin ein Fan, inkognito."

„Uhhh, inkognito ..." Er tat so, als versteckte er sich vor verdächtigen Verfolgern. „Sind Sie vielleicht berühmt, oder so? Denn das würde auch erklären, warum Sie diesen Wachhund immer bei sich haben." Er warf Royce einen genervten Blick zu.

Sie zögerte. Sie durfte niemandem sagen, wer sie war. Das verstieß zu sehr gegen das Protokoll, und ihre Mutter würde auf der Stelle nach ihr schicken. „Ich habe meine Gründe. „Warum – warum sind Sie überhaupt hier? Sollten Sie nicht in der Umkleide sein und Ihr Team anheizen? Murphy hat Sie ziemlich gut vertreten, meinen Sie nicht?"

„Ja, macht er ganz gut. Ich wollte mir ein paar Nachos holen, wenn Sie es unbedingt wissen müssen. Ich mache das lieber selbst. Wenn ich unseren Assistenten losschicke, welche zu holen, bekomme ich nie genug Jalapeños. Und Möhren knabbern mag ich nicht mehr." Wieder wanderten seine Augen über ihren Körper. „Aber ich bin mir sicher,

16

dass Sie sich ausschließlich gesund ernähren."

Etwas Verschlagenes huschte in ihr Lächeln. Jetzt hatte sie es begriffen – dieses ganze Weglaufen. Er flirtete mit ihr. Kyle Young baggerte sie an. Arabella schnalzte leise mit der Zunge, ohne den Blick von ihm abzuwenden. „Royce, Bruderherz? Wärst du so lieb, uns ein paar Getränke zu holen?"

„Eure Hoh– ähm, Arabella. Lass sie uns lieber zusammen holen. Ich weiß nicht, was du möchtest."

„Ich möchte ein Bud Light. Und jetzt geh schon." Sie lächelte Kyle an, dessen Grübchen sich vertieften.

Ihr Bodyguard zögerte, doch als sie ihm einen schnellen, messerscharfen Blick zuwarf, gab er kommentarlos nach. „Ich bin gleich wieder da. Beweg dich nicht vom Fleck."

Young beobachtete ihn neugierig, als er davonstapfte. Dann pfiff er. „Meine Güte! Wer war das? Ihr Bodyguard? Der Typ hat wohl 'ne Meise?"

Arabella erstarrte für einen Moment. So viel zum Thema normal wirken. Er konnte einfach in sie hineinsehen. Dann merkte sie, dass er bloß einen Spaß machte. „Ach, mein Bruder ... man könnte sagen, er ist etwas hyperprotektiv. Naja, und er macht sich nicht viel aus Football."

„Und Sie? Machen Sie sich viel aus Football?" Er lachte, als wäre die Vorstellung schon lachhaft.

„Ziemlich." Sie nickte. „Immerhin habe ich Sie erkannt, oder etwa nicht? Warum sonst wohl wäre ich Ihnen zum Nachostand gefolgt?"

„Verstehe, also sprechen Sie bloß mit mir, weil ich berühmt bin."

„Nein, ich spreche mit Ihnen, weil Sie mir nicht geglaubt haben."

„Was geglaubt?"

„Dass ich ein Bootleggers Fan bin. Ich trage Rot, weil ich muss." Sie seufzte. „Das ist eine lange Geschichte."

„Ich mag lange Geschichten. Vielleicht können Sie sie mir nach dem Spiel erzählen." Er lächelte, biss sich auf die Lippe, dann drehte er sich um, um beim Imbissverkäufer Nachos zu bestellen. Hatte er sie gerade zu einer Verabredung nach dem Spiel eingeladen?

Arabella nutzte die Gelegenheit, um ihn von oben bis unten zu betrachten. Sehr weit unten. Seine Jeans passte ihm wunderbar. Sie musste sich die umwerfenden Dinge vorstellen, die sich darin verbargen. „Sie halten mich für ein Football-Groupie, das bin ich aber nicht. Ich habe, schon bevor Sie zu dem Team dazugestoßen sind, Bootleggers Spiele gesehen."

Er hob seine Brauen. „Wirklich? Aber Sie sind doch keine Amerikanerin, das höre ich. Woher kommen Sie – aus England?"

Ihr Akzent ging tatsächlich in Richtung britisches Englisch, doch im Moment wünschte sie sich, sie könnte *amerikanisch* sprechen, wie ein normales Mädchen aus New York – oder Georgia. „Ich komme aus Salasia, das ist ein kleines Fürstentum in Europa."

„Ich weiß, wo das liegt." Als sie ihre Brauen hob, lachte er. „Sie dachten wohl, ein dümmlicher

18

Footballspieler hätte noch nie davon gehört, was?"

Sie wurde rot und sah weg. Sie hatte *tatsächlich* vermutet, dass er Salasia nicht kennen würde, doch nur, weil die meisten Nichteuropäer nicht wussten, dass Salasia überhaupt existierte. Verdammt, sie war sich nicht einmal sicher, dass jeder Europäer wusste, dass es existierte. „Ich halte Sie ganz und gar nicht für dümmlich, Mr. Young."

Er lachte und griff nach der Schale mit den Jalapeños. „Danke", sagte er zu dem Verkäufer, griff hinein und häufte sie sich auf seine Nachos. Zu Arabella meinte er: „Sie sollten sich jetzt nicht schlecht fühlen, Herzogin. Sie sind zu hübsch, um sich Sorgen zu machen."

„Ich bin aber nicht bloß hübsch, Mr. Young", sagte sie mit so viel Selbstbewusstsein, wie sie aufbringen konnte, obwohl sie sich am liebsten gekniffen hätte, um sicher zu gehen, dass sie das alles nicht bloß träumte. Sie sprach nicht einfach mit Kyle Young ... er hatte mit ihr geflirtet und sie als hübsch bezeichnet!

„Nennen Sie mich Kyle."

„Kyle", sagte sie, um auszuprobieren, wie sich das anfühlte. Ihr Herz vibrierte bei dem Klang. Wenn sie gekonnt hätte, hätte sie diesen surrealen Moment genommen und für immer festgehalten. „Ich weiß, Sie denken, Sie sehen nur ein Groupie vor sich", neckte sie ihn. Dieses Spiel konnte sie auch ... „Doch ich habe mich genau mit der Abwehr und dem Angriff der Bootleggers beschäftigt. Ich weiß, Sie sind einer der fünf Topspieler der NFL MVP. Ich weiß, dass dreihundertsiebenundfünfzig von fünfhundert versuchten Pässen erfolgreich waren. Und ich weiß außerdem, dass

Sie dazu neigen, über weite Distanzen zu werfen, wenn die Spielzeit knapp wird."

„Das nennt man–"

„Einen Hail Mary-Pass", unterbrach sie ihn. „Ich weiß, wie man das nennt. Offensichtlich haben Sie Mr. Murphy gegen Ende des zweiten Quarters empfohlen, ihn einzusetzen." Sie lächelte. Touché. Das würde ihn eines Besseren belehren als in ihr nur ein hübsches Gesicht zu sehen. „Gut für Sie. Und die Bootleggers."

Seine Brauen schossen bei ihrem Zitat in die Höhe. Er drehte sich zu ihr um, seine Nachos waren vergessen, und ihr Herz klopfte. Krampfhaft versuchte sie, ihre Atmung zu kontrollieren, während er sich zu ihr hinabbeugte und in ihr Ohr flüsterte: „Herzogin, ich liebe es, wenn Sie über Football sprechen." Sein Atem war leicht und warm und ließ Schmetterlinge in ihrem Bauch tanzen. „Ich liebe Ihren Akzent. Sie könnten Statistiken vortragen, und ich wäre fasziniert."

Sein Blick jedoch verriet mehr als seine Worte. *Ich kann mir hundert andere Dinge vorstellen, die ich Sie gerne sagen hören würde. Und schreien. Schon allein meinen Namen, wenn ich ganz tief in Ihnen bin,* schien er ihr leise zu sagen.

Ihr Herz schlug wie wild.

„Ich heiße Bella", sagte sie plötzlich, ein Name, den sie niemals benutzte. Doch jetzt war sie auch nicht ganz sie selbst. Gerade war sie eine viel mutigere Version ihrer selbst, eine Frau, die sonst nicht so offensiv flirten würde. Der Name passte zu ihr.

„Bella. Das ist ein wirklich hübscher Name. Ein

hübscher Name für eine wunderschöne Frau."

Sie konnte kaum glauben, was hier gerade geschah – Kyle Young, der Star-Quarterback der Bootleggers – fühlte sich zu ihr hingezogen. Sie hatte schon einige Verehrer gehabt, doch Männer flirteten nicht mit Prinzessinnen. Sie machten ihnen den Hof. Sie behandelten sie wie Porzellanpuppen. Sie hatte so wenige Dates gehabt, dass sie bislang nur einmal mit einem Mann geschlafen hatte, und das war so lustlos gewesen, dass sie schon Angst gehabt hatte, dass etwas mit ihr nicht stimmt, als wäre sie kaputt oder so.

Doch in Kyles Nähe, als ihr Atem sich beschleunigte und sie spürte, wie ihr Körper überall kribbelte, wusste sie, dass sie verloren war. Sie wollte mehr von diesem Flirten; sie wollte ihn berühren und wollte, dass er *sie* berührte, und ganz egal wie dieser Tag enden würde, er war schon gelungen, denn sie hatte diesen einen Moment mit Kyle Young gehabt.

„Young! Da bist du ja!" Eine Frau mit langweiligen blonden Stirnfransen und einer Brille stiefelte auf sie zu. „Du musst zurück nach unten. Der Coach sucht dich schon."

Kyle sah die Frau an, dann sah er zurück zu Arabella. Noch einmal beugte er sich vor, um ihr etwas ins Ohr zu flüstern. „Komm nach dem Spiel zu mir. Raum 586, den Flur gegenüber dem Eisstand hinunter. Dann kannst du mir weiter … von diesen Statistiken berichten." Mit einem letzten Zwinkern und einem teuflischen Lächeln folgte er der Frau mit seinem Nachoteller und verschwand.

Arabella musste einmal tief durchatmen und hielt sich

am Stand fest. „Verdammter Mist! Was ist da bloß gerade passiert?", murmelte sie zu sich selbst.

Die Imbissbudenverkäuferin lachte. „Der ist ganz schön süß, was?"

Royce kam zurück und reichte ihr ihr Bier, sein Gesicht war gerötet. „Ich habe noch eins getrunken", sagte er, er lallte etwas. „Ich muss schon sagen, die schmecken köstlich. Denken Sie, wir können die auch in Salasia bestellen?"

„Ich bin mir sicher, dass ich welche für dich besorgen kann." Sie lächelte. Wenn sie ihn damit beschäftigen konnte, würde sie ihm wöchentlich einen ganzen Kasten bestellen!

Arabella führte ihn zur Tribüne zurück und lächelte wegen ihrer Begegnung mit Kyle Young. Sie lächelte, weil er sie in den „Backstagebereich" nach dem Spiel eingeladen hatte, und sie lächelte, weil Royce sich gerade um seinen Verstand trank. Als er loslegte, über seine Zeit als Rugbyspieler zu erzählen, hörte sie nur mit halbem Ohr zu, denn ihre Gedanken waren ganz woanders, verloren zwischen der Wirklichkeit und dem Land der Träume, obwohl es so aussah, als würden diese beiden Welten in naher Zukunft kollidieren.

Komm zu mir, Raum 586. Sollte sie es wagen? Was wollte er? Wollte er wirklich über Statistiken mit ihr sprechen oder ... sie küssen? Mit ihr schlafen? Bei dem Gedanken daran erbebte Arabella. Was auch immer Kyle Young wollte, Arabella – *ähm, Bella* – konnte kaum abwarten, es herauszufinden.

KAPITEL ZWEI

„Nun, Kyle, wie geht es Ihrem Knie? Und was sagen Sie zu Murphys drei Touchdowns, mit denen Sie zu Beginn des dritten Quarters in Führung lagen?" Eine schlanke Brünette mit hochgebogenen Brauen streckte ihr Mikrofon in Kyles Gesicht.

Er schenkte ihr sein übliches, charmantes Lachen. „Das Knie ist überhaupt nicht mehr empfindlich. Das ist eine reine Vorsichtsmaßnahme, dass ich noch auf der Ersatzbank sitze. Und Murphy hat seine Sache großartig gemacht. Wir haben den Typen ganz schön den Hintern versohlt." Das hatten sie tatsächlich, ihnen den Hintern versohlt, doch in der zweiten Spielhälfte hatte Kyle sich irgendwie anders gefühlt, lebendiger, und diese Energie hatte ihn die richtigen Befehle rufen lassen.

Nach der Halbzeit hatte Kyle Murphy gecoacht und ihm dabei geholfen, die anderen Bootleggers mit einem Endpunktestand von 27 zu 14 zum Sieg zu führen. Trotz der Freude über den Sieg war Kyle irgendwie abgelenkt gewesen. Es gab nur eine Sache, die er so sehr liebte wie dieses Spiel, und das war *das andere Spiel*.

Das Mädchen, das er da unten auf der Imbissebene getroffen hatte – Bella – war ganz ehrlich das bei weitem ... schönste ... Mädchen, dem er je begegnet war. Klar, in ihrem Beisein war er jetzt nicht vollkommen durchgedreht, aber nur, weil es Mädchen wie ihr leicht zu Kopf stieg, wenn sie zu gut wussten, wie schön sie waren. Stattdessen hatte er sich cool gestellt, und das hatte funktioniert. Sie war ihm nachgelaufen, um mit ihm zu reden.

Und jetzt bekam er sie nicht mehr aus dem Kopf. Dieses lange, braune Haar, so glänzend und perfekt gebunden. Diese Beine in diesen engen Shorts – heilige Scheiße. Und dieser Akzent war irgendwie das Verführerischste gewesen, das er je in seinem Leben gehört hatte. Er hatte nie auf irgendwelche hochnäsigen Akzente gestanden, doch als er sie über Football hatte sprechen hören? Gütiger Gott. Und Salasia? Was für ein Ort war das? Natürlich hatte er noch nie davon gehört, aber das musste sie ja nicht unbedingt wissen.

Während diese Reporterin ihn interviewte, konnte er an nichts anderes denken, als daran, wie Bella sich wohl anhörte, wenn sein Schwanz in sie hineinstieß, wenn sie seinen Namen rief und ihn anflehte, sie fester zu ficken.

„Steht das bei Ihnen an erster Stelle?", fragte sie.

Auf die Frage der Journalistin hin blinzelte er, seine Gedanken waren noch bei Bella. „Entschuldigen Sie, wie bitte?"

„Zu gewinnen – steht das bei Ihnen an erster Stelle?"

„Ja, definitiv. Die Saison läuft großartig für uns. Ich sehe Sie dann beim Super Bowl, Pam." Er klopfte ihr sachte auf den Rücken und ging zum nächsten Reporter.

Was an Bella so anders war, war, dass sie sich mit ihm unterhalten hatte. Nicht wie Pam hier, die nur auf irgendwelche Schmankerl hoffte, die sie in ihrem Artikel verwerten konnte, oder wir irgendein anderer weiblicher Fan, der sich fünf Minuten mit ihm wünschte, sondern als wäre er ein ganz normaler Typ. Nicht der MVP Quarterback Kyle Young. Er konnte sich nicht einmal erinnern, wann er zuletzt einer Frau begegnet war, die ihn nicht angehimmelt und gehofft hatte, er würde sie erwählen und mit nach Hause nehmen für eine Nacht voller Sex und Leidenschaft. Nicht nur hatte Bella ihn nicht angehimmelt, sie hatte sogar Statistiken ausgespuckt – das war geradezu ein Aphrodisiakum für Kyle. Ein typisches Groupie würde das niemals hinbekommen.

Beinahe wünschte er sich, er hätte sie nicht in Raum 586 eingeladen. Wenn er so zurückblickte, wirkte es irgendwie billig. Omar Perkins mit der Nummer 76 hatte ihm von diesem leeren Raum im Stadion der Knights erzählt, als er seine erste Frau getroffen hatte, wie perfekt er war, ein ruhiger Raum, in dem man es schnell mit einem Mädel treiben konnte, ohne gestört zu werden, doch Kyle hatte ihn noch nie für sich genutzt. Jetzt fürchtete er, dass Bella nicht kommen würde, dass sie die Einladung für unangebracht hielt. Man wusste nie, bei Mädchen wie ihr. Einerseits wollte er bei ihnen alles richtig machen, andererseits war es ihre Spezialität so zu tun, als wären sie

25

nicht leicht zu haben, und er liebte es, ihre kleinen Spielchen mitzuspielen.

Er konnte es kaum abwarten, hinüberzulaufen und zu sehen, ob Bella tatsächlich auf ihn wartete, doch erst musste er diese Reporter zufriedenstellen. Kyle beantwortete also noch weitere Fragen in seiner üblichen fröhlichen, unbekümmerten Art. Endlich, als er alles hinter sich gebracht hatte, drückte er sich vor der Pressekonferenz des Coachs und sprang die Treppen hinauf bis zum fünften Stock des Knights Stadions.

Als er sich umsah, bemerkte er ein paar Knights Fans, die immer noch dort herumlungerten und leise über ihre Niederlage sprachen. Kyle zog sich die Kappe tiefer ins Gesicht und bahnte sich den Weg den Gang entlang zu dem Flur mit den Büroräumen. Raum 586 – er zog am Türgriff. Die Tür gab den Blick in Finsternis frei, und er seufzte erleichtert, dass der Raum nicht abgeschlossen war.

Als er das Licht anschaltete, stellte er fest, dass der Raum gerade umgestaltet wurde. Der Teppich war zusammengerollt worden, und eine Couch, die man an den Rand geschoben hatte, war das einzige Möbelstück. Von Bella keine Spur.

Vielleicht hatte sie sich dagegen entschieden, ihn wiederzusehen. Vielleicht war er für eine Frau wie sie zu dreist gewesen. Oh, Mann. Die Frauen, die ihm gefielen, waren impulsiv und nahmen sich, was sie wollten. Das hatte etwas Unwiderstehliches. Naja, vielleicht war sie auch noch gar nicht achtzehn. Sie sah schon recht jung und wunderschön aus, so etwas durfte er nicht außer Acht lassen. Es war also möglicherweise besser, dass sie nicht aufgetaucht war.

Er wollte sich gerade umdrehen und zur Pressekonferenz gehen, als die Tür sich öffnete. Bella kam leise herein und schloss die Tür hinter sich.

Oder auch nicht.

Sie lehnte sich an den Türrahmen und biss sich in der verführerischsten und doch unschuldigsten und unwillkürlichsten Art und Weise, die er je gesehen hatte, nervös auf ihre glänzend rote Unterlippe. Das ließ eine Woge der Lust in seine Lendengegend branden. Ihr Gesicht tat ein Übriges – er sah es nun zum ersten Mal ohne diese Farbe – sie hatte anscheinend die roten Streifen abgewaschen und damit eine blasscremefarbene Leinwand für ihre strahlend grünen Augen freigelegt.

„Ich schätze, das hier ist der richtige Raum", sagte sie leise.

Er ging zu ihr, bis sie einander gegenüberstanden, dann griff er hinter sie, und sie rang nach Atem in Erwartung dessen, was er nun tun würde. Er schloss die Tür. „Damit uns niemand stört", hauchte er in ihr Ohr.

Ein Seufzer entfleuchte ihrem Mund, als hätte sie den Atem angehalten. „Gut."

Er nahm ihre schmale Hand und führte sie weiter in den Raum hinein zu der Couch. Sie ließ es zu und setzte sich, dabei spielte sie nervös mit der Spitze ihres Pferdeschwanzes, biss sich immer noch auf die Lippe und blickte anbetungswürdig zu ihm auf, als wüsste sie nicht, was sie tun sollte, was sie mit ihren Händen oder sonst etwas anfangen sollte.

Kyle setzte sich neben sie auf das Ledersofa und musste sich zusammenreißen, sie nicht gleich dafür zu küssen, dass sie so bezaubernd war. „Wie hat dir das Spiel gefallen?", fragte er stattdessen. „Irgendwelche guten Spielzüge?"

Zunächst erstarrte sie und blinzelte in seine Richtung. Dann fing sie an zu lachen. „Mr. Young, haben Sie mich wirklich hierher gebeten, um mit mir über Football zu sprechen?"

Da war er wieder, dieser Akzent! Wie von Zauberhand ließ er ihn hart werden. Auch er lachte und ergriff ihre Hand. „Noch einmal: Nenn mich Kyle, und, naja ... wenn es dir lieber ist, könnten wir auch darüber sprechen, wie toll ich bin." Er hob seine Braue und lächelte verschlagen. Er wusste ziemlich gut, wie schlau er war, und das lag irgendwo zwischen *nicht sehr* und *genügend, um zu bekommen, was er wollte.*

„Nein, ich glaube nicht." Sie entzog ihm ihre Hand.

„Warum denn nicht? Darüber zu sprechen, wie wundervoll ich bin, ist nichts für dich?" Er musste lachen, als ihm auffiel, wie dumm sich das anhörte. Schon komisch, dass genau die gleichen Worte bei anderen Frauen ihre Wirkung nicht verfehlten. Sie war eben ganz klar anders als andere Frauen.

„Nicht wirklich, nein." Auch sie lachte. Gott sei Dank.

Erneut versuchte er, ihre Hand zu nehmen „Lass mich raten. Weil ich sonst noch überheblicher werde, und das kann keiner ertragen?"

Sie lächelte. Hübsche, weiße Zähne glänzten im Licht. „Ganz genau. Weil du auch so schon genügend Aufmerksamkeit erregst, deswegen solltest du vielleicht ab und zu mal auf den Boden der Tatsachen geholt werden."

Hui, sie konnte definitiv auch austeilen, doch selbst das war süß verpackt. Und ganz nebenbei, was wusste sie schon davon, wie man Aufmerksamkeit erregte? Musste man sie vielleicht doch kennen? Möglicherweise war dieser Typ tatsächlich ihr Bodyguard.

„Da könntest du recht haben."

„Ich weiß, dass ich recht habe." Sie lächelte.

Er konnte nicht widerstehen, er legte seine Hand auf ihr Knie, beugte sich vor, spürte die Wärme, die ihr Körper ausstrahlte, hörte, wie sie kurz nach Atem rang. Und wieder reagierte sie mit überraschender Unschuld. Wusste sie etwa nicht, wie schön sie war oder dass er sie wollte? Kyle war schon mit vielen schönen Frauen zusammen gewesen, doch die waren alle von ihrem guten Aussehen eingenommen gewesen und hatten das zu ihrem Vorteil genutzt. Bella dagegen hatte keine Ahnung, was sie bei ihm anstellte. Wahrscheinlich wusste sie bei keinem Mann, welche Wirkung sie auf ihn hatte.

Bei dem Gedanken daran, dass ein anderer Mann sie berühren könnte, zog sich sein Magen zusammen. Ein Teil von ihm – ein eher primitiver Teil – hatte sie schon für sich beansprucht. *Nur ich darf sie berühren, nur ich darf sie küssen*, sang sein Höhlenmenschenhirn.

Mal ganz langsam, Junge. Du hast sie gerade erst

kennengelernt, ermahnte ihn der andere, etwas rationalere Teil.

Und doch fuhr er fort mit seinem üblichen Gerede, das beeindrucken sollte. „Aber warum sollte ich denn nicht überheblich sein? Schließlich sehe ich richtig gut aus und bin auch noch berühmt. Das ist doch eine geniale Kombination, oder etwa nicht?" Vielleicht machte er das nur, um sie zu testen, um zu sehen, ob sie wirklich so anders war.

Bella lachte. „Du bist ja ganz schön von dir eingenommen, Kyle, aber Ruhm kann auch einsam machen. Du bist zwar nie allein, aber manchmal kann man von Menschen umringt sein und sich dabei so einsam fühlen, dass einem das Herz schmerzt." Ihr Ton klang wehmütig. Dachte sie sich das nur? Oder kannte sie die Kehrseite des Ruhms aus Erfahrung? Sie erwiderte seinen Blick. „Weißt du, was ich meine?"

Ja, nur zu gut, dachte er.

Kyle hatte seinen Ruhm und seinen Reichtum genossen, doch damit waren auch ein paar bittere Lektionen verknüpft gewesen. Er musste achtgeben, wem er vertraute, mit wem er sprechen durfte, mit wem er ausgehen konnte. Er durfte nicht zu viel von sich oder seiner Familie preisgeben, denn man musste ständig Angst haben, dass jemand es gegen ihn in der Presse verwenden würde. Er musste aufpassen, dass eine Frau, mit der geschlafen hatte, nicht wütend war, wenn er die Sache beendete – und er beendete die Sache *immer.* Das letzte, das er gebrauchen konnte, war irgendein Mädel, das der

Presse ein Exklusivinterview gab, indem es aus süßer Rache so richtig auspackte.

Er verdrängte die negativen Gefühle, die ihre Worte in ihm ausgelöst hatten – im Moment wollte er nicht an das Alleinsein denken. „Willst du damit sagen, dass du einsam bist, Herzogin? Denn dagegen könnte ich etwas tun, weißt du?" Er drückte ihr Bein und streichelte den angespannten Muskel ihres Schenkels.

Sie ließ die Berührung zu. Es war beinahe so, als testete auch sie ihn und hatte selbst die Untiefen dessen erlebt, was die Einsamkeit ausrichten konnte. „So, könntest du das? Und was hättest du vorzuschlagen?" Sie lehnte sich auf dem Sofa zurück. Ihre kleinen Brüste hoben und senkten sich bei jedem Atemzug.

Er durchbohrte sie geradezu mit seinem Blick und beobachtete, wie sich eine hübsche Röte auf ihren Wangen ausbreitete. Mit diesem Akzent, der ganz nach Windsor Castle klang, hätte sie auch stocksteif und mit durchgedrücktem Rücken dasitzen können, doch stattdessen war sie ganz entspannt, als müsste sie sich selbst davon überzeugen, dass das hier nur ein Spiel war und dass sie es genießen sollte, denn das Leben war zu kurz.

Welch perfekt manikürte Nägel. Und nicht ein Haar saß schief. Und obwohl sie dieses wahnsinnig sexy Top und diese Shorts anhatte, trug sie sie mit einer Eleganz, die Kyle noch nie gesehen hatte.

Mit kleinen, kreisenden Bewegungen drückte er seinen Daumen in ihren Schenkel. „Mal sehen, zuerst würde ich dir sagen, wie froh ich bin, dass du hergekommen bist ...“

„Und dann?“ Sie beobachtete ihn aufmerksam.

„Und dann würde ich mich vorlehnen ...“ Er beugte sich vor und atmete ihren Duft ein, „und dir sagen, wie verdammt schön du doch bist ...“

„Also, deine Ausdrucksweise“, sagte sie mit verschlagenem Lächeln und wirkte in keinster Weise entsetzt.

„Ich habe ja noch gar nicht richtig angefangen, Herzogin.“ Er lehnte sich zurück, drehte sich zu ihr und berührte ihre Haare. Sie schloss die Augen und ließ ein leichtes Seufzen hören. „Dann würde ich dich erbeben lassen. Ich würde diesen verführerischen Körper streicheln, diesen knackigen Hintern, diese Beine, bis du darum betteln würdest, dass ich dich nehme.“

Bella atmete nun etwas schneller, genauso hatte er es gewollt. Ihre Röte hatte sich zu ihrer Brust ausgebreitet. Sie duftete, wie Süßes duften sollte – nach Jasmin und Honig – und er hätte sie jetzt, in diesem Moment so gerne geschmeckt. Er hätte ihren Duft in eine Flasche abfüllen und überall mit hinnehmen wollen.

„Mr. Young, sprechen Sie so mit allen Frauen, die Sie gerade erst kennengelernt haben?“, fragte sie ihn leicht atemlos mit rauer Stimme. Ihre smaragdgrünen Augen sahen ihn zwischen verführerisch halb geschlossenen Lidern an.

„Nur mit Frauen, die mich verrückt machen, so wie du es tust.“

„Und ich mache dich verrückt? Du kennst mich doch gar nicht."

„Ich denke doch, dass ich dich kennen, Herzogin. Du bist konservativ, würdest das aber gerne ändern. Das hier ist neu für dich, doch in einsamen Nächten bist du solche Situationen nicht bloß ein paarmal in deinen Gedanken durchgegangen. Wie mache ich mich soweit?"

Sie schnalzte mit der Zunge. Diese sexy Zunge. „Scharfsinnig."

„Du musst jemand besonderes sein, da dieser Bodyguard dich verfolgt, einer, den du erst mit diesem billigen Bier vergiften musstest, sonst stünde er direkt hinter dieser Tür ..." Er flüsterte das in ihr Ohr und sah, wie sie eine Gänsehaut an den Armen bekam. „Miss Bella, denkst du wirklich, ich bitte Frauen, mich allein zu treffen, an denen ich nicht interessiert bin?"

„Wahrscheinlich nicht", erwiderte sie. „Aber ihr Amerikaner könnt manchmal so merkwürdig sein. Manchmal bin ich etwas unsicher." Sie änderte ihre Position, und seine Hand glitt von ihrem Knie auf ihre Wade. Was für unfassbar weiche Haut, die Haut einer gesunden Frau, die auch noch ganz gut auf sich selbst aufpassen konnte.

Er lachte leise an ihrem Hals. „Wie zum Beispiel, Fürstin?"

„Zum Beispiel, dass Amerikaner im Haus Schuhe tragen. In Salasia würde man das für extrem unhöflich halten."

„Dafür finden wir es merkwürdig, dass Europäer die

Pizza mit Messer und Gabel essen."

„Das ist nicht merkwürdig, das ist zivilisiert."

„Was hast du noch zu bieten?"

„Eure Filme – die sind so brutal, aber nackte Haut geht gar nicht. In Salasia haben wir keine Angst vor Nacktheit."

Er lehnte sich einen Zentimeter zurück und wackelte mit den Brauen. „Das höre ich gerne. Willst du damit sagen, wir sollten einen Schritt weitergehen und uns ausziehen? Ich würde es mal gerne auf die europäische Art ausprobieren. Go, Europe! Europa hat's drauf!"

Sie lachte und klatschte ihm auf den Arm, wobei sie sich wieder auf die Lippe biss. So. Verdammt. Sexy. „Nein, das habe ich nicht gemeint."

„Verdammt. Das ist echt schade!" Als sie wieder lachte, nahm er das als ein Zeichen und zog ihre Beine zu sich, so dass sie auf seinem Schoß lagen. Das schien ihr zu gefallen, jedenfalls zog sie sie nicht weg. „Nun, wie gefällt dir mein Anti-Einsamkeits-Plan bislang?"

„Ziemlich gut, muss ich sagen. Besser als dein Ballspiel." Innerlich kicherte sie.

„Hey!" Er griff mit seinem Finger in ihre perfekte schlanke Taille und kniff sie ein wenig. Ein Mädchen mit Schlagfertigkeit – das gefiel ihm. „Ich weiß, dass du mich bloß ärgern willst. Nun erzähl mal: Wie kommt ein anständiges Mädchen aus Salasia dazu, American Football zu mögen?"

Sie seufzte, erleichtert, dass er ihr einen Moment zum Durchatmen gab in dieser Charmeoffensive, mit der er sie beballerte. „Als kleines Mädchen habe ich mal zufällig ein Spiel im Fernsehen gesehen. So etwas kannte ich gar nicht." Sie bekam ganz große Augen, und die Aufregung belegte ihre Stimme. „All diese Männer, die sich wie die Wilden aufeinander stürzten." Sie lachte. „Die Fans kreischten. Die Leute jubelten. Versteh mich bitte nicht falsch, die Europäer lieben ihren Football – Fußball meine ich – auch, doch so etwas hatte ich noch nie gesehen. Diese Männer waren entschlossener." Sie sah ihn von der Seite an. „Größer. Muskulöser. Ich musste einfach mehr darüber erfahren."

„Verstehe." Kyle streichelte ihren Oberarm, seine Hand tastete sich langsam zu ihrem Hals vor, wo er seine Hand an ihren Nacken legte. Ihre Reaktion gefiel ihm, denn sie erbebte. Einen Moment sah er, wie ihre Nippel sich durch den dünnen Stoff ihres Tops drückten, und er wurde noch härter.

Gott, dieses Mädchen, und wenn sie dann auch noch über Football sprach, mit geweiteten Pupillen, während ihre Brüste sich hoben und senkten und ihr Körper förmlich darum bettelte, genommen zu werden. Diese perfekte Figur – paradiesisch.

Ein Handy meldete sich – nicht seins – und Bella erschrak. „Meine Güte, hab ich einen Schrecken bekommen." Als sie sich wieder etwas gefangen hatte, nahm sie das Handy aus ihrer engen Shortstasche und sah auf das Display. Sie ächzte. „Mist, ich muss gehen."

Kyle war enttäuscht. Er hatte sie wenigstens küssen, diese rubinroten Lippen schmecken wollen. „Warte! Noch nicht! Ich möchte noch ein Abschiedsgeschenk bevor du gehst, Herzogin."

Ihr Blick wanderte von seinen Augen zu seinem Mund, und er konnte ein winziges Stück ihrer Zunge erahnen, als sich ihre Lippen öffneten. Ihre Brüste hoben und senkten sich mit ihrer Atmung. „Und was?", fragte sie leise.

Kyles Blick folgte der Röte, die sich von ihren Wangenknochen ihren Hals hinunter ausbreitete. „Einen Kuss."

Sie blickte nach unten, während sie darüber nachdachte, und dann, als wollte sie schnell etwas tun, bevor sie es sich anders überlegte, murmelte sie: „In Ordnung."

Um nicht zu riskieren, dass sie vielleicht noch ihre Meinung änderte, zog er sie an sich, schlang einen Arm um ihre Taille und nahm ihre Wange in seine rechte Hand. Er spürte ihren warmen Atem auf seinen Lippen. Ihr weicher Busen drückte sich an seine Brust.

Er beugte sich hinab, um sie zu küssen.

Er konnte schon nicht mehr zählen, wie viele Frauen er in der Vergangenheit geküsst hatte, so viele, dass er sich kaum an ihre Gesichter erinnerte. Sie verschwammen alle ineinander wie bei einem modernen Bild. Küsse waren nur das Vorspiel für Sex gewesen, und Sex war ebenfalls nur ein verschwommenes Bild in seinem Kopf.

Doch dieser Kuss war anders. Er wusste nicht, wie. Er wusste nicht, warum. Doch in dem Moment, als seine Lippen die ihren berührten, war es, als trüge es ihn an einen anderen Ort, in ein anderes Land. Sie fühlte sich jung und verführerisch an, ihre Lippen waren butterweich. Sein Daumen streichelte ihre Wange, und wäre dieses dumme Handy nicht gewesen, hätte es ihm furchtbar gut gefallen, wenn er sie den ganzen Abend weiter hätte küssen können. Selbst wenn sie nichts anderes als küssen hätte tun wollen.

Bella hatte den Ton wohl ausgestellt, denn er hörte nichts mehr. Stattdessen legte sie ihre Arme um seinen Hals und drückte sich noch enger an seinen Körper. Da sie so unerfahren wirkte, versuchte er etwas anderes, als das übliche Knutschen. Er öffnete seinen Mund nicht, sondern gab ihr nur ganz leichte Küsse, um sie verrückt zu machen, und offensichtlich funktionierte es. Sie öffnete ihre Lippen und spielte mit seinen. Er spürte, wie ihr Verlangen wuchs. Genau da wollte er sie haben.

Hoffentlich würde das einen Funken in ihr auslösen, sie sich nach ihm sehnen lassen, wie er sich nach ihr sehnte. Ein Stöhnen drang aus ihrer Kehle, und er spürte, wie ihre harten Nippel gegen seine Brust drückten. Was hätte er nicht dafür gegeben, wenn er sie gegen die Wand hätte heben und sie auf der Stelle ficken können, doch das wollte er nicht. Bella brauchte etwas vollkommen anderes als andere Frauen.

„Öffne dich mir", bat er sie.

Sie öffnete ihren Mund für ihn, und er stieß seine Zunge hinein, ließ sie imitieren, wie er gerne in ihren Körper hineinstoßen wollte. Der Kuss ließ Bella stöhnen, und die Erregung strömte in seine Lendengegend. Sein

Schwanz war so hart, dass es beinahe schmerzte. Instinktiv wanderte seine Hand von ihrer Taille zu ihrem Hintern, und er drückte ihren Körper gegen seine Erektion. Zuerst erschrak sie, doch dann begann sie, sich selbst gegen ihn zu drücken, wie eine Katze, die gestreichelt werden wollte. „Mein Gott, Bella", raunte er gegen ihren Mund. „Ich will dich so sehr."

Er küsste sie so fest, dass ihre Lippen hätten schwellen können, doch sie hielt ihn nicht zurück, selbst als das Handy in ihrer Hand gegen seinen Rücken vibrierte. Es war ihm ganz egal, wenn sie diesen Raum verließ und dabei so aussah, als wäre sie stundenlang geküsst worden. Er wollte, dass sie sich an ihn erinnerte. Er wollte, dass sie ihre Lippen berührte und die Erinnerung an ihn ihren Kopf durchströmte.

Er wollte, dass sie nach ihm suchte.

Doch beim nächsten Anruf unterbrach Kyle widerwillig den Kuss. Er löste sich von ihr und beglückwünschte sich dafür, dass er stark genug dafür gewesen war, wenn man bedachte, wie unbedingt er sie hier und jetzt auf dem Sofa nehmen wollte.

„Ich muss gehen", flüsterte sie.

„Wann sehe ich dich wieder?"

Sie zögerte. „Ich weiß es nicht. Tut mir leid."

„Kannst du mir zumindest sagen, wo du im Moment wohnst?"

Sie stellte sich auf ihre Fersen und biss sich wieder auf die Lippe. „Das ... das kann ich nicht tun, Kyle."

„Kannst du dann vielleicht wenigstens zu unserer

Feier kommen?"", fragte er. „Die steigt in einer Kellerbar, dem Chez Charlie's, in der Bronx. Da wird uns niemand stören. Und dich wird da auch niemand belästigen", sagte er vorsichtshalber, für den Fall, dass sie irgendwie berühmt war und er sie nur nicht erkannte. „Dem Besitzer ist es schnurzpiespegal, ob du berühmt bist oder nicht, und den Gästen auch."

Bella seufzte als säße sie zwischen den Stühlen – zwischen dem, was von ihr erwartet wurde und dem, was sie selbst wollte. Gott, er hoffte, sie würde ja sagen. Kyle hatte nie so unbedingt eine andere Frau wiedersehen wollen, wie er Bella wiedersehen wollte. Sie berühren, küssen, sie mit diesem Akzent sprechen hören. Es ging ihm nicht einmal so sehr darum, sie ins Bett zu bekommen. Wie hatte er nur so schnell von 0 auf 180 kommen können?

„Hört sich nach einer Menge Spaß an. Doch ich bin mir nicht sicher ..." Sie spielte mit ihrem Pferdeschwanz. Er hatte sie etwas verwuschelt, und jetzt saßen nicht mehr alle Härchen da, wo sie hingehörten.

Er lächelte, froh, dass er sie zumindest verunsichert hatte. „Nun komm schon, Herzogin. Du kannst mich doch nicht einfach in diesem Zustand lassen. Und du möchtest auch nicht in diesem Zustand bleiben. Richtig?" Er neigte seinen Kopf und sah ihr ins Gesicht.

Mit diesem gerissenen Lächeln war sie definitiv das schönste Mädchen, das er je gesehen hatte. Er schwor sich, dass es so war. „Ich muss gehen", sagte sie und ließ sanft seine Hand fallen, bevor sie sich umdrehte und zur Tür ging.

Verdammt. Das war nicht so gelaufen, wie er gehofft hatte.

Meist lief alles nach seinen Wünschen. Wenn er so darüber nachdachte – es lief immer so, wie er es sich wünschte.

Erst lange, nachdem sie die Tür geschlossen hatte und er dastand und über das nachdachte, was gerade geschehen war, fiel Kyle etwas auf. Er hatte nicht nur nicht ihren Nachnamen in Erfahrung bringen können, sondern er hatte auch keine Nummer bekommen. In dieser Stadt mit ihren acht Millionen Einwohnern, war das einzige, was er von der umwerfendsten, klügsten und witzigsten Frau, der er seit langem begegnet war, wusste, dass sie mit Vornamen Bella hieß.

Sie wird mich finden, meinte er.

Und eins verspreche ich: Wir werden zu Ende bringen, was wir begonnen haben.

KAPITEL DREI

Arabella starrte auf das blinkende Licht des Hoteltelefons, das ihr zeigte, dass Nachrichten auf ihre Antwort warteten. Eine Prinzessin hatte nie auch nur einen Tag frei – selbst eine Prinzessin, die einen Footballstar geküsst hatte und jetzt nicht mehr aufhören konnte, an ihn zu denken.

Sie war nur widerwillig zum Plaza Hotel an der Südwestecke des Central Parks zurückgekehrt, nachdem Royce sie gefunden hatte. Angetrunken und wütend darüber, dass sie ihm weggelaufen war, hatte er sie zurück in die Limo gezerrt und ihr dabei eine Predigt gehalten darüber, wie wichtig ihre Sicherheit war, wie verletzlich eine junge Frau in einer so großen Stadt war, und so weiter, und so weiter. Sie hatte kaum ein Wort davon gehört. Sie war zu sehr damit beschäftigt gewesen, an Kyle zu denken – seine Berührung, seinen Kuss, sein Lachen – und nichts von dem, was Royce sagte, könnte den Zauber vernichten.

Jetzt war es bereits spät, und die Gebäude um die enorme grüne Fläche des Central Parks begannen, im Dämmerlicht zu funkeln. Arabella saß am Fenster ihrer Legacy Suite und achtete gar nicht auf das Telefon und den Stapel handgeschriebener Nachrichten auf dem Beistelltisch. Normalerweise würde Bates, ihr Privatsekretär, über ihre Schulter schauen und ihr bei allem behilflich sein, doch eine ihrer Bitten für diese Reise nach Amerika war gewesen, dass sie alleine fliegen durfte. Oder, besser gesagt, nur mit Royce, um ihr auf die Nerven zu gehen, ähm, ihr zu helfen. Keine Assistenten, keine Zimmermädchen, keine Friseure, keine Sekretäre. Keine Mütter, keine Brüder. Ihre Familie – insbesondere ihre Mutter – hatte protestiert, doch Arabella konnte genau so stur sein wie sie alle zusammen.

Sie stand auf, streckte sich und gähnte. Was jetzt? Sie konnte einen Spaziergang durch den Central Park machen oder die nächstbeste New Yorker Imbissbude aufsuchen. Schnell brach die Nacht herein. Es war acht Uhr abends, und sie versuchte, sich zu erinnern, was Kyle über diese Feier gesagt hatte. Um wieviel Uhr würde die wohl losgehen? Sicherlich nicht vor 10 oder 11 Uhr, schätzte sie. Als sie daran dachte, ihn wiedersehen zu können, stieg die Aufregung in ihr hoch, doch wie sollte sie das hinbekommen? Abgesehen von der Möglichkeit, die Büste von Carnegie vom Beistelltisch zu nehmen und sie Royce überzubraten?

Wie konnte sie bloß seinem Griff entgehen?

Mal angenommen, sie würde es irgendwie schaffen, in

die Bronx zu kommen, wo auch immer das lag von Manhattan aus gesehen, was würde sie Kyle erlauben? Wofür war sie bereit? Noch einen Kuss? Oder würde sie ihm alles geben, mit ihm ins Bett gehen? Natürlich nur für den Fall, dass sie ihn überhaupt fand.

Bei dem Gedanken daran erbebte sie, und ein dümmliches Grinsen machte sich auf ihrem Gesicht breit.

Plötzlich, als sie so daran dachte, mit Kyle zu schlafen, war Arabella danach, durch den Raum zu tanzen. Wäre er zärtlich oder hart und schnell, so wie er auch Pässe warf? Sie kicherte und entschied im gleichen Moment, dass sie heute Abend nicht nur versuchen würde, ihn zu finden, sondern dass sie ihn außerdem verführen wollte. Was hatte sie schon zu verlieren? Sie würde ihn wahrscheinlich nie wieder sehen, und sie wollte wenigstens eine leidenschaftliche Nacht, an die sie sich erinnern konnte.

Eine Nacht mit Kyle Young. Dem Quarterback Kyle Young. Vorhin noch hatte sie ihn am Spielfeldrand auf und ab gehen sehen und hätte keine Sekunde gedacht, dass sie hier sitzen und darüber nachdenken würde, ob sie Sex mit ihm haben würde.

Als sie in den Spiegel sah, erkannte sie die junge Frau, die ihr entgegenblickte, kaum. Wer war nur diese wagemutige, sinnliche Person? Diese Frau, die beabsichtigte, sich mit jemandem einzulassen, den sie kaum kannte? Und nicht mit irgendeinem Mann, sondern mit KYLE YOUNG von den Savannah Bootleggers, um Gottes willen! Sie lachte so laut auf, dass Royce seinen

Kopf von der Küche aus hereinsteckte.

„Eure Hoheit? Alles in Ordnung?"

„Alles bestens, Royce, tut mir leid."

„Das Abendessen ist serviert." Seine Stimme hallte durch das Wohnzimmer und ließ augenblicklich ihre euphorische Stimmung abflauen. Royce war ihr einziges Hindernis. Jetzt, da er wieder nüchtern war, lief er wie ein Panther in der Suite auf und ab – wie ein sehr neugieriger Panther.

Sie ging ins Esszimmer, wo sie den Tisch mit mehr Essen beladen vorfand, als eine Person jemals verspeisen konnte. Köstlich gegrillter Lachs, Miesmuscheln und Venusmuscheln mit Knoblauchsauce, der beste Weißwein, den das Hotel wahrscheinlich zu bieten hatte, und eine Vielzahl an Desserts. Ein Kellner stand an der Seite und wartete darauf, dass sie sich setzte.

Sie nickte ihm höflich zu. „Wir werden uns heute Abend selbst um alles kümmern, vielen Dank!"

Der Mann hob eine Braue, warf Royce einen Blick zu, verbeugte sich dann und ging wortlos hinaus.

Royce setzte sich ihr gegenüber hin. Normalerweise aß er allein, doch sie hatte darauf bestanden, dass er ihr beim Essen Gesellschaft leistete, hauptsächlich, damit sie nicht so allein war. Jetzt wünschte sie, sie hätte das nicht getan. Sie konnte ihn wohl kaum noch einmal betrunken machen. Arabella schwenkte ihren Wein und überlegte sich Hunderte von Möglichkeiten, ihren Bodyguard loszuwerden.

Schweigend aßen sie. Royce war immer noch zu

wütend auf sie, weil sie ihm einfach weggelaufen war, und sie wollte ihm nicht einmal erklären, warum. Das ging ihn nichts an. Genau genommen ging es ihn etwas an, doch das war nicht ihr Problem. Sie brauchte ein Privatleben, und Mutter musste das jetzt endlich mal begreifen.

Wie dem auch sei, für heute Abend brauchte sie einen Fluchtplan. Royce würde wild werden, wenn sie noch einmal von seiner Seite wich, doch das war es ihr wert. Am Ende des Tages war sie ihr eigener Herr, nicht irgend jemandes Schoßhündchen an einer Leine. Und doch sah es so aus, als wäre der einzige Raum, an dem ihre Privatsphäre respektiert wurde, das Bad.

Plötzlich kam ihr eine Idee. „Royce, ich würde mir gerne einen Drink unten an der Bar genehmigen. Ich hole schnell meine Sachen", sagte sie, stand vom Tisch auf und ging davon, bevor Royce reagieren konnte.

Sie ging ins Schlafzimmer und schloss die Tür hinter sich. Sie lehnte sich an die Tür, ihr Herz schlug wie wild. Ihr war gerade eingefallen, dass das Damen-WC in der Hotellobby ein kleines Fenster hatte. Ein Fenster, so war sie sich sicher, durch das sie klettern konnte, wenn sie niemand sah. *Ich muss völlig verrückt sein*, dachte sie und kicherte.

Arabella nahm sich ihre Handtasche, stopfte eine Jeans und ein T-Shirt hinein und war froh, dass sie eine ihrer größeren Hobo-Taschen mitgenommen hatte. Sie versteckte die Sachen unter ihrem Portemonnaie und ihrer Kosmetiktasche und ermahnte sich, an der Tür daran zu denken, dass sie bequeme Schuhe anzog. Obwohl sie heute bei dem Spiel ein Top und Shorts getragen hatte, durfte sie als Prinzessin in der Öffentlichkeit nichts tragen, was nicht mindestens legerer Geschäftskleidung entsprach. Im Moment trug sie eine graue Stoffhose und eine purpurfarbene Bluse, maßgeschneidert und von bester Qualität. Doch wenn sie in einer Kellerbar nach Kyle suchen wollte, konnte sie da nicht wie eine Prinzessin gekleidet auftauchen.

Sie googelte nach dem Namen der Bar, die Kyle erwähnt hatte, und speicherte die Subway-Strecke in ihrer HopStop-App. Dann schaltete sie die Tracking-Funktion ihres Handys aus. Das hätte sie vorhin schon tun sollen, als Royce im Flur direkt vor Raum 586 im Knights-Stadion gestanden hatte, doch man lernt nie aus.

Ein wenig fühlte Arabella sich wie ein Anfänger-Spion und musste sich zusammenreißen, damit ihr Gesichtsausdruck neutral blieb, als sie in das Esszimmer zurückkehrte und hinab zur Lobbybar ging, dicht gefolgt von Royce.

„Eure Hoheit, ich kann Ihnen gern ein Getränk holen, das Sie dann in Ihrem Zimmer genießen können", sagte er leise. „Für heute hatten wir doch schon genug Aufregung, meinen Sie nicht? Wir müssen doch nicht unbedingt in die Bar gehen."

„Und was soll daran Spaß machen? Wie kann ich mir denn von meinem Zimmer aus andere Menschen ansehen, Royce?" Sie schnaubte. Ehrlich, sie war doch nicht Rapunzel, um Himmels Willen.

In der Bar bestand sie darauf, dass sie sich in die

hinterste Ecke setzten, sie behauptete, sie wolle ein wenig Privatsphäre, doch eigentlich wollte sie nur nicht, dass Royce sie den Seitenausgang nehmen sah, wenn sie abhaute. Die Hotelangestellten waren sich der Anwesenheit der europäischen Königstochter durchaus bewusst und kümmerten sich äußerst aufmerksam um sie. „Was dürfen wir Ihrer Hoheit heute Abend servieren?", fragte ein Barkeeper und verbeugte sich leicht.

Arabella musste beinahe lachen. Amerikaner hatten keine Ahnung, wie man mit einem Mitglied eines Königshauses umgehen musste, und das Ergebnis war so charmant. „Was ist denn die Spezialität des Hauses?"

„Unsere Kokosnuss-Mojitos sind in diesem Jahr sehr beliebt, Eure Hoheit."

Sie lächelte. „Dann hätte ich gerne einen. Danke."

Royce hatte sich auf einen Barhocker neben ihr gesetzt, eine bedrohliche Präsenz, die beinahe dafür sorgte, dass sie ihre Pläne noch einmal überdachte. Sie drückte ihre Tasche enger an sich und weigerte sich, widerstandslos nervös zu werden. Sie hatte es wie jede andere Frau in den Zwanzigern verdient, einen Abend Spaß zu haben, egal welchen Rang sie in der königlichen Familie bekleidete.

Royce bestellte sich ein Sodawasser und nippte griesgrämig daran, während Arabella ihren Mojito kaum anrührte. Er war definitiv stark, und das Letzte, das sie jetzt gebrauchen konnte, war, zu versuchen, beschwipst eine James Bond-Nummer durchzuziehen. Sie ließ ungefähr zwanzig Minuten verstreichen, bevor sie aufstand. „Ich müsste mal den Waschraum aufsuchen." Eine Prinzessin verkündete niemals der Welt, dass sie mal pieseln müsste, obwohl Arabella manchmal gerne etwas so Schockierendes getan hätte, wie hinauszubrüllen, dass sie Pipi muss, nur um zu sehen, wie ein Raum voller Menschen darauf reagierte.

Wie erwartet stand Royce auf und folgte ihr zur Damentoilette, wie der gute Bodyguard, der er nun mal war. Er wäre ihr beinahe hineingefolgt, doch als sie eine Braue hob, trat er einen Schritt zurück. „Ich werde direkt hier vor warten", sagte er und lehnte seinen Rücken an die Wand.

„Da bin ich dir aber dankbar!" Sie kicherte, doch das war hauptsächlich, um ihre Nervosität vor dem, was sie vorhatte, zu überspielen.

Im Waschraum sah Arabella sich in dem hellen Vorraum um, blickte auf die Reihe von glänzenden Becken und den großen Spiegel an der Wand. Erleichtert atmete sie auf, als sie feststellte, dass sie allein war, und tatsächlich gab es ein kleines Milchglasfenster am Ende der Kabinen, wie sie sich erinnert hatte. Sie ging an den marmornen Waschbecken vorbei, ging rasch in eine der Kabinen, zog sich ihre Prinzessinnengarderobe aus, schlüpfte in Jeans und T-Shirt und steckte ihre Haare zu einem unordentlichen Knoten zusammen. Sie wischte den dezenten Lippenstift ab und trug eine strahlendere, glänzendere Nuance auf, auch ihr Augenmakeup besserte sie auf. *So*, dachte sie. Sie sah wie eine junge College-Studentin aus, nicht wie ein Mitglied einer Königsfamilie.

Sie hätte beinahe ihre Sachen in die Handtasche gestopft, überlegte es sich dann aber anders und versteckte sie unter einem Stuhl im Vorraum.

Jetzt der schwierige Part. Das Fenster war kleiner, als sie es in Erinnerung gehabt hatte. Obwohl sie sehr stolz auf ihre schlanke Figur war, musste sie jetzt erst noch sehen, ob sie sich wirklich durch die schmale Öffnung würde zwängen können. Sie schob einen der Stühle an die Wand, öffnete das Fenster und zuckte zusammen, als es in den Angeln quietschte. Sie rechnete schon beinahe damit, dass Royce hereingestürmt käme, doch der wartete geduldig. Sie warf ihre Tasche aus dem Fenster und hörte, wie sie draußen auf den Boden fiel. Sie lugte nach draußen und sah sie auf dem Boden eines großen Hofes liegen.

Soweit sie das beurteilen konnte, war niemand draußen, doch es war zu dunkel, um sicher zu sein.

Sie war nun froh, dass sie immer darauf geachtet hatte, dass sie in Form blieb, und dass sie nicht zu klein war, so dass sie mit den Füßen voran durch das Fenster klettern konnte. Vorsichtig glitt sie nach draußen und landete mit einem dumpfen Geräusch neben ihrer Tasche. Ihr Herz klopfte so heftig, dass ihr schwindlig wurde, doch sie hatte es geschafft. Sie hatte es geschafft! Ein Hochgefühl durchströmte sie. Sie war frei!

Arabella nahm sich ihre Tasche und wollte gerade schon zur nächsten U-Bahn-Station laufen, als zwei Männer um die Ecke kamen. Als sie sahen, dass sie gerade durch ein WC-Fenster geklettert war, sahen sie sie erstaunt an. Arabella zuckte die Schultern. „Die sollten wirklich eine Tür in dem WC einbauen", erklärte sie in ihrem besten amerikanischen Akzent. „Was, wenn ich eine alte Dame gewesen wäre, die mal gemusst hätte?"

Der größere Mann nickte. „Dann wären Sie eine ziemlich heiße ältere Dame."

Sie winkte und lief los zur nächsten U-Bahn-Station. Es war fünf nach zehn, der nächste Zug der Linie 6 würde in zehn Minuten ankommen. Sie sollte sich beeilen, wenn sie ihn nicht verpassen wollte.

Als sie unversehrt in der Bronx ankam, Royce nirgendwo in Sicht, lehnte sich Arabella gegen ein Bushäuschen, um einmal durchzuatmen. Sie konnte nicht glauben, dass sie das durchgezogen hatte. Eigentlich konnte sie das doch. Sie war in letzter Zeit immer abenteuerlustiger und rebellischer geworden. Jetzt musste sie nur noch die Bar finden, von der Kyle gesprochen hatte. Sie biss sich auf die Lippe und fragte sich, ob sie doch ihr Navi anschalten sollte, als sie eine Stimme neben sich hörte.

„Alles in Ordnung bei Ihnen, Miss?", fragte ein Mann mit gedehntem Akzent, den sie als amerikanischen Südstaatenslang erkannte.

Arabella trat vor ins Licht der Straßenlaterne, und da sah sie ihn. „Kyle?" Konnte so ein Zufall möglich sein? Schon, er hatte gesagt, er werde heute Abend in der Bronx sein, aber die Bronx war immer noch ein ziemlich großer New Yorker Stadtteil.

Seine Augen verengten sich einen Moment, dann erkannte er sie. „Bella? Ernsthaft?"

„Ernsthaft. Meine Güte. Anscheinend bin ich tatsächlich an der richtigen Haltestelle von der 6er-Bahn ausgestiegen."

Kyle deutete auf die anderen Jungs bei ihm, die hinter ihm standen. Er war baff. „Wir sind gerade aus dem gleichen Zug ausgestiegen. Wir haben auf unseren Superfahrer gewartet, doch dann dachten wir, dass es mit der U-Bahn wahrscheinlich schneller ginge."

„Wow, das nenne ich Gedankenübertragung." Arabella lächelte verspielt und schaute sich Kyles Outfit an. Er trug Jeans und ein schwarzes Hemd, das nicht in der Hose steckte und dessen Ärmel hochgekrempelt waren. Seine kräftigen Arme und Hände waren perfekt zum Halten. Und auch für andere Dinge. *Verdammt gut*, dachte sie, und merkte dann, dass sie noch nie in ihrem Leben solche Worte benutzt hatte, um jemanden zu beschreiben.

„Wohin willst du?", fragte er.

„Da gibt es so eine Kellerbar, von der irgend so ein Typ mir erzählt hat."

„Irgend so ein Typ, was? Glückskerl. Das ist nicht zufällig das Chez Charlie's, oder etwa doch?"

„Doch! Das ist es! Weißt du, wo es ist?" Arabella liebte es zu spielen.

„Und ob ich das weiß, Herzogin. Ich kann dich dorthin begleiten, wenn du möchtest." Er drehte sich um und deutete auf die beiden Jungs, die bei ihm waren. „Bella, das ist Heath Dawson, und das ist Alec LeBrun. Jungs, das ist Bella."

Niemals. Niemals konnte sie zwei weitere

umwerfende Bootleggers Typen am gleichen Tag treffen! Ihre Reise nach Amerika hatte sich schon bezahlt gemacht. Sie schüttelte Heath und Alec die Hand, und die beiden gingen voran, um Kyle etwas Raum zu lassen.

Kyle nutzte die Gelegenheit und legte ihr seinen Arm um die Schulter. „Stell dir vor, nur du und ich wären hier", sagte er und vor lauter Leichtsinn fühlte sie sich leicht wie ein Luftballon. Heute Abend war sie Kyles Mädchen – keine Prinzessin, keine Repräsentantin von Salasia, einfach ein Mädchen, das Spaß hatte mit einem Typen, den es mochte. Nur Bella mit Kyle.

Als sie am Chez Charlie's ankamen, das eigentlich nur aus einem Raum an der Rückseite eines Gebäudes bestand, und von dem Arabella sich sicher war, dass es keinem New Yorker Code entsprach – klopften die Jungs einigen Kumpeln, die bereits da waren, auf die Schulter und sprachen über den heutigen Sieg. Ein paar hübsche junge Frauen saßen in ihrer Nähe – Cheerleader, vermutete Arabella – während andere Gäste an der Bar saßen und kaum einen Blick für die Footballstars in ihrer Mitte übrig hatten.

Kyle kam hereinspaziert und rief: „Ich geb 'ne Runde!", und die Gruppe johlte. Er raunte Arabella ins Ohr: „Was hättest du denn gern, Herzogin?"

Sie hatte keine Ahnung, was man in einer Kellerbar bestellte. Bier? Bier wäre wohl das sicherste amerikanische Getränk. „Ein Bier, bitte."

Kyle lachte. „Was für ein Bier? Such dir eins aus!" Er deutete auf die unzähligen Reihen von künstlerisch gestalteten Bierflaschen hinter der Theke.

„Bud Light", sagte sie automatisch. Das war der einzige Name, an den sie sich spontan erinnern konnte. Und das Zeug schmeckte ihr nicht einmal.

Amüsiert sah Kyle sie an, bevor er sich zu dem Barkeeper umdrehte und ein Bud Light bestellte. Der Barkeeper erwiderte seinen amüsierten Gesichtsausdruck, und ihr war klar, dass sich beide heimlich auf ihre Kosten lustig machten. Mit einem Plopp öffnete er eine Flasche Bier, füllte es in ein gekühltes Glas und schob es über den polierten Holztresen.

„Bitte sehr, Herzogin. Ein Bud Light." Kyle reichte Arabella das Glas.

„Mmm, danke", sagte sie, nippte daran und wäre an dem grässlichen Geschmack beinahe gestorben.

Kyle lachte. „So schlecht ist es nun auch wieder nicht, Herzogin. Komm, ich stell dich den anderen vor."

Alle an dem langen Tisch waren offen und glücklich, noch in Hochstimmung durch den heutigen Sieg, niemand bemerkte es oder hatte etwas dagegen, dass eine fremde Frau an ihrem Tisch saß. Arabellas Stimmung flaute etwas ab, als ihr einfiel, dass Kyle wahrscheinlich ständig alle möglichen Frauen mitbrachte, und es war deshalb nichts Neues für sie. Sie war einfach noch eine in einer langen Reihe. Mürrisch nahm sie einen langen Zug ihres Bud Lights und versuchte sich einzureden, dass das egal war. Heute ging es um ihre Unabhängigkeit, nicht sein Ego.

Und doch war es schwierig nicht mitzubekommen, dass die Bar voll war mit gutaussehenden Frauen, mit denen die Spieler sich beschäftigten. Cheerleader, einige in engen Bootlegger Sweatshirts und Trainingshosen, saßen zwischen den Typen, manche auf deren Schoß, manche beinahe auf dem Schoß. Es sah aus, als hätte so ziemlich jeder Spieler ein Mädchen, das ihn anhimmelte. Wen hätte Kyle auf dem Schoß gehabt, wenn sie heute Abend nicht gekommen wäre?

Das ist egal, erinnerte Arabella sich. *Hör auf, dich da reinzusteigern!*

Offensichtlich waren auch einige Fans in der Bar, nicht nur Teammitglieder. Eine Gruppe von Frauen schlenderte auf Kyle zu – eine Blondine, eine Brünette und ein Rotschopf, alle vollbusig und umwerfend – und die Frauen begannen gleich zu quieken, nur weil sie

sahen, dass er da war. Arabella spürte, wie die Eifersucht in ihr prickelte.

„Kyle, bekommen wir ein Autogramm?", fragte die Brünette und klimperte doch tatsächlich mit ihren Wimpern. Bevor Kyle auch nur die Gelegenheit hatte, zu reagieren, hatte die Frau auch schon einen Stift gezückt und zog ihr Top hinunter, um noch mehr von ihrem spektakulären Dekolleté preiszugeben.

Typisch, dachte Arabella und musste sich zusammenreißen, nicht einen Blick auf ihre eigenen, kleinen Brüste zu werfen, denn plötzlich fühlte sie sich eingeschüchtert.

Als Prinzessin war sonst sie es, die andere einschüchterte, doch in diesem Moment war sie so gar nicht in ihrem Element. Dachte sie wirklich, sie konnte

Kyles Aufmerksamkeit halten, wenn so viele umwerfende Amerikanerinnen da waren?

Kyle ließ sein Millionen-Dollar-Lächeln aufblitzen und nahm der Frau den Stift ab. „Ich schätze, Sie wollen nicht, dass ich auf Ihrem Arm unterschreibe, Lady?"

Die Frau strich mit ihren Fingern eine Linie über ihren Ausschnitt. „Genau hier, bitte."

Er kritzelte seinen Namen über ihre Brust, der in ihrem Ausschnitt versank und eher nach einer Kinderzeichnung aussah als nach einer Unterschrift. Die Frau kicherte freudig erregt, und Arabella hätte beinahe die Augen verdreht. „Sonst noch jemand?", fragte er und hielt den Stift hoch.

Die Frauen hinter der Brünetten drängten sich nach vorn, wählten jedoch etwas diskretere Stellen für ihr Autogramm. Als eine sich streckte, um Kyle etwas ins Ohr zu flüstern, lachte er, und Arabella biss sich verärgert auf die Innenseite ihrer Wange. Hier war ja nicht einmal irgendwer sonst, mit dem sie hätte reden können, während Kyle sich wie der große Footballstar aufführte, der er nun mal auch war, wie ihr plötzlich einfiel.

Endlich zogen die weiblichen Fans ab, um andere Beute zu machen. Als die Brünette mit Kyles gekritzelter Unterschrift den Arm eines anderen Spielers berührte, um ihn um ein Autogramm zu bitten, schnaubte sie.

„Was ist denn so komisch?" Kyle hob eine Braue in ihre Richtung.

„Nichts, nur, sie sieht so aus, als wäre sie eingeschlafen und aus Rache hätte ihr jemand die Brust bemalt", meinte Arabella, und ihr Lachen wurde etwas gedämpft von dem Bier, an dem sie nippte.

Kyle musste so heftig in seinen Jack and Coke lachen, dass er sich beinahe verschluckte. Arabella klopfte ihm auf den Rücken. „Die Herzogin hat ganz schöne Klauen!", rief er aus.

„Ich habe nie behauptet, ich hätte keine. Und das ist nicht das einzige, das ich besitze." Sie zwinkerte ihm zu. Ja, sie tat nur so, als wäre sie fies, doch das musste sie auch, um sich über die Östrogenwolke zu erheben, die Kyles Kopf benebelte.

Er sah sie nur an, seine blauen Augen durchbohrten sie geradezu. Unter der brodelnden Hitze seines Blickes spürte sie, dass ihr eigener Körper vor Hitze und Erregung in Wallung geriet.

Würde er sie so ansehen, während er sie im Bett nahm?

Entgegen ihrer Vernunft wünschte sie sich verzweifelt, sie könnte es herausfinden.

„Hey, Bella, richtig?" Heath Dawson, gegenüber von Kyle, streckte seinen Arm über den Tisch, um ihr auf den Ellbogen zu tippen. Alec LeBrun, der Tight End, trank neben ihm sein Bier. Soweit sie sich erinnerte, hatte sie neulich gelesen, dass Heath eine Freundin hatte und Alec verlobt war, doch das hielt die Frauen nicht davon ab, auf sich aufmerksam machen zu wollen. „Wie hast du unseren Young hier eigentlich kennengelernt?", fragte Heath.

„Er hat mich beleidigt."

„Hab ich nicht", unterbrach Kyle sie grinsend. „Ich

habe ihr bloß gesagt, dass Rot nicht ihre Farbe ist. Ich präsentiere: einen Knights Fan." Er machte eine Geste in Arabellas Richtung, als wäre sie Ausstellungsstück A.

Es schien, als hätten alle um sie herum plötzlich innegehalten und starrten sie an. Wie konnte ein feindlicher Spion es wagen, in ihr Stammlokal einzudringen? „Ich ... nein ... Ich bin kein Knights Fan. Das habe ich doch schon erklärt. Ich bin ein Bootleggers Fan. Für die Bootleggers würde ich alles geben."

„Du solltest hier nicht alles geben, Herzogin. Nur im Bett. Und nur mir." Kyle lachte und gab Heath High Five, während Arabella nur die Augen über seine Dreistigkeit verdrehen konnte, weil er sich wie ein typischer Kerl aufführte. Als er ihren Todesblick bemerkte, versuchte er rasch, seinen Eindruck bei ihr zu retten. „Okay, okay, wir haben uns bei dem Spiel heute kennengelernt, stimmt's?" Kyle sah Arabella auf verführerische Weise direkt an, als wollte er sie herausfordern zu erzählen, was *nach* dem Spiel geschehen war.

Sie versuchte, nicht rot anzulaufen. „Ja, er war unterwegs, sich in aller Öffentlichkeit Nachos zu kaufen, und ich schätze, er fand, dass ich dann doch interessanter bin als geschmolzener Käse."

Heath and Alec lachten schallend. „Du hast es geschafft, dass er seine Nachos vergessen hat?", fragte Heath ungläubig.

„Oh ja", antwortete Arabella stolz.

„Dann gab es wohl keine Jalapeños mehr", fügte Alec hinzu.

„Oh, und ob es Jalapeños gab, eine ganze Menge", versicherte sie ihnen.

„Verdammt, jetzt bin ich ganz schön beeindruckt", sagte Alec und stupste Heath mit seinem Ellbogen an. „Aber, naja, so ein Mädchen wie du ist natürlich auch Kryptonit für unseren Kumpel Kyle, nicht wahr?", fragte er Heath, der nickte.

Kyle schüttelte den Kopf, als wünschte er sich, er könnte beiden die Zungen herausreißen. Stattdessen wandte er sich Arabella zu, und für einen Moment gab es niemanden sonst in dem Raum. Nur Kyles schwärmenden Blick und seine vollen Lippen, Lippen, die sie vorhin geküsst hatte. Er legte seinen Arm um ihre Taille. „Ich habe sie da stehen sehen und musste einfach mit ihr sprechen. Kann man mir das verdenken?"

„Wow, Young, du bist ja so romantisch", sagte Heath lachend. „Hast du dir hinterher deine Nachos mit ihr geteilt? Denn das wäre ein echter Beweis."

Genau genommen hatte er seine Nachos nicht mit ihr geteilt, aber das war ja nur, weil sie hatte abhauen müssen, weil Royce sie ständig nervte. *Moment mal, hätte er sie denn mit mir geteilt?, fragte sie sich.*

Kyle zeigte Heath den Stinkefinger, doch Arabella schloss sich dem Lachen der anderen an. Obwohl sie sich vorhin eingeschüchtert gefühlt hatte, fing sie jetzt langsam an, sich wie eine von ihnen zu fühlen. Arabella hatte sich nie richtig wohl gefühlt, wenn sie unter ihresgleichen war, unter plappernden Frauen, doch hier, zwischen diesen albernen Kerlen fühlte sie sich wohl – glücklich. Nicht wie eine Prinzessin. Diese Freiheit, einfach hier mit so einem heißen Typen wie Kyle Young sitzen zu können, zuzulassen, dass er sie in der Öffentlichkeit berührte, ohne sich darüber Sorgen machen zu müssen, was irgendwer dazu sagte?

Das war der Himmel!

„Bella kommt aus Salasia", erzählte Kyle Heath und sah sie an. „Das ist in Europa."

„Ich weiß verdammt gut, wo das ist, du Scheißer", murmelte Heath Kyle zu. Dann drehte er sich zu Bella um und fügte etwas gewählter hinzu: „Wo genau in Europa liegt es denn?"

Arabella lachte, sie fühlte sich nach dem halben Bud Light etwas angeheitert. „Genau genommen ist es ein Fürstentum. Es lohnt sich gar nicht, da weiter in die Details zu gehen. Aber ja, es ist in Europa, nicht weit von Großbritannien."

„Und was macht eine Dame aus Salasia wie du bei einem American Football Spiel?", fragte Alec mit gehobenen Brauen. Zwei Frauen warteten darauf, mit ihm sprechen zu können, und Arabella bewunderte seine Art, wie er sie hinhielt, ohne dabei unhöflich zu wirken.

Sie warf Kyle einen Blick zu, der sie angrinste. „Zufällig mag ich American Football", sagte sie schlicht. Das. Das war etwas über das sie den ganzen Tag reden konnte. „Ich mag die Regeln, ich mag die Spieler, ich mag den Super Bowl. Alles."

„Wirklich?" Heath schnaubte. „Also *gar nicht* das, was ich erwartet hatte, Kumpel", murmelte er Kyle zu.

„Dann sag mal, Bella, wie hat dir denn unser heutiges Spiel gefallen?" Großspurig zog er sich das halbe Bier rein, und wenn Arabella richtig lag, schien es beinahe so, als wollte er sie bezüglich ihrer Football-Kenntnisse herausfordern.

Na schön, zu diesem Spiel gehörten immer noch zwei.

Arabella lächelte. Sie wusste genau, wie man mit Leuten umging, die einen testen wollten. Sie war mit Leuten aufgewachsen, die ständig erwarteten, dass sie versagte. „Im ersten Quarter wart ihr zu hektisch, und die Pässe, die Murphy bekam, kamen zu spät, deshalb hat euch die Verteidigung der Knights in den Arsch getreten. Euer Coach hat sich wohl das Gleiche gedacht, denn im zweiten Quarter hat der Angriff dann ganz schön angezogen, da habt ihr alle nicht mehr rumgeeiert, sondern angefangen, mit Bällen zu spielen." Arabella nippte am Rest ihres Bieres. „Natürlich nur im übertragenen Sinn."

Drei sprachlose Gesichter starrten sie an. Alec stieß einen leisen Pfiff aus, und Heath setzte ein breites Grinsen auf. „Natürlich", sagte Heath und hob sein Bier. „Auf das Spielen mit Bällen!"

„Auf das Spielen mit Bällen!" Auch die anderen hoben ihre Gläser zum Toast.

„Jetzt hat sie es dir ganz schön gezeigt", lachte Kyle Heath zu. „Diskutiere niemals mit einem Mädchen aus Salasia über Football, wenn du nicht den Kürzeren ziehen willst." Arabella strahlte, und Kyle rieb ihren Arm. „Ich wusste doch, warum ich dich mag."

„Sag mal, Bella..." Sie hatte jetzt Alecs volle

Aufmerksamkeit. „Hast du sonst noch irgendwelche besonderen Talente? Abgesehen davon, dass du um einiges mehr über Football weißt als meine eigene Verlobte?"

Die Gruppe lachte. Arabella konnte natürlich nicht sagen, dass sie eine Prinzessin war, doch das hieß nicht, dass sie nicht über ihre andere große Leidenschaft sprechen konnte – das Singen. „Ich bin eine ausgebildete Opernsängerin", erwiderte sie. Auf Kyles überraschten Gesichtsausdruck hin fragte sie: „Ist das so schwer vorstellbar?"

Er grinste und schüttelte den Kopf „Bella aus Salasia, voller Überraschungen – im positiven Sinne. Singst du beruflich?"

„Naja, nein, aber ich würde gerne als Sängerin um die Welt ziehen. Ich hatte nur noch keine Gelegenheit, aber irgendwann."

Kyle flüsterte in ihr Ohr: „Du wirst das schaffen, Herzogin. Ich glaube an dich."

Im Laufe des Abends wurde die Gruppe immer lauter, und die Getränke flossen kräftiger. Arabella fühlte sich, als gehörte sie zu der Gruppe. Die Art, wie sie über Football gesprochen hatte, hatte ihr jedermanns Respekt eingebracht, und so war sie jetzt einer von ihnen am Tisch. Sie sah ihnen beim Dartspiel zu und sehnte sich plötzlich danach, etwas so ... Normales zu tun.

„Warum schaust du denn so traurig?", flüsterte Kyle. Sein warmer Atem so nah an ihrer Wange erinnerte sie an diesen Nachmittag, der jetzt schon so lange her zu sein schien.

Sie verdrängte die Melancholie und lächelte ihn an. „Ich bin nicht traurig, ehrlich. Nur ein wenig nachdenklich."

„Woran denkst du?" Er wackelte mit den Augenbrauen, wahrscheinlich erriet er, dass sie sich an den heutigen Nachmittag in Raum 586 erinnerte.

„Nur daran, wie ich dir jetzt bei einer Runde Dart in den Hintern treten werde." Sie spitzte die Lippen.

Kyle lachte schallend und zog sie gleich auf die Füße. „Tatsächlich? Das müssen Sie dann jetzt aber auch durchziehen, Herzogin."

Arabella hatte überhaupt keine Ahnung, wie man Dart spielte. Sie war nur voll mit Bier und einer Extraportion Selbstbewusstsein, und als die Pfeile einfach so von der Wand abprallten, ohne die Scheibe auch nur annähernd zu treffen, schaltete er in vollen Tadelmodus. Verlegen lief sie dunkelrot an, und Kyle ging so richtig darin auf, sie zu ärgern. Doch zugleich war er auch süß, zog sie an seinen Oberkörper und führte ihren Arm, um ihr zu zeigen, wie man richtig zielte.

Arabella musste schlucken, um nicht durchblicken zu lassen, was diese körperliche Nähe, die kribbelnde Blitze in ihre Beine und ihre Schamgegend schickte, mit ihr anstellte. Ihre Beine zitterten, und es fiel ihr schwer, sich zu konzentrieren.

„Also, woran du unbedingt denken solltest", flüsterte er ihr ins Ohr, „ist, dass du alles um dich herum ignorierst. Konzentrier dich nur auf den Wurf. Genau mittig geradeaus. Halt ihn zwischen Daumen und Zeigefinger. Siehst du, wohin du treffen möchtest?"

Sie nickte, doch die Dartpfeile waren ihr gerade völlig egal. Sie wollte nur, dass dieser Moment die ganze Nacht lang dauerte, die Wärme von Kyles großem, starkem Körper hinter ihr, sein Atem, der über ihre Wange strich. Sie spürte seine Härte an ihrem Hintern, und instinktiv drückte sie sich dagegen. Grundgütiger, es gab keinen Zweifel daran, was er gerade für sie empfand und was sie für ihn empfand.

Sie schloss die Augen, um die Balance nicht zu verlieren.

Er atmete tief ein. „Du machst mich ganz schön an, das weißt du schon", sagte er und strich ihr über den Hals.

„Du lenkst mich ab."

„So, tue ich das? Ich denke eher, dass du mich ablenkst. Ich wollte dir nur etwas beibringen."

Sie fragte sich, was er ihr wohl noch für Dinge beibringen würde heute Nacht. „Ich muss meinen Pfeil werfen." Hm, das hörte sich nicht wirklich sexy an, doch Kyle hatte es nicht bemerkt, oder es war ihm einfach egal. Sie versuchte, sich zu konzentrieren und den Krach, die Musik, das Gelächter auszublenden. Alles, selbst Kyles Körper und seinen sanften Atem an ihrem Hals, sie durfte sich nur darauf konzentrieren, dass der Pfeil die Scheibe traf.

Dann warf sie.

Denken. Der Pfeil stieß in die Scheibe – direkt links von der Mitte – sie quiekte. „Ich hab's geschafft!"

Überglücklich drehte sie sich um und warf sich Kyle an den Hals.

Er setzte dieses breite, attraktive Lächeln auf und war ehrlich stolz auf sie. „Natürlich hast du das. Daran habe ich nie gezweifelt." Und dann, während alle um sie herum zu betrunken waren, um sich darum zu scheren, und es immer später wurde, und Kyle schon seinen harten Schwanz gegen sie gedrückt und sie einen Volltreffer gelandet hatte, zog er sie näher an sich und küsste sie.

Einfach so, vor aller Augen. Ein paar Leute johlten aus einer gefühlten großen Distanz, doch es war Arabella egal. Kyles Mund war auf ihrem, schmeckte ihren Kuss und zog ihn so lange hinaus, wie er nur konnte. Er nutzte nicht etwa ihren Glückszustand aus, sondern genoss einfach ehrlich seine Verbindung zu ihr.

Als sie sich voneinander lösten, war jeder andere in seiner eigenen Welt, jeder machte sein eigenes Ding. Niemand starrte sie an, keiner achtete auf sich. Es war perfekt – der beste aufmerksamkeitsfreie Abend, den Arabella sich hätte wünschen können.

Da sich der Morgen näherte, leerte sich die Bar allmählich. Arabella war mehr als nur ein wenig angeheitert, doch sie hatte darauf geachtet, nicht so viel zu trinken, dass sie damit ihre Chance, mit Kyle zusammen sein zu können, ruiniert hätte. Genau die richtige Menge, um ihre Nervosität zu betäuben. Als die anderen langsam gingen, unter ihnen auch Heath und Alec, nahm sie all ihren Mut zusammen – jetzt oder nie.

Sag es, skandierte ihr Kopf. *Bitte ihn, dich mit ins*

Hotel zu nehmen.

Sie trank den Rest ihres zweiten Bieres und berührte seinen Unterarm, der sich hart und kräftig in ihrer kleinen Hand anfühlte. Sie legte eine Hand auf seine Brust und flüsterte so verführerisch, wie sie nur konnte: „Magst du mich mit ins Hotel nehmen?"

Kyle verschlug es die Sprache, doch nur kurz. Dann strich er mit einer Hand ihren Rücken hinab und antwortete mit einem sanften Lächeln: „Es wäre mir ein Vergnügen, Herzogin."

KAPITEL VIER

Kyle konnte sein Glück nicht fassen. Zuerst war er bei dem Spiel einem wunderbaren Mädchen begegnet. Nicht so einem kichernden Groupie, sondern einer richtigen Frau, die intelligent war und sich mit dem Spiel auskannte und auch noch verdammt witzig war. Die Art Mädchen, von der er nie gedacht hatte, dass es so etwas geben könnte. Und jetzt stand sie vor ihm und machte ihm nur wenige Stunden später Avancen. Er sah sich die attraktive Röte an, die sich langsam auf ihren Wangen ausbreitete und die sie immer bekam, wenn sie das Gefühl hatte zu frech zu sein.

„Warum siehst du mich so an?", fragte sie.

„Ich wollte nur sichergehen, dass du auch nüchtern bist."

Sie neigte ihren Kopf zur Seite, irritiert. „Das bin ich. Warum?"

„Weil ich möchte, dass du dich an alles erinnerst, was heute Nacht passieren wird." Er beugte sich vor, biss ihr zärtlich ins Ohr und spürte, wie sie erbebte. Ihr Haar duftete bezaubernd, genauso wie er es von vorhin nach dem Spiel noch in Erinnerung hatte, nur dass sie jetzt locker und glücklich wirkte, gar nicht nervös. Er musste sich vorstellen, wie ihr Körper unter ihm lag, wie sie sich an seinem rieb ... Er stellte sich ihr süßes Stöhnen vor, wenn er sie berührte und sie fickte. Bei dem Gedanken daran wurde er so hart, dass er sofort ihre Hand ergriff, um loszugehen.

„Na, ist der Abend gelaufen?", fragte Heath amüsiert.

„Er fängt gerade erst richtig an", murmelte Kyle, warf im Vorbeigehen etwas Bares für die Getränke auf die Theke und legte seinen Arm um Bellas Taille. „Ich sehe euch Loser dann später."

Er drängte sie nach draußen, während Alec und Heath hinter ihm schmunzelten.

Bella lachte, als sie nach draußen kamen. „Hast du sie gerade wirklich Loser genannt?"

Auch er lachte. „Ich lege mich ganz gerne mit ihnen an. Sie sind wie Brüder für mich, außerdem kennen sie das schon." Er zog sein Handy hervor und bestellte einen der Privatchauffeure der Bootleggers für die Fahrt.

Nachdem er aufgelegt hatte, nahm er ihre Wangen in die Hände und beugte sich hinab. „Wie wäre es mit einem Kuss für die Fahrt?"

„Höre ich ein Bitte?", neckte sie ihn, den Mund leicht geöffnet.

„Bitte, Eure Hoheit." Es gefiel ihm, dass sie sich manchmal so königlich und überheblich gab. Er dachte sich, dass sie wahrscheinlich aus einer wohlhabenden Familie stammte, so kühn wie sie war. Und so geschockt, wie sie im nächsten Moment aussah, musste er wohl richtiggelegen haben. „Ist alles in Ordnung?"

„Ja", sagte sie zögernd. „Warum hast du mich so genannt?"

„Wie denn? Eure Hoheit? Bloß ein Scherz. Du weißt schon, so wie, Dein Wunsch ist mir Befehl'. Komm her." Er zog sie in seine Arme und nahm sich den Kuss, den er gewollt hatte. Er senkte seine Zunge in ihren Mund, die Mischung aus leichtem Biergeschmack und ihrer süchtig machenden Sanftheit gefiel ihm. Er stöhnte, als sie den Griff an seinem Nacken verstärkte. Er drückte seinen stahlharten Schwanz gegen sie. Er konnte nicht anders, er musste sein Verlangen nach ihr auf ihren Bauch übertragen. Sie rang nach Atem, was ihn nur noch wilder machte.

In einer Gasse in der Nähe johlte jemand. „Besorgt euch ein Zimmer!"

„Lass uns damit weitermachen, wenn wir ungestört sind", sagte Kyle und zog sie mit sich.

Von der Fahrt ins Hotel bekam er kaum etwas mit, außer, dass er Bella am liebsten überall berührt hätte. Er zog sie schließlich halb auf seinen Schoß, küsste ihren Hals, verschlang ihre Lippen und atmete den Duft ihrer Haare ein.

„Wenn ich dich erst in meinem Zimmer habe, werde ich dir gleich dieses T-Shirt ausziehen", flüsterte er in ihr Ohr. „Und dann werde ich deine hübschen Brüste berühren, werde sehen, wie deine Nippel hart werden und du ganz rot wirst. Ich liebe es, wenn du rot wirst. Ich wette, das läuft deinen ganzen Körper hinunter, stimmt's?" Er küsste ihren Hals, wusste kaum, was er da sagte. Er wusste nur, dass er sie so schnell wie möglich haben musste.

Er musste diese Frau unter sich haben, in sie eindringen und seine Leidenschaft in feuriger Glut explodieren lassen. Bei anderen Frauen reichte es ihm, wenn seine Lust ein wenig gekitzelt wurde, doch diese Frau hier wollte er mit allen Sinnen erleben – alles an ihr.

„Und was wirst du dann tun?" Sie neigte ihren Kopf zurück, so dass er besser an ihren Hals kam. „Nachdem du meine Brüste berührt hast?"

Er rutschte vor, sein Schwanz war jetzt so hart, dass es schmerzte, seine Hand glitt zwischen die erhitzten Schenkel ihrer Jeans. „Dann werde ich sie durch deinen BH einsaugen, ganz sachte. Genug, dass du nach mehr bettelst. Ich würde sie mit meinen Zähnen berühren, aber das wäre dir nicht genug. Und wenn du immer mehr bettelst, würde ich dich ganz ausziehen und schließlich meine Lippen auf deine Nippel legen, die sich so verzweifelt nach mir sehnen. Ich würde sie mit meiner Zunge rollen lassen und so fest an ihnen saugen, dass du schreist."

„Mein Gott, Kyle ..."

„Du bist schon feucht, stimmt's? Wenn ich jetzt meinen Finger einführte, würde es an meiner Hand hinabtropfen. Ich weiß es genau. Feucht für mich und meinen Schwanz, richtig, Bella?" Er atmete den Duft ihres Halses ein, biss vorsichtig in ihr Fleisch.

Sie atmete kurz ein, stieß einen langen Seufzer aus, und Kyle musste seine gesamte Beherrschung aufbringen, nicht ihre Pussy zu berühren und selbst zu sehen, wie sehr sie ihn wollte. Sie wand sich, während er all die schmutzigen Dinge in ihr Ohr flüsterte, die er mit ihr machen wollte. Hätte der Fahrer sie nicht im Rückspiegel beobachtet, hätte Kyle sie ausgezogen und gleich dort auf den Ledersitzen genommen.

Als sie endlich in seinem Hotelzimmer waren – Gott sei Dank hatten keine Fans am Eingang herumgelungert, um ihn zu belästigen – konnte er gar nicht aufhören, sie zu küssen. Kyle zog sein Hemd aus und machte kurzen Prozess mit Bellas Oberteil. Als er ihre kleinen, festen Brüste in dem dünnen, leuchtendblauen Spitzen-BH sah, biss er die Zähne zusammen. „Gott, du bist so verdammt wunderschön." Er nahm eine ihrer Brüste in die Hand und spielte durch den Stoff des BHs mit ihrem Nippel.

Sie erbebte und drückte sich selbst in seine Hand. „Kyle", sagte sie mit atemloser Stimme.

Es hörte sich nach einem leisen Zögern an, doch es ging nicht. Er konnte sie jetzt nicht gehen lassen. Er musste sie davon überzeugen, dass sie ihn brauchte, denn das tat sie. Das sah er an der Art, wie sie ihren Rücken bog und wie sie diese atemlosen Seufzer ausstieß. Sie wollte ihn beinahe mehr als er sie.

War seine Herzogin noch Jungfrau? Wenn nicht, so vermutete er, war sie zumindest noch sehr unerfahren. Bei dem Gedanken daran, dass er ihr im Schlafzimmer noch etwas beibringen konnte, wollte er beinahe knurren wie ein Höhlenmensch. Stattdessen griff er nach hinten, öffnete ihren BH und warf ihn beiseite.

„Da bin ich. Lass mich mit dir spielen, Herzogin. Lass mich mit deinen hübschen Titten spielen und an diesen saftigen Nippeln saugen."

Zu seiner Freude – und zu seiner Erregung – wurde sie noch roter. Gott sei Dank gab es diese eindeutigen Zeichen. Ihre Brüste waren blass und klein, genau die richtige Größe für seine Hände. Ihre Nippel waren dunkelrosa, wahrscheinlich jetzt etwas mehr, weil sie erregt war. Er nahm einen in den Mund und saugte, dabei legte er eine Hand an ihren Rücken, um sie zu halten. Ihre Finger fuhren ihm drängend durch die Haare, zogen ihn näher an sich. Der kleine stechende Schmerz ihrer Fingernägel ließ ihn schon auf Turbo schalten.

Kyle hob sie hoch und warf sie auf das Bett, sie kreischte ein wenig. Er ergriff ihre Handgelenke, schaute in diese katzenartigen grünen Augen und sagte: „Lass die da oben!"

„Und was, wenn nicht? Wirst du mich dann bestrafen?"

Er knabberte an ihrer Brust. „Möchtest du das wirklich wissen?"

„Ich erzittere vor Angst", neckte sie ihn.

„Du wirst noch viel mehr erzittern." Er hielt sie fest.

Ihre Brust hob sich, als sie diesen phänomenalen Busen vordrückte, die dunklen Nippel bettelten darum, dass er weiter an ihnen saugte. Doch Kyle wollte alles an ihr schmecken, deshalb wanderte er an ihrem Körper hinab. Er leckte die Haut an ihrem Bauch, wirbelte mit der Zunge über ihre Beckenknochen. Welch Weichheit, welch perfekte Haut. Woher war dieser Engel bloß gekommen? Er spürte, wie sie sich regte, hörte sie stöhnen, und als sie versuchte, ihn zu berühren, nahm er wieder ihre Handgelenke und fesselte sie mit einer Hand.

„Was hab ich dir gesagt?"

Sie wand sich unter ihm. „Wirst du mich bestrafen?" Die Rauheit ihrer Stimme sagte ihm, dass sie das wollte, ihn sogar provozierte.

Kyle wollte ihr einen Klaps auf den Hintern geben, weil sie so frech war, doch er konnte es auch nicht abwarten, in ihr zu sein. „An einem anderen Abend. Da hast du Glück gehabt."

Er dachte, sie käme jetzt mit einer verspielten Retourkutsche, doch stattdessen wurden ihre Augen traurig, als wäre ihr gerade ein melancholischer Gedanke gekommen. Als sie ihre Hand hob, um sein Gesicht zu berühren, ließ er es ohne Widerstand zu. „Kyle ... das hier wird unsere einzige Nacht sein. Am Ende der Woche reise ich nach Salasia zurück."

Er hatte nicht erwartet, dass sich sein Herz bei ihren Worten zusammenziehen würde, doch das tat es. „Es sind noch einige Tage bis zum Ende der Woche, Herzogin."

„Ich weiß, aber ich habe hier einige Dinge zu erledigen. Ich muss mich um eine Aufgabe kümmern."

Womit verdiente sie bloß ihren Lebensunterhalt?

Plötzlich wollte er alles über sie wissen, doch zugleich war es vielleicht besser, wenn er gar nichts wusste. So würde er sie nicht suchen können und musste sich nicht wegen einer Frau quälen, die ihn schon abgeschrieben hatte.

Das war ihm noch nie passiert. Sonst war er immer derjenige gewesen, der Schluss gemacht hatte. Doch dieses Mal? Sie war ihm schon nach nur einem Tag unter die Haut gegangen. Er sah sie an, während ihre weichen Fingerspitzen über seine Wangen strichen. Er wollte das nicht nach dieser einen Nacht beenden, doch er dachte, er sollte dankbar sein. Er küsste sie auf die Stirn. „Dann werden wir das Beste aus dieser Nacht machen."

Schnell schälte Kyle sie aus ihrer Jeans und rieb mit seinen Fingerspitzen über ihr weißes Seidenhöschen, den Spalt in der Mitte und stellte sich die Herrlichkeit vor, die ihn erwartete, wenn er ihr das erst einmal auszog. Langsam glitt er hinab, Zentimeter um Zentimeter, in ihrer Schönheit schwelgend. Ihre Haut war überall blass, nur ein paar Sommersprossen waren über ihren Körper verteilt. „So verdammt schön." Seidenweich, die Haut leicht rosa durch ihre Röte, er schmeckte und leckte ihre Haut genau oberhalb ihres empfindlichsten Punktes.

Sie stöhnte unter ihm und wand sich, um mehr zu bekommen.

Als er ihre Schamlippen öffnete, staunte er, wie feucht sie für ihn war. „Was für eine hübsche Pussy. Schmeckt sie auch so süß, wie sie aussieht? Lass mich mal probieren ..."

Bella widersetzte sich etwas unter seinen Händen. Sie

versuchte, ihre Beine zu schließen und meinte: „Kyle, ich habe noch nie–" Doch im gleichen Moment drückte sie sein Gesicht näher an sich. In ihrem Kopf tobte eine Art Bürgerkrieg. Sie hatte nie was? Sex gehabt? Er sah Aufregung und Furcht in ihrem Ausdruck.

„Lass mich dich lecken, Bella. Du wirst es nicht bereuen, ich verspreche es", sagte er, öffnete ihre Pussy und schwelgte in den dunkelrosa glänzenden Falten.

Sie nickte und stieß einen leisen Seufzer aus, als musste sie sich selbst davon überzeugen, dass sie sich entspannen sollte. Sanft öffnete er ihre Schenkel, und sie erbebte. Er beugte sich hinab, leckte sie zwischen den Falten, und sie stöhnten gleichzeitig. Sie schmeckte so gut, wie der süße Nektar einer Göttin.

Das war vielleicht neu für sie, doch Bella reagierte so intensiv auf ihn, dass er nur ein paarmal lecken und kurz an ihrer Klitoris saugen musste, dass sie kam. Sie schrie, und Kyle lächelte gegen ihre Haut bei dem Laut. Ihre Pussy pulsierte um seine Zunge, und ihr Körper schüttelte sich, als er auf sie kletterte, sie küsste und ihr einen Geschmack ihres eigenen Saftes gab.

Er musste in sie kommen, damit er ihren Orgasmus um seinen Schwanz pulsieren fühlte. Kyle eilte zu seinem Koffer.

„Was machst du denn?" Sie sah verwirrt und befriedigt aus.

„Kondom." Er wühlte in seinen Sachen, zog eine Packung hervor und warf alle bis auf eins auf den Nachttisch. Er riss die Folie auf, und nachdem er das

Kondom übergezogen hatte, kletterte er wieder auf sie zurück. „Bereit für mich, Herzogin?"

Sie sah zu ihm auf, und ihr vertrauensvoller und bewundernder Blick ging ihm ans Herz. Er hatte es nicht verdient, dass man ihn so ansah, schon gar nicht eine anständige Frau wie Bella. Trotzdem machte er seinen Schwanz bereit, suchte ihre weiche Hülle. In einem Zug glitt er langsam in sie und ließ sie sich an ihn gewöhnen. Die meisten Frauen brauchten einen Moment, um sich anzupassen. Bella bog sich ihm entgegen, stöhnte und ihre Enge war so unglaublich, dass er beinahe schon beim ersten Stoß gekommen wäre.

„Alles in Ordnung bei dir?", haspelte er und versuchte, an eiskalte Duschen zu denken, Eiswürfel, irgend etwas, nur, um die Welle der Lust zu stoppen, die bald einen Höchstpunkt erreichte.

Sie nickte. „Nimm mich nur einfach, bitte. Gott, tu es!" Ihr sonst so eleganter Akzent holperte, und wenn er behauptet hätte, dass die Art, wie sie die Kontrolle verlor, nicht das Erotischste war, das er je gesehen oder gehört hatte, dann wäre er ein verdammter Lügner gewesen.

„Ist mir ein Vergnügen", sagte er und stieß fest in sie hinein.

Ihr Körper wurde von der Wucht durchgerüttelt, doch sie stellte ihre Füße auf seine Knöchel, während er sie fest und schnell fickte. Ihre Körper prallten gegeneinander und erfüllten den Raum mit erotischen Geräuschen. Er küsste sie, knabberte an ihrer Unterlippe, während er sie fickte und spürte, wie ihre Pussy sich eng um ihn legte. „So eng, so heiß und feucht, nur für mich. Nur für mich, richtig, Herzogin?"

Sie legte ihren Kopf zurück. „Nur für dich", keuchte sie.

Etwas sagte ihm, dass sie das nicht nur behauptete, damit er sich gut fühlte. Etwas sagte ihm, dass sie so etwas nicht gewöhnt war, und ihr Körper, ihre Süße, ihre Gaben gehörten wirklich nur ihm.

„Ganz genau, diese enge, kleine Pussy gehört mir." Er zog ihn raus und stieß noch einmal hinein. Dabei achtete er darauf, dass er jedesmal über ihre Klitoris strich. Wenn er Glück hatte, dann würde er sie bei noch einem Höhepunkt stöhnen hören. „Nur ... mir."

Danach konnte er nicht mehr sprechen. Er konnte nur noch daran denken, sie ein weiteres Mal kommen zu lassen, bevor er kam. Sie zuckte unter ihm und stöhnte und griff an seine Schultern, ihre Füße drückten bei jedem Stoß in seine Knöchel. Er spürte, wie sie um ihn kontrahierte.

„Komm für mich, Bella!", befahl er. Das hier war zu gut, um wahr zu sein, eine Nacht, an die er sich lange erinnern würde.

„Oh Gott, oh Gott, Kyle!" Ihr Körper bog sich, und sie kam noch einmal mit einem kleinen Schrei. Er bedeckte ihren Mund mit seinem, und stieß ein letztes Mal in sie, bevor auch er kam, sie vollkommen ausfüllte, sie als die seine nahm. Er sah nur noch Sternchen, während er sich in sie ergoss. Er hätte jetzt hier sterben und in den Himmel fahren können. Oder besser gesagt, in die Hölle, denn dies war ja ihre einzige gemeinsame Nacht.

Als er merkte, dass er sie vielleicht erdrückte, rollte er von ihr hinunter. Sie atmeten beide als hätten sie gerade einen Marathon hinter sich, was vielleicht einfacher gewesen wäre, aber eindeutig weniger Freude gemacht hätte. Und dann lachte Bella auf, laut, lange und erleichtert.

„Darf ich fragen, was so komisch ist?" Kyle rollte sich zu ihr hinüber.

Sie drehte sich zu ihm, mit einem breiten Lächeln auf ihrem Puppengesicht. Sie war ganz schön ramponiert, ihre Haare vollkommen zerzaust, und er liebte es. „Ich habe noch nie ... Ich wusste nicht, dass es so sein kann", sagte sie.

„Und zwar?"

„Dass es ... Spaß machen könnte." Ein verträumter Ausdruck breitete sich auf ihrem Gesicht aus. „So viel Spaß hat es mir noch nie gemacht."

Er musste sie einfach küssen, sie war wirklich anbetungswürdig. „Du meinst, du bist so noch nie so mit einem Mann gekommen? Meinst du das?"

Sie wand sich ein wenig, verschämt, doch sie nickte. „Ja. Das eine Mal, das ich Sex hatte, war nicht sehr gut", gab sie zu. „Es war für uns beide das erste Mal, und ich war froh, als es vorbei war. Doch das hier, das hier ist eine ganz andere Liga."

„Eine sexy Liga mit zwei Knackarschspielern, richtig?"

Sie kicherte und nickte. „Richtig. Einer von uns hat einen knackigeren als der andere, aber ja."

Er lächelte über ihren Humor. „Das hast du gut erkannt." Kyle küsste sie sanft.

Er hatte es im Gefühl gehabt, dass sie noch sehr unschuldig war, doch er fühlte sich maßlos stolz, dass er sie nicht nur einmal, sondern beim ersten Mal gleich zweimal zum Höhepunkt gebracht hatte. Wenn er nicht schon erschöpft gewesen wäre, würde er es wieder und wieder und wieder tun. Kyle hoffte, es bliebe nicht bei dem, was sie ihm gesagt hatte, dass sie nur eine gemeinsame Nacht haben würden. Er hoffte, sie würde zurückkommen, um mehr zu bekommen. Und nicht nur Sex, sondern mehr von allem. Bier, Gespräche über Football, Lächeln. Er wollte alles, was sie zu bieten hatte.

Bella kuschelte sich an ihn, und als sie gähnte, fiel sie in einen tiefen Schlaf, während sie sich in seinen Arm rollte. Kyle schloss die Augen und genoss es. Zum ersten Mal seit langem wollte er eine Frau nicht wegschicken und alleine schlafen.

Er wollte, dass sie blieb.

Die ganze Nacht.

Bis morgen.

Und vielleicht, ja, vielleicht noch viel länger.

* * *

„Ich werde erst später zurückkommen", sagte Bella mit Nachdruck. „Nein, das ist *nicht* unklug, und wie ich schon sagte: Ich bin eine erwachsene Frau und sehr wohl in der Lage, meine eigenen Entscheidungen zu treffen." Bella runzelte die Stirn und ging vor dem Hotelfenster zur Stadt auf und ab.

Kyle beobachtete sie und hörte zu. Nachdem sie aufgewacht waren und ein zweites Mal miteinander geschlafen hatten, hatte sie ihm gesagt, dass sie ihrem Bruder sagen musste, wo sie war. Er fand es ziemlich merkwürdig, dass ein Bruder so sehr auf seine Schwester aufpasste, aber, naja, er selbst hatte keine Geschwister. Vielleicht war das normal.

„Ich werde nicht mit dir diskutieren", fuhr sie fort. „Ich habe bloß angerufen, um dich davon in Kenntnis zu setzen, dass es mir gut geht, und dass ich bald zurückkomme. Tschüss." Ächzend legte sie auf. Sie drehte sich zu Kyle um und seufzte. „Meine Güte. Man könnte meinen, ich ginge auf eine Selbstmordmission auf den Mount Everest, so wie er sich anstellt!"

„Ich hatte mehr an eine Tour durch New York und eine Pizza gedacht. Nichts zu Gefährliches", erwiderte er und versuchte, ihre Stimmung ein wenig aufzuheitern.

Sie lächelte, schob eine lange, braune Strähne hinter ihr Ohr und setzte sich auf seinen Schoß. „Das wäre toll. Ich habe noch nie das Empire State Building gesehen oder die Freiheitsstatue oder den Freedom Tower. Oder überhaupt etwas, um ehrlich zu sein."

„Die Herzogin von Salasia", kündigte er mit königlicher Stimme an, doch sie schien sich gar nicht über den ausgedachten Titel zu amüsieren. „Alles, was dein Herz begehrt, Liebling."

Anfangs hatte Bella ihm gesagt, sie müsse morgens

zurück in ihr Hotel, doch nach einigen Liebkosungen und einer weiteren Runde im Bett war sie einverstanden gewesen, den Tag mit ihm zu verbringen. Volltreffer! Obwohl er den Tag gerne mit ihr im Bett verbracht hätte und sie wieder und wieder hätte kommen lassen, wollte er, dass sie New York erlebte, wie er es immer tat, wenn er in der Stadt war. New York war wie Kyles zweite Heimat.

Zuerst gingen sie zum Brunch, und er sah zu, dass sie einen großen Vollkornbagel und eine Tasse echten New Yorker Kaffee bekam. Obwohl sie anscheinend hungrig war, aß sie ihre Mahlzeit mit vorsichtigen Bissen und riss immer winzige Stücke von ihrem Bagel ab, bevor sie sie in den Mund steckte. Kyle amüsierte es, ihr dabei zuzusehen. Schwenk, und noch mal von vorn. Er wusste nicht, wie sie es schaffte, überhaupt etwas in weniger als einer Stunde zu verzehren, sie ging so methodisch vor. Sie saß außerdem kerzengerade da und sah genau so aus, wie die Herzogin, die er als Kosename für sie benutzte.

„Du kannst dich ruhig entspannen, weißt du", sagte er schließlich. „Niemand wird schlecht von dir denken, wenn du einen Bagel wie ein normaler Mensch isst."

Das schien sie zu treffen. „Ich esse doch wie ein normaler Mensch. Vielleicht esse ich nicht wie eine Bestie, wie so mancher andere." Sie nippte an ihrem Kaffee und sah ihn scharf an, so dass er lachen musste.

„Ich sage ja nur, dass, welche Mauern auch immer du zu errichten gewöhnt bist, du sie bei mir einreißen kannst. Ich bin ein einfacher Georgia-Boy. Wir sind eher ungezwungen."

„Wir in Salasia sind auch ungezwungen, weißt du?"
Sie warf ihm einen weiteren strafenden Blick zu, und er
musste lachen. „Nur anders ungezwungen."

Den Rest des Tages verbrachten sie damit, die
typischen Touristenpunkte abzuklappern – das Empire
State Building, Times Square, die Freiheitsstatue. Für ihn
war das alles nichts im Vergleich dazu, Bella dabei
beobachten zu dürfen, wie sie sich zum ersten Mal daran
erfreute. Das war es wert. Er kaufte ihr ein I<3 NY T-Shirt
und einen Kaffeebecher, die Wackelkopffigur eines
Yankee-Spielers, und sie mampften Hot Dogs und
gesalzene Brezeln, während sie so umherliefen. Manchmal
winkte er ein Taxi herbei, und Kyle brachte Bella bei, wie
man genau richtig pfeifen musste.

Ab und zu wurde Kyle von Fans erkannt, die ihn um
ein Autogramm baten. Aus irgendeinem Grund zog sich
Bella dabei immer ein wenig in den Hintergrund. Er wollte
sie danach fragen, doch als die Fans abmarschierten,
lächelte sie so strahlend, dass er entschied, es lohne sich
nicht, sie unter Druck zu setzen. Vielleicht machte sie die
Aufmerksamkeit nervös. Das konnte er respektieren.

Am Abend sahen sie sich im Battery Park den
Sonnenuntergang an, dann nahmen sie die U-Bahn zu
Kyles Lieblingspizzeria der Stadt. Sie bestellten eine Pizza
nach traditionell New Yorker Art mit sämtlichen Beilagen,
und er sah, wie sich Bellas Augen weiteten, als das riesige
Stück Teig vor ihnen abgestellt wurde. „Das sollen wir
ganz essen?"

„Oh ja, und du wirst es lieben. Die beste Pizza der

Welt." Er wusste nicht warum, doch er war aufgeregt, nur weil er jetzt seine Lieblingspizza mit ihr teilen würde.

Als sie zum ersten Mal hineinbiss und dabei die Pizza so faltete, wie Kyle es ihr gezeigt hatte, schloss sie ihre großen Augen und stöhnte. Verdammt, dieser Laut ging direkt in seine Lendengegend. „Das ist himmlisch", sagte sie, nachdem sie geschluckt hatte. „Wie konnte ich nur mein ganzes Leben lang ohne eine solche Pizza auskommen? Was kommt da alles drauf?"

„Magie", antwortete Kyle. „Etwas Magisches wie der Times Square, der Central Park und deine Orgasmen." Er wartete auf ihre Reaktion, dass sie aufsah und wie immer errötete, daran gewöhnte er sich gerade. Er konnte ein Grinsen nicht unterdrücken, als er in sein eigenes Stück Pizza biss.

KAPITEL FÜNF

Arabella verputzte ihr drittes Stück Pizza und musste sich zusammenreißen, vor Kyle nicht ihre Finger abzulecken, so sehr ihm das auch gefallen hätte.

Sein Handy ertönte. Kyle holte es hervor und überflog schnell die Nachricht. „Werd fertig, Herzogin", sagte er. „Auf uns wartet ein Spiel."

Sie zog Papierservietten aus dem Spender und tupfte sich die Lippen ab. „Ein Spiel? Was für ein Spiel?"

„Wirst du schon sehen. Ich denke, es wird dir gefallen." Er zwinkerte und bedeutete dem Kellner, ihm die Rechnung zu bringen.

„Das letzte hat mir auch schon gefallen. Besonders Raum 586." Sie zwinkerte zurück. Sie hatte den ganzen Tag versucht, in den Kopf zu bekommen, was eigentlich gerade passierte, wie sie es geschafft hatte, dass Kyle Young, der berühmte Quarterback der Bootleggers, auf sie aufmerksam geworden war, und wie sie die Nacht verbracht und neben ihm geschlafen hatte, wie sie den Tag über Hand in Hand die Stadt erkundet hatten.

Ein kleines bisschen nagte auch das Schuldgefühl an ihr, weil sie nicht ins Hotel zurückgekehrt war und Royce beruhigt hatte. Doch genau genommen hatte sie um einen Tag gebeten, richtig? Und der Tag war nicht vorüber, bevor es nicht Mitternacht schlug. Funktionierte das in Märchen nicht auch so? Sie trank ihre Limonade zu Ende und ließ sich von Kyle auf die Füße ziehen und nach draußen geleiten.

Als sie zum NY Knights Stadion fuhren, musste sie sich eingestehen, dass sie nicht wirklich ein weiteres Spiel erwartet hatte. Zumindest konnte sie sich nicht erinnern, eins auf dem offiziellen Plan gesehen zu haben. Und da sich auch keine Fans hier versammelt hatten, musste es ganz klar um etwas anderes gehen.

Kyle half ihr aus dem Wagen und ging mit ihr zur Westseite des Stadions, wo sie ein großer Mann mit einer tief sitzenden Baseball-Cap hineinließ. Arabella musste sich beherrschen, keine Fragen zu stellen, denn Kyle hatte sie gebeten zu warten, bis sie dort waren, wo auch immer er sie hinbrachte. War das hier eine Privatveranstaltung? Eine Orgie auf dem Spielfeld? Sie lachte über ihren dummen Gedanken, doch gleichzeitig zitterte sie vor Aufregung.

Dann traten sie aufs Feld – *das* Spielfeld des Knights Stadions – und Arabella sah keine sich umeinander windenden Leiber, auch keine ausgezogenen Klamotten, stattdessen einige Bootleggers, die sich in bequemer Kleidung ein paar Bälle zuwarfen. Ein paar Flutlichter waren an, gerade so viele, dass das Stadion nicht in vollkommener Dunkelheit versank.

„Kyle, was machen wir hier?"

„Wir spielen Tag-Football." Er setzte sein teuflisches Grinsen auf. „Und du wirst einer unserer Quarterbacks sein, Herzogin."

„Moment mal ... wie bitte?" Ein Panikanfall flatterte durch ihre Brust. Sie hoffte, dass er nur einen Spaß machte. „Das ist ein Scherz, richtig?"

„Ich mache hundertprozentig ... keinen Scherz, Herzogin. Der Team-Coach ist ein alter Freund. Nun komm schon, das wird großartig!" Er ergriff ihre Hand und führte sie zu Heath und Alec, die sich an der Seite einen Ball zuwarfen. Auch einige andere Spieler, die bei der Spritztour gestern Abend dabei gewesen waren, waren jetzt hier. Kyle gab ihr einen Gürtel, an dem Plastikfähnchen hingen, und sagte ihr, wie sie den um ihre Hüfte binden musste. Sie hatte sich Football zwar angeschaut, seit sie ein Kind gewesen war, doch sie hatte nie Gelegenheit gehabt, es einmal richtig zu spielen.

„Bist du dir sicher, dass Profispieler wie ihr mich bei einem Spiel dabei haben wollen?", fragte sie beklommen.

Kyle warf ihr einen wilden Blick zu. „Denkst du, diese Typen würden nein zu einer Partie mit einer schönen Frau sagen? Außerdem sind wir nur hier, um Spaß zu haben."

Sie errötete. Insgeheim freute sie sich über die Aufmerksamkeit, doch dabei war sie so nervös! „Ähm, wahrscheinlich nicht."

„Also, die Regeln ...", rief Heath und bat alle um ihre Aufmerksamkeit, als die Jungs und Arabella sich in der Mitte des Feldes versammelten. „Kein Tackling. Keine verrückten Manöver. Das Team, das die ersten drei Touchdowns erzielt, gewinnt. Jeder, der Ärger macht, setzt sich auf die Bank und trinkt warmes Bier. Verstanden?"

Arabella unterdrückte ein Kichern.

Kyle legte einen Arm um ihre Schulter. „Niemand berührt diese Lady außer mir." Obwohl er das ganz locker sagte, hatte sie doch das Gefühl, dass er es sehr ernst meinte, und sie fand es ziemlich anziehend, dass er so besitzergreifend war.

Sie lehnte sich an seinen starken Körper. „Ihr Jungs könnt meine Fähnchen berühren" – Die Jungs lachten lautstark. „... Nichts sonst. Kriegt ihr das hin?"

„Abgesehen von mir, Herzogin, stimmt's?", flüsterte Kyle in ihr Ohr.

„Mal sehen", neckte sie ihn.

„Hey, ich habe dich heute zum Frühstück, zum Mittagessen *und* zum Abendessen eingeladen." Er lachte, und sie stupste ihm den Ellbogen in die Seite. Bei der Erwähnung dieser drei üppigen Mahlzeiten an nur einem einzigen Tag fragte sie sich, wo sie jetzt überhaupt die Kraft hernehmen sollte, nach all dem noch Football zu spielen, doch sie hatte ja ein Abenteuer gewollt.

Wird schon schiefgehen.

Das Spiel begann, und Kyle und Arabella waren in gegnerischen Mannschaften. Das machte Arabella etwas nervös, doch letztlich war es in Ordnung für sie. Heath kündigte an, sein Team sei „Shirts" aus Rücksichtnahme auf den einen weiblichen Spieler im Team und Kyles Team sei „Haut". Kyle und neun weitere Spieler zogen sofort ihre T-Shirts aus, und Arabella fielen beinahe die Augen aus dem Kopf.

Und wieder hatte sich die Reise nach Amerika mehr als bezahlt gemacht.

Kyle lächelte ihr von der anderen Seite des Spielfeldes aus zu, und sie wedelte sich Luft zu, um ihn und die anderen zum Lachen zu bringen. Heath rief sein Team zusammen, um die Aufgaben zu verteilen, und Arabella versuchte, sich ganz kräftig auf das zu konzentrieren, was von ihr erwartet wurde, und nicht darauf, dass sie gerade den Kopf mit neun heißen und gutaussehenden Bootleggers zusammensteckte.

Sie wurde in sämtliche Offensiven integriert, was sie freute, sie ließen sie mit dem Ball rennen, und mehr als einmal konnte sie nur so gerade eben vermeiden, dass die Gegner ihre Fähnchen erwischten. Rasch war sie einer von ihnen, doch als sie fiel und sich das Knie aufschlug, kamen alle angerannt, um nach ihr zu sehen. Echte Gentlemen der alten Schule von Georgia.

Wie aus dem Nichts tauchte plötzlich Kyle auf, nahm sie hoch und brachte sie rasch zur Bank. Sie hätte beinahe losgelacht. „Sei nicht albern, ich habe mir bloß die Knie aufgeschlagen", sagte sie und sah zu ihm auf.

„Ja, aber das sind so hübsche kleine Knie, denen darf nichts passieren."

Sie lachte und dachte daran, wie sehr ihr seine

Aufmerksamkeit gefiel.

Im Laufe des Abends erzielte ihr Team einen Touchdown, doch bald darauf machte auch die gegnerische Mannschaft einen Punkt. Das Spiel wurde intensiver, jedes Team wollte gewinnen und nicht locker lassen, und das Beste war, Kyles Schultern anzurempeln und so zu tun, als wären sie Gegner. In einem Spielzug warf Alec Kyle den Ball zu, der schnurstracks in die Endzone lief. Niemand konnte ihn aufhalten – außer Arabella. Das wusste zwar keiner, doch sie war klein und wendig, und mit einem Freudenschrei zog sie ihm ein Fähnchen aus dem Gürtel.

„Hab dich! Vielleicht kommst du ja jetzt in die Gänge, alter Mann!"

Er sah auf seinen Gürtel, und wirklich – ihm fehlte eine Fahne. „Alter Mann, wie? Hmm ... Ich hätte dich nicht unterschätzen dürfen", meinte er und zog sie in seine Arme. Hinter ihnen grölte und jubelte das Team.

Am Ende des Spiels blieb es eine Weile bei 14 zu 14. Arabella war erschöpft, doch auf positive Art und Weise. Sie wollte gewinnen, egal wie. „Wirf zu mir", rief sie Heath zu. „Du weißt, ich bin schnell genug, um an Kyle vorbeizukommen."

Heath strich sich über das Kinn und nickte. „Ist zumindest einen Versuch wert."

Die Teams stellten sich zum Scrimmage auf, und Arabellas Herz pochte. Wenn sie an Kyle vorbeikäme und den entscheidenden Touchdown erzielte, wäre das das Beste, das ihr je passiert war. Naja, abgesehen davon, dass sie Kyle kennengelernt und mit ihm geschlafen hatte, dachte sie mit einem glücklichen Beben. Sie war sich nicht sicher, warum das so wichtig war, doch sie wollte seinen größten Respekt. Das würde ihn lehren, ein hübsches Mädchen nicht gleich als Groupie abzutun.

Der Ball wurde geworfen, und alle verteilten sich in verschiedene Richtungen. Arabella wich einigen Spielern aus und lief vor, um anzunehmen, als sie Heath nur wenige Yards von sich entfernt sah. Sie machte ihm ein Zeichen, dass sie frei war, und er warf ihr den Ball zu. Er flog in einem Bogen hoch, und sie musste springen, um ihn zu fangen, doch mit einem dumpfen Geräusch landete er sicher in ihren offenen Armen. Sie wirbelte von Kyle weg und lief los Richtung Endzone, von Kyle gefolgt und den anderen, die verzweifelt versuchten, sie aufzuhalten. Mit ihrer Geschwindigkeit konnte keiner mithalten.

Sie sprintete zur Ziellinie, drehte sich um, sah, wie Kyle nach ihrer Fahne griff, doch es war zu spät. „JA!", schrie ihr Team, als sie die Linie überquerte. Das war es – sie hatte einen Touchdown errungen *und* das Spiel gewonnen.

„Ich hab es geschafft!", schrie sie und ließ zu, dass sie sich einen Moment wie ein Girlie aufführte, und hüpfte auf und ab. Kyle nahm sie hoch und wirbelte sie herum, es war ihm ganz egal, dass sie ihn geschlagen hatte. Vor aller Augen drückte er ihr einen dicken, verschwitzten Kuss auf die Lippen. Es gefiel ihr, wie klein sie sich in seinen Armen fühlte, wie er sie umfing und wie unglaublich sexy er gerade war.

Ihr Team kam angelaufen, klopfte ihr auf die Schulter, dann hoben sie sie hoch und trugen sie in einer Ehrenrunde über das Spielfeld. *Das muss ein Traum sein*, dachte sie benommen. *Wie ist es nur dazu gekommen, dass ich gerade die besten zwei Tage meines gesamten Lebens erlebe?* Es war, als hätte sie vierundzwanzig Jahre darauf gewartet, etwas anderes zu sein als Mitglied der königlichen Familie von Salasia, und nun war es in Form von Football wahr geworden.

Nach dem Spiel feierten sie mit Bier und Snacks am Spielfeldrand, völlig ungezwungen, und obwohl Arabella gedacht hatte, sie könnte nichts mehr essen, tat sie es doch mit neu erwachtem Hunger und Appetit. Heath und Alec prosteten Arabella zu und zogen Kyle damit auf, er habe seine Dame gewinnen lassen. „Habe ich nicht", sagte er, „sie war einfach schneller als ich. Ich denke, die NFL sollte sie engagieren und gleich aufstellen."

„Nur, wenn ich dann in deinem Team spiele", erwiderte sie.

„Das versteht sich." Er küsste sie auf die Schläfe.

„Uuuuh...", stimmten alle ein, und sie wurde rot. Ja, sie waren in gerade mal vierundzwanzig Stunden ein ganz schön schnulziges Paar geworden, und Arabella nahm das als ein gutes Zeichen.

Jeder aß das zu Ende, was er hatte ergattern können, dann räumten sie sorgfältig alle Teller und Dosen weg, denn sie wollten nach ihrem spontanen und sicher nicht ganz legalen Spiel kein Durcheinander hinterlassen. Der Mann, der sie ins Stadion gelassen hatte, stand am Eingang und wartete darauf, dass sie gingen, damit er abschließen konnte.

„Danke, Mann." Kyle klopfte ihm auf die Schulter. „Wenn ich Strafe zahlen muss, leite ich das an euch weiter", sagte er bloß.

Während die Jungs zum Hotel zurückgingen, sah Arabella auf ihr Handy – 23.30 Uhr. Der Tag war beinahe um, und es war ein verdammt erfüllter Tag gewesen. Traurig lächelte sie mit einem Seufzer zu Kyle hinauf. „Ich muss jetzt zurück."

Er legte seine Hand an ihre Wange. „Ich verstehe, aber musst du denn wirklich? Kommt dein Bruder mit seinem Leben nicht noch etwas länger ohne dich klar?"

„Das ist es nicht. Es ist nur so, dass wir gemeinsam hergekommen sind, und ich hab ihn irgendwie im Stich gelassen. Meine Eltern machen sich bestimmt auch Sorgen, da bin ich mir sicher." Sie sah noch einmal auf ihr Handy, das sie bewusst den ganzen Tag ignoriert hatte, und verzog das Gesicht, als sie Nachrichten von Royce und ihrer Mutter fand, unzählige Nachrichten, in denen sie zu erfahren verlangten, wo sie war. Sie hörte sich die letzte Sprachnachricht von Royce an und runzelte nur noch mehr die Stirn. „Ihre Eltern haben den ganzen Tag versucht, Sie zu erreichen. Wenn Sie nicht in einer Stunde wieder hier sind", dröhnte seine Stimme, „werde ich die Polizei verständigen." Die Nachricht hatte er um 22 Uhr geschickt.

Bei ihrem entsetzten Ausdruck berührte Kyle ihren Arm. „Schlechte Nachrichten?"

„Ich muss gehen", sagte sie und hatte es plötzlich sehr eilig, zum Hotel zurück zu kommen. Warum nur wollte er die Polizei rufen, wenn sie ihm doch versichert hatte, dass sie heute allein sein wollte, und dass es ihr gut ging? Sie konnte jetzt nur hoffen, dass das ein Trick gewesen war, damit sie anrief.

„Wir werden uns wiedersehen, Herzogin, richtig?"

Der hoffnungsvolle Blick in Kyles Augen brachte sie fast um. Es brach ihr das Herz. Sie schlang ihre Arme um Kyles Hals und schüttelte den Kopf. So sehr sie diesen Traum einen Tag lang genossen hatte, das wahre Leben rief sie zurück nach Hause. „Ich werde morgen nach Salasia heimkehren", flüsterte sie. „Ich kann mir nicht vorstellen, dass ich in nächster Zeit hierher zurückkommen werde."

Er dachte einen Moment darüber nach, und sie hoffte, er würde es ihr nicht noch schwerer machen und sie anflehen zu bleiben. Doch Kyle nickte nur und nahm ihre Hand. „Dann lass mich dich wenigstens zurück zum Hotel bringen."

Vorsichtig löste sie sich von ihm. Sie brauchte jetzt etwas Abstand zwischen sich und ihm. Kyle sah so verloren aus, dass sie sich am liebsten in seine Arme geworfen und ihn niemals losgelassen hätte. Vergiss Royce, vergiss Salasia. Was gab es da schon außer ihrer Familie? Wie könnte sie jemals erfahren, was für sie bestimmt war, wenn sie immer nur tat, was ihr befohlen wurde? Und doch, sie hatte ja von Anfang an gewusst, dass sie niemals mehr als eine gemeinsame Nacht haben würden, doch warum musste sie sich an die Regeln halten?

Traurig kannte sie die Antwort darauf – weil sie eine Prinzessin war.

Seufzend sagte sie: „Ich muss allein gehen. Es gibt … Komplikationen. Dinge, die ich dir nicht erklären kann. Es tut mir leid." Sie konnte nicht zulassen, dass Royce ihn sah, und schon gar nicht, wenn er vielleicht schon die Polizei auf sie gehetzt hatte.

„Dann bitte ich dich jetzt nur noch um eines, bevor du gehst."

„Und das wäre?"

„Einen Kuss, Herzogin – einen letzten Kuss. Und dann kannst du für immer aus meinem Leben gehen."

Ihr traten die Tränen in die Augen. Mein Gott, warum musste das so schwierig sein? Er nahm ihr Gesicht in seine Hände, und während sie vor dem Stadion standen, in dem Arabella den besten Tag ihres Lebens beendet hatte, drückte er seinen Mund auf ihren. Der Kuss war nicht so wie einer der letzten Nacht, die waren elektrisch und erotisch gewesen. Das hier war ein Abschiedskuss, ein Kuss, bei dem sie vor Verzweiflung hätte weinen können. Er küsste sie sanft, sein Mund war weich und süß auf ihrem.

Dann ließ er seine Finger aus ihren zitternden Händen gleiten. „Leb wohl, Bella. Ich hoffe, du findest, wonach du suchst."

Sie wusste nicht, was sie darauf sagen sollte. Daher nickte sie und ging in Richtung der nächsten U-Bahn-Station davon. Als sie weit genug von Kyle entfernt war, holte sie ihr Handy hervor und rief endlich Royce an. Sie achtete nicht auf den wütenden Ton in seiner Stimme. Er hatte schließlich nicht gerade Lebewohl zu einem der süßesten Männer, die er je getroffen hatte, sagen müssen. Er hatte nicht den triumphalsten Tag seines Lebens hinter sich. Deshalb sollte er einfach den Mund halten und zuhören. „Ich werde bald da sein. Nein, ich brauche keinen Wagen. Ich nehme die U-Bahn." Und damit legte sie auf. Wenn sie schon in ihr wahres Leben zurückkehren musste, dann würde sie es auf ihre Art tun.

Und falls ihr Bodyguard bemerkte, dass ihr Gesicht tränenverschmiert war, als sie zwanzig Minuten später am Park Plaza ankam, so ließ er es unkommentiert.

* * *

Es dauerte Stunden, bis sie alle beruhigt hatte – Royce, ihre Eltern, das fühlte sich an wie die gesamte Regierung von Salasia – bevor Arabella schließlich aufstampfte und sagte, dass sich alle lächerlich benahmen. „Ließet ihr mich mein Leben leben", sagte sie allen am Hörer, „dann wäre das nicht passiert!"

Es lohnte sich nicht, noch weiter zu diskutieren. Sie war jetzt in Sicherheit – sie war *immer* in Sicherheit – und würde morgen nach Salasia zurückkehren. Ihr jetzt Vorwürfe wegen ihres Verhaltens zu machen, änderte auch nichts mehr. Royce zumindest hatte sich wirklich Sorgen gemacht. Er sah so aus, als hätte er aus purer Sorge einige Kilo verloren, und dafür fühlte sie sich schuldig. Er hatte nur seinen Job machen wollen, und durch sie hatte er ihn beinahe verloren.

Als Arabella am nächsten Morgen erwachte, sah sie in dem dämmrigen Zimmer auf ihren Wecker. Die Sonne war gerade erst aufgegangen, und in wenigen Stunden musste sie ihren Flug erreichen. Doch durch die Erschöpfung war sie ganz benebelt, und ihr Körper fühlte sich schwer an. Konnte sie nicht den ganzen Tag im Bett bleiben und einfach morgen einen anderen Flug nehmen? Doch bei dem Gedanken daran, wie ihre Familie reagieren würde, wenn sie den Flug änderte, ächzte sie. Sie musste sich dem jetzt stellen: nach Hause fahren und versuchen, die Wogen zu glätten. Eine Entschuldigung finden, warum sie weggelaufen war, denn sie konnte ihrer Mutter ja wohl kaum erzählen, dass sie in der letzten Nacht mit diesem leckeren Kyle Young im Bett gewesen war.

Oder doch? Was war denn so falsch daran?

Dabei musst sie lächeln. Ja, sie war ein böses Mädchen gewesen, doch sie hatte auch eine großartige Zeit gehabt, die beste Zeit ihres Lebens. Die Erinnerungen an diese Nacht – und den Tag – würden sie ihr Leben lang begleiten. Es hatte sich so sehr gelohnt.

Nachdem sie geduscht und sich angezogen hatte, nahm sie in ihrem Zimmer das Frühstück ein, während Royce wie ein bedrohlicher Schatten in der Tür stand. Da erklang plötzlich ein Klopfen an der Tür. Sie sah zu Royce, der eine Augenbraue hob. Wer könnte denn so früh hier auftauchen? „Erwartest du jemanden?", fragte sie Royce.

„Nein, und Sie?"

„Nein." Ihr Herz pochte. Kyle musste sie gefunden haben. Wusste er, dass sie eine Prinzessin war?

Doch als Royce die Tür öffnete, war es nicht Kyle, sondern der Freund der Familie und Manager der NY Knights, Jacques York. Ein gepflegter älterer Herr mit silbernem Haar. Er strahlte gute Laune aus und hatte ständig ein Lächeln im Gesicht. „Eure Hoheit", sagte er mit voll klingender Stimme. „Ich hoffe, ich störe Sie nicht."

Sie konnte nicht anders als lächeln. Jacques Yorks ansteckende Freundlichkeit brachte jeden zum Lächeln. „Ganz und gar nicht, Mr. York. Bitte, leisten Sie mir doch Gesellschaft."

„Das würde ich liebend gern, doch ich bin auf dem Sprung. Das Geschäft schläft nie." Er küsste ihre Wangen. Eine Tasse Kaffee nahm er dann doch von dem anwesenden Kellner entgegen. „Vielen Dank. Nein, ich bin hier, weil ich Sie bitten möchte, Ihre Heimreise nach Salasia noch ein wenig zu verschieben. Sie hatten geplant, heute zurückzureisen, nicht wahr?"

Arabella nickte. „Mein Flug geht am Nachmittag."

„Nun, den müssten Sie stornieren, ich habe Ihnen nämlich einen großartigen Auftritt verschafft. Sie haben mir mal erzählt, dass Sie gerne hier in den Staaten auftreten würden, und im Stadion gibt es heute Abend ein Spiel, und jemand muss die Nationalhymne singen. Die gebuchte Sängerin hat eine Halsentzündung, das arme Ding, und da dachte ich mir, ,Ich weiß jemanden, der perfekt dafür geeignet wäre!' Der Mann, der sich um diese Dinge kümmert, kennt mich, und er vertraut meinem Urteilsvermögen. Er meinte, ich solle Sie holen."

Schockiert starrte Arabella ihn an. „Sie haben mir einen Job verschafft?", krächzte sie. „Ich soll die Nationalhymne singen?" Arabella wurde es schwarz vor Augen.

„Nun, ja, meine Teure, es sei denn, Sie wollen lieber die Hymne von Salasia singen, aber ich glaube, die würde nicht wirklich gut passen. Die meisten Sänger haben heutzutage die amerikanische Hymne in ihrem Repertoire, nehme ich an. Sie kennen Sie doch, oder?"

Das tat sie tatsächlich! Ihre morgendliche Erschöpfung verflog, und Aufregung machte sich breit. Sie hatte schon einige Auftritte als Sängerin hinter sich, doch noch nie so einen großen! Und dann noch hier in den Vereinigten Staaten! Ein Traum wurde war, und da saß nun Jacques York vor ihr und machte ihn einfach so wahr, ohne auch nur zu ahnen, was für eine große Sache das für sie war.

„Ich kann es gar nicht glauben. Ich danke Ihnen vielmals, Mr. York." Sie sprang auf die Füße und umarmte den Mann stürmisch.

„Oh! Es ist mir ein Vergnügen, Eure Hoheit!" Sanft klopft er ihr auf den Rücken, bis sie sich von ihm löste. „Sie brauchen Sie in einer Stunde zum Soundcheck dort und für sonst irgendwelche Dinge, also, machen Sie sich hübsch, und sehen Sie zu, dass Sie schnell hinkommen." Er trank seinen Kaffee aus und stand auf. „Ich fürchte, ich muss jetzt gehen, aber es war schön Sie zu sehen. Ich werde dort anrufen und ihnen die gute Nachricht überbringen, dass Sie zugesagt haben."

Auch sie stand auf. „Es war auch für mich schön, Sie zu sehen. Grüßen Sie Mrs. York ganz herzlich von mir."

Als er gegangen war, setzte Arabella sich wieder hin und starrte auf ihren Teller. Sie würde heute singen. Die amerikanische Nationalhymne! Bei einem Footballspiel! Sie konnte es nicht fassen. Dass die beiden Dinge, die sie am meisten liebte, bei ihrer Reise nach Amerika zusammentreffen würden war mehr, als sie hatte erhoffen können. Und dass sie so außerdem einen weiteren Tag in Amerika bleiben konnte, war das Sahnehäubchen auf dem Ganzen!

Ihre Eltern konnten ihr nicht vorwerfen, dass sie einer Verpflichtung einem Freund der Familie gegenüber nachging, oder doch? Plötzlich setzte ihr Herz aus – würde Kyle wohl dort sein? Sie bezweifelte es, da die Bootleggers heute nicht spielen sollten, sie konnte es sich also nicht vorstellen. Bei dem Gedanken wurde sie traurig, doch es war besser so. Sie hatte ihm bereits gesagt, dass sie abreiste, was würde er also denken, wenn er sie heute sähe?

Sie verdrängte die Gedanken an Kyle und ließ die Fröhlichkeit zu, als sie daran dachte, dass sie heute vor großem Publikum singen würde. Sie konnte kaum zu Ende essen, so aufgeregt war sie.

„Eure Hoheit, was machen wir jetzt mit Ihrem heutigen Flug?", fragte Royce aus der Ecke des Raums.

„Ruf Bates an, und bitte ihn, ihn auf morgen umzubuchen." Sie stand auf und fügte mit breitem Grinsen hinzu: „Ich muss mich anziehen. Wir gehen wieder zum Football, Royce, und ich muss möglichst gut aussehen."

Bevor sie in ihr Zimmer huschte, sah sie die Niederlage in sein Gesicht geschrieben, und heimlich sonnte sie sich in einem weiteren Triumph. Ob es ihm gefiel oder nicht, das Schicksal hielt sie für einen weiteren Tag in Amerika. Wer weiß, was es sonst noch für sie bereithielt?

KAPITEL SECHS

Frustriert klappte Kyle seinen Laptop zu. Er hatte gegoogelt, gesucht, praktisch bei jedem Social Media Account nachgeschaut, der irgendwas mit dem Namen Bella zu tun hatte, doch ohne Erfolg. Er konnte von seiner Bella keine Spur im Internet finden, das war heutzutage, in diesem Zeitalter, ziemlich ungewöhnlich. Er fand nicht einmal ihren Nachnamen heraus. Und wie sollte er sie ohne ihren Nachnamen finden? Ohne ihren Nachnamen fand er im Internet ausschließlich Bilder der glitzernden Frau eines Vampirs.

Er rieb sich die Schläfen. Zurück im Hotel hatte er die letzte Nacht kaum geschlafen, nachdem Bella ihn einfach so stehengelassen hatte, ohne ihm auch nur ihre Telefonnummer zu geben. Normalerweise hätte er gedacht, dass eine Frau, die ihm keine Kontaktmöglichkeit gab, ihn nicht ausstehen konnte (obwohl Kyle sich nicht an ein Mal erinnern konnte, an dem das passiert wäre). Doch er hatte gespürt, wie Bella ihn geküsst hatte. Er hatte gesehen, wie sie ihn angesehen hatte. Sie hatte bleiben wollen, doch irgend etwas, über das sie keine Kontrolle hatte, hielt sie von ihm fern. Dieses Geheimnis hatte ihn die ganze Nacht wachgehalten, und heute Morgen – Nachmittag – war er übellaunig und müde aufgewacht.

Jetzt, nachdem er einige Tassen Kaffee intus und das Internet durchsucht hatte, war er einfach nur verwirrt. Welche Frau hinterließ denn online keine Spur? Gerade, wenn sie in Europa eine Berühmtheit war, hätte er doch wenigstens ein Foto von ihr finden müssen. Es war seine eigene Schuld, weil er nicht darauf bestanden hatte, dass sie ihm irgend etwas gab. Es war seine Schuld, dass sie weg war.

Nun mach dich nicht so fertig, Kumpel, sagte er sich. Wenn es ihr bestimmt war, mit ihm zusammen zu sein, würde sie eines Tages wiederkommen.

Sein Handy meldete sich. Als er es aufnahm, las er eine Nachricht: *Muss mit dir sprechen.*

Als er den Namen über der Nachricht las – Gary Young – war Kyle versucht, die Nachricht einfach zu ignorieren und nicht seinen Tag zu ruinieren. Doch sein Vater war nicht nur gnadenlos, sondern auch gerissen, und zwar auf die übelste Weise.

Gary Young hatte für die Eisenbahn gearbeitet, als Kyle noch ein Kind war, doch nach einer schweren Rückenverletzung war er süchtig nach Tabletten und Alkohol geworden, außerdem jähzornig und gewalttätig. Kyles Mutter, Nancy, hatte die Hauptlast der Misshandlungen zu tragen, Kyle hatte ihre Arme voller blauer Flecken gesehen, ihr Gesicht geschwollen von Garys Ohrfeigen und Schlägen. Sie hatte ihren Sohn so gut es ging beschützt, deshalb fühlte sich Kyle ihr gegenüber extrem dankbar, hasste aber sich selbst. Als Kind war er dabei gewesen, hatte sich in die Ecken gekauert, wenn sein Vater gewütet und getobt hatte. Es machte für ihn keinen Unterschied, dass Kyle sich vor seine Mutter gestellt hatte, als er groß genug war. Dass er sie angefleht hatte, ihren Mann zu verlassen, besonders als er Erfolg hatte und für seine Mutter hätte sorgen können. Sie hatte nicht gehen wollen. Sie hatte sich geweigert. Bis vor fünf Jahren, als sie an Krebs starb und endlich von ihrem übergriffigen Mann befreit war.

Kyles Schuldgefühl andererseits war ganz lebendig und stark. Und ironischerweise war es womöglich das, was ihn noch an seinen Vater band. Das und ein winziges Quentchen Liebe, das es tatsächlich geschafft hatte zu überleben, gegründet auf der Erinnerung an den Vater, der er gewesen war, bevor er sich verletzt hatte. Ein anständiger Mann. Einer, der ruppig gewesen war, schon, aber einer, der Kyle oder seiner Mutter niemals wehgetan hätte.

Kyle konnte nicht verstehen, wie diese Liebe noch existieren konnte, doch sie tat es. Zumindest so, dass er scheinbar seinen Vater nicht ganz im Stich lassen konnte.

Und sein Vater? Naja, während Kyle sich bemühte, sein zerrüttetes Familienleben aus den Medien zu halten, versuchte sein Vater, so viel Geld wie möglich rauszuschlagen. Immer wieder drohte er Kyle damit, zur

Presse zu gehen, gewöhnlich, wenn er pleite war und sein Sohn sein Konto auffüllen sollte. Und weil Kyle keinen Ausweg sah – schließlich hatte sein Vater ihn die meiste Zeit seiner Kindheit unterstützt, ob er nun übergriffig war oder nicht, und Kyle konnte nicht aufhören zu denken, dass man *ihm* am meisten Vorwürfe machen müsste, weil er seiner Mutter nicht geholfen hatte, als er das hätte tun sollen – überwies er seinem Vater einen Batzen Geld und ging danach meist bis in die Puppen einen trinken.

Als er seine Nachricht las, vermutete Kyle, dass sein Vater wieder mal pleite war, aber hatte er ihm nicht vor ein paar Wochen erst etwas gegeben? Hatte er schon alles verprasst? Kopfschmerzen kündigten sich an, und er hätte die Nachricht beinahe gelöscht, als eine weitere folgte. *Ruf mich an, jetzt!*

Kyle seufzte. Er gab nach und rief seinen Vater an, dabei musste er die ganze Zeit die Zähne zusammenbeißen. „Was willst du?"

„Mein Sohn!", schrie Gary am anderen Ende. „Bist du wach?"

„Jetzt schon", antwortete Kyle. „Was willst du?"

„Hey, begrüßt man heutzutage so seinen alten Herrn? Denjenigen, der dir ein Dach über dem Kopf verschafft hat, dir zu essen und Kleidung gegeben hat?

„Mom hat mir Essen und Kleidung gegeben. Das Dach, das du uns gegeben hast, war ein Trailer, durch den es ständig hereinregnete. Also, was willst du?"

Gary grollte und versuchte offenbar, eine bequemere Position in dem Sessel zu finden, den er von Kyles Geld gekauft hatte. „Ich brauche Geld. Hab die Bank angerufen, und die halten aus irgendeinem Grund einen Scheck zurück und behaupten, ich hätte nichts mehr! Schon komisch!"

Kyle tippte wütend mit einem Stift auf den Tisch. „Ja, wirklich komisch. Wieviel brauchst du?"

„Fünftausend", sagte Gary und redete nicht länger um den heißen Brei herum. „Keinen Penny weniger."

Das war der Code für „Ich werde mit der Presse sprechen, wenn du mir weniger als 5000$ gibst." Kyle war das klar, und er sagte angespannt: „Ich werde meine Assistentin bitten, dir das Geld heute Nachmittag zu überweisen. Sonst noch etwas?"

Er hörte noch mehr Herumrutschen und konnte sich nur zu gut vorstellen, wie sein Dad sich auf dem Sessel am Arsch kratzte, wahrscheinlich saß ein fetter Köter vor seinen Füßen. Obwohl Kyles Vater Geld so sehr liebte, war er doch nicht aus dem Trailer, in dem Kyle aufgewachsen war, ausgezogen und hatte es lieber für Alkohol, Frauen und Spielen ausgegeben – alles Mögliche.

„Nicht, dass ich wüsste, aber ich lass es dich wissen", erwiderte Gary schließlich.

„Da bin ich mir sicher. Bis dann."

Kyle legte auf, bevor sein Vater ihn in ein längeres Gespräch verwickeln konnte. Jedesmal, wenn er Geld verlangte und Kyle nachgab, fühlte er sich wie ein Fußabtreter. Doch wenn er seinen Vater so davon abhalten konnte, loszuschwatzen und irgendein schäbiges Exklusivinterview zu geben, dann würde er das tun. Seine

Karriere war das Wichtigste in seinem Leben, und ein Skandal – weniger, dass er in ärmlichen Verhältnissen aufgewachsen war, als vielmehr dass sein Vater Alkoholiker war, ein Intrigant, Drahtzieher und ein *Missbrauchstäter*, den Kyle nicht davon abgehalten hatte, seine Mutter zu schlagen – hätte verhindern können, dass er das Leben leben konnte, das er wollte, von der Vergangenheit befreit. Verantwortlich nur für sich selbst und seine eigene Taten, seine eigene Leistung.

Eine Stunde später ging er nach unten und traf sich mit Heath und Alec, die heute ebenfalls zum Spiel gingen. Diesmal würden sie Zuschauer sein, das hatte Kyle schon ewig nicht mehr getan. Doch als er an das Knights Stadion dachte, musste er an Bella und ihr Spiel gestern Abend denken, wie sie den siegbringenden Touchdown erzielt und dabei sein Herz vollkommen erobert hatte.

„Ist deine Lady nicht bei dir?", fragte Heath, als sie vorm Hotel in das Auto stiegen.

„Sie musste nach Hause", erwiderte Kyle und hoffte, dass sein säuerlicher Ton ausreichte, klar zu machen, dass er darüber nicht sprechen wollte.

Heath und Alec sahen einander an und zuckten die Schultern.

Als die Drei am Stadion ankamen, wurden sie gleich in eine private Loge geleitet, wo man ihnen Getränke und schicke Hors d'Oeuvres servierte, obwohl Kyle sich wünschte, sie hätten etwas weniger Feines gebracht, beispielsweise Pizza oder Nachos. Obwohl die Bootleggers mit zu den größten Gegnern der NY Knights gehörten, bewirteten die Besitzer Gastteams gern mit Wein und gutem Essen.

Kyle versuchte, sich mit Gedanken an Nachos anstelle von winzigen gefüllten Zuchtchampignons abzulenken, doch was er auch tat, es wurde von Gedanken an Bella verdrängt. Er musste zugeben, dass er einem Mädchen so verfallen war, war ihm seit ... eigentlich noch nie passiert. Er hatte zahlreiche mehr als erfreuliche Nächte mit einer Vielzahl von Frauen gehabt, manchmal sogar mit mehreren gleichzeitig. Gewöhnlich verschwanden diese Frauen dann einfach, und Kyle bemerkte es kaum, er konzentrierte sich nur auf seine Karriere.

Doch jetzt konnte er nur an Bella denken, die so unschuldig und zugleich so sexy aussah. Wie Bella rot wurde, wenn er ihr etwas Schmutziges in ihr hübsches Ohr flüsterte. Wie Bella mit geöffnetem Mund zu ihm aufsah, während er in sie stieß. Als er so daran dachte, wie Bella und er vor zwei Nächten und gestern Morgen miteinander geschlafen hatten, musste Kyle auf seinem Sitz hin- und herrutschen, sonst hätte womöglich noch jemand die Härte in seiner Hose bemerkt.

„Auf wen setzt du?", fragte Alec.

Kyle starrte Alec einen Moment lang an und versuchte, die Frage zu verstehen. Setzen, wer, was war los? Ach, Football. Sie sprachen über Football – natürlich sprachen sie über Football. Wer spielte noch mal? „Denver", meinte er, ohne über die Antwort nachzudenken.

Alec sah ihn an, als hätte er ihm gerade gesagt, der

Himmel sei rot. „Die haben in dieser Saison gerade mal ein Spiel gewonnen, Mann", sagte er und warf ihm einen merkwürdigen Blick zu.

Kyle zuckte die Achseln. „Ich feuere ganz gern die Außenseiter an."

„Hm, geht es dir auch wirklich gut, Mann? Du stehst ein wenig neben dir, seitdem dein Mädchen verschwunden ist."

„Mir geht es gut. Vielleicht habe ich diese Woche nur zu viel getrunken, das ist alles."

Alec versuchte, ihm die Wahrheit anzusehen, doch Kyle weigerte sich, sich herauszureden. Nur weil er von einem Mädchen besessen war, hieß das nicht, dass jetzt alle darüber wissen mussten.

Der Stadionsprecher fing mit seiner Durchsage an, und Kyle atmete wegen der Ablenkung erleichtert ein. Heath kam mit einem riesigen Haufen Essen auf seinem Teller zurück, nahm sich ein paar winzige Appetithäppchen und stopfte sie sich in den Mund, während sie zuhörten, wie das Spiel begann.

„Erheben Sie sich nun bitte alle von Ihren Plätzen, und begrüßen Sie eine königliche Hoheit in unserer Mitte! Prinzessin Arabella von Salasia wird unsere Nationalhymne singen. Heißen wir sie in New York *herzlich* willkommen!"

Salasia? Prinzessin Arabella? Kyle setzt sich kerzengerade hin.

Lustig. Er hatte nie von diesem Land gehört, und nun hörte er in derselben Woche gleich zweimal davon. Was für ein Zufall, dass eine Frau, deren Name wie Bella klang, ausgerechnet auch aus Salasia kam, und nicht nur irgendwo in New York, sondern hier in seinem Umkreis. Er staunte noch über diesen Zufall, als er eine junge Frau sah, die auf das Spielfeld trat. Sie trug einen rosa Hosenanzug und einen verrückten großen Hut, den sie irgendwie graziös abzunehmen verstand.

Heath klopfte ihm auf die Schulter. „Ich glaube, du hast sie schon ziemlich *herzlich* willkommen geheißen. Was, Kumpel?"

Moment mal, was? Kyle machte sich nichts aus den Königshäusern in Europa, doch er hatte schon genug Fotos von Kate Middleton gesehen, um diese Art von Anzug und Hut wiederzuerkennen. Er blinzelte und sah zu der Prinzessin hinab, dann warf er einen Blick auf den Großbildschirm über dem Stadion.

„Die wollen mich wohl verarschen", murmelte Kyle. Sein Herz setzte aus. Er kannte das Gesicht, das Haar, das Lächeln. Er würde sie überall erkennen. Es *war* Bella – oder, besser gesagt, Prinzessin Arabella von Salasia. Er stand auf und legte seine Baseballkappe auf sein Herz.

„Ist das die Bella aus der Bar?", fragte Alec hinter ihm. „*Prinzessin* Bella?"

Kyle sagte gar nichts. Er wusste nicht, was er sagen sollte. Seine Fürstin war eine echte, gottestreue, in einem Schloss lebende Prinzessin? Eine Prinzessin hatte beim Flag-Football den Touchdown erzielt? Gott, wenn ihre Familie das herausfand, würden sie ihn auf die Guillotine schicken. Kyle nahm an, dass die Guillotine nicht mehr in

Gebrauch war, doch für einen amerikanischen Footballspieler, der in einem Trailerpark aufgewachsen war, machten sie sicher eine Ausnahme.

Alec beugte sich über seine Schulter. „Scheint, als hättest du es nicht gewusst."

Kyle schüttelte den Kopf. Emotionen strudelten durch ihn hindurch, doch sie wurden augenblicklich gestoppt, als die Musik zu spielen begann und Arabella zu singen anhob.

Die Stimme eines Engels strömte aus ihrem Mund, und obwohl sie ihm ja erzählt hatte, dass sie eine ausgebildete Sängerin war, war es schon etwas vollkommen anderes, sie nun wirklich zu hören. Ihre Stimme war, um es mit einem Wort zu sagen, wunderschön. Kyle hatte die Nationalhymne nun oft genug in seinem Leben gehört, und er wusste, dass es ein extrem schwer zu singendes Lied war, doch Arabella sang die hohen Töne mit Leichtigkeit. Er bekam eine Gänsehaut auf den Armen, während die Melodie durch das Stadion vibrierte. Er war nie außergewöhnlich patriotisch gewesen, doch jetzt zu hören, wie diese Töne durch ihre Singstimme anschwollen? Plötzlich überkam ihn das Bedürfnis, vor dem amerikanischen Weißkopfadler zu salutieren.

Das Lied näherte sich seinem Höhepunkt, und Arabella traf die höchsten Töne mühelos. Schon bevor das Lied zu Ende war, fingen einige zu klatschen an, und als sie den letzten, lang angehaltenen Ton beendete, brach das Publikum in Jubel aus. Sie klatschten, pfiffen, jubelten und schrien, wie Kyle es noch nie bei einem Sänger, der einem

Footballspiel die Ehre erwies, gesehen hatte.

Heath stieß einen leisen Pfiff aus. „Verdammt, das war beeindruckend."

„Wirklich beeindruckend", sagte Alec, der immer noch klatschte.

Kyle sagte gar nichts mehr. Er war hin- und hergerissen – er verspürte Wut darüber, dass Arabella ihm nicht die Wahrheit gesagt hatte, doch auch Stolz, weil sie so talentiert war. Das Ganze noch durchmischt mit einem Glücksgefühl, weil er sie wiedersah, und er war ein emotionales Wrack. Sie war nicht nur auf das Spielfeld marschiert, um zu singen, sondern sie hatte es auch noch mit Feingefühl getan. Und dabei war sie nicht einmal Amerikanerin! Wie hatte sie die Nationalhymne so gut kennen und mit solchem Stolz singen können? Kyle rieb sich die Arme, die Gänsehaut war noch auf seiner Haut zu sehen.

Das Spiel begann, und Denver fiel schnell zurück. Doch Kyle konnte sich nicht auf das Spiel konzentrieren. Er konnte sich nicht einmal auf die Loge oder irgend etwas, das um sie herum geschah, konzentrieren. Sein Stolz auf Arabellas Talent ließ etwas nach und wurde von Wut und Verwirrung verdrängt.

Warum wollte sie ihm etwas so Wichtiges nicht erzählen? Er musste nicht den Lebenslauf einer Frau kennen, um mit ihr zu schlafen, doch sie war eine Prinzessin, um Himmels willen! Das war schon eine große Sache. Und ihr Bruder – der war gar nicht ihr Bruder, wie ihm jetzt klar wurde. Er musste ihr Bodyguard oder ein

Assistent oder so etwas sein. Kein Wunder, dass der Mann beinahe ausrastete, dass sie zurück ins Hotel kommen sollte. Ihr Verschwinden war sicherlich eine Angelegenheit nationaler Sicherheit für Salasia, und Kyle war jetzt bestimmt unter Beobachtung, weil er sie entführt hatte oder so.

Er ließ sich in seinen Ledersitz fallen und nippte schlecht gelaunt an seinem Bier. Er konnte die Verärgerung einfach nicht abschütteln. Sie hatte ihn für dumm verkauft. All seine Unsicherheiten – weil er in einem Trailerpark aufgewachsen war, wegen der Selbstbezogenheit und des Missbrauchs durch seinen Vater, wie hart er gearbeitet hatte, um hierher zu kommen, doch er konnte nie der Scham über die Vergangenheit entgehen – kamen ihm in den Kopf, und er verdrängte sie so gut er nur konnte. Ließe er sie zu, würden seine Zweifel ihn in den Wahnsinn treiben.

Er versuchte, die Dinge mal von Arabellas Seite aus zu betrachten, versuchte, den Zweifel zu ihren Gunsten zu wenden.

Hättest du sie anzufassen gewagt, wenn du gewusst hättest, dass sie eine Prinzessin ist?, fragte ihn sein Verstand, doch er sagte ihm, er sollte verdammt noch mal seine Klappe halten. Er war überhaupt nicht in der Stimmung für Logik oder Bedauern. Er war angepisst, und er würde noch eine Weile angepisst sein.

Während das Spiel seinen Lauf nahm, rang Kyle mit sich, ob er sie im Stadion suchen gehen sollte oder nicht. Einfach direkt zum Bühnenbereich gehen, und jemanden fragen, wohin die „Prinzessin von Salasia" gegangen war. Er wollte Antworten, verdammt!

„Weißt du, es gab bestimmt einen Grund, warum sie dir das nicht sagen konnte", äußerte Alec vorsichtig. „Nicht, um dich zu verarschen, sondern um sich zu schützen. Vielleicht darf sie dir wegen irgendwelcher königlichen Satzungen oder so nichts sagen."

Kyle wusste, dass Alec wahrscheinlich recht hatte, doch er wollte das nicht hören. Es war einfacher, wütend als verständnisvoll zu sein.

Bis zur Halbzeit hatte er sich fest entschlossen, sie suchen zu gehen. Sie hatte gerade die amerikanische Hymne gesungen. Sie war ein VIP, das hieß, sie war wahrscheinlich bei dem Besitzer der NY Knights zu Gast, Jacques York. Er bahnte sich einen Weg nach oben, wo die Sicherheitsbeamten ihn gleich erkannten. Er unterschrieb rasch ein paar Autogrammkarten, dann ging er weiter.

Gerade als er an der Loge ankam, entdeckte er einen rosafarbenen Hut um die Ecke verschwinden. Er gab Gas, um den rosa Hut einzuholen, bevor seine Besitzerin ihm entwischen könnte. „Netter Auftritt da draußen", sagte er zu dem Hut.

Sie blieb abrupt stehen. Schuldgefühl und Scham zerfurchten ihre Stirn, und sie biss sich auf die Lippe, als wartete sie darauf, gleich geschlagen zu werden.

KAPITEL SIEBEN

Als Arabella das Stadion betrat, suchte sie unwillkürlich die Menge nach Kyle ab. Doch es waren so viele Menschen da, sie hätte unmöglich jemanden ausmachen können. Außerdem, so überlegte sie sich, die Bootleggers spielten ja heute nicht, es gab für die Spieler also keinen Grund, hier zu sein.

Sie zwang sich, an etwas anderes zu denken als an Kyle, als sie auf dem Spielfeld die kleine Bühne betrat. Für diesen Anlass hatte sie ihren neuesten Hosenanzug ausgewählt, eine rosafarbene Kreation von Alexander McQueen, tailliert und komplettiert durch einen geschmackvollen und ziemlich angesagten Fascinator. Fascinators waren bei den Royals furchtbar angesagt, seitdem die Herzogin von Cambridge Prince William geheiratet hatte, doch Arabella zog es vor, dass ihre Hüte immer noch wie Hüte aussahen, nicht wie Vögel, die sich auf ihrem Kopf niedergelassen hatten. Sie trug hautfarbene Pumps mit einem sechs Zentimeter Stiletto-Absatz, und beinahe wünschte sie sich, sie hätte Ballerinas angezogen, denn sie fürchtete, gleich auf der Nase zu landen, während sie die paar Stufen zur Bühne erklomm.

Doch auf genau solche Veranstaltungen war sie ja vorbereitet worden, und mühelos ging sie zum Mikrofon, wobei ihr die Stimme ihrer Mutter in den Ohren widerhallte. *Laufe wie auf einer Wolke. Leicht, leichtfüßig. Halte den Kopf hoch und den Rücken gerade. Eine Prinzessin schlurft nicht.*

Arabella sah sich die Menschenmenge an und war plötzlich ganz ruhig. Sie war Mr. York überaus dankbar, dass er das hier möglich gemacht hatte. Es gab nur wenige Dinge, die ihr mehr gefielen als vor Publikum zu singen. Außer vielleicht, mit Kyle zu schlafen.

Nein, das muss aus deinem Kopf.

Mit einem kleinen Lächeln im Gesicht wartete sie auf die Musik.

Und dann setzte sie ein.

Immer wenn Arabella sang, betrat sie einen anderen Ort, eine andere Zeit. Sie konnte nicht beschreiben wie, doch es war beinahe, als geriete sie in Trance. Ihre Stimme war ihr Instrument, und sie ließ alles in sie hineinströmen, um ihr Leben einzuhauchen. Die Worte der amerikanischen Nationalhymne flossen ihr aus der Erinnerung in die Stimme, bis sie die Worte nicht bloß sang – sie wurde selbst zu den Worten. Sie wurde das Bild der Flagge, wurde das stolze Volk der Amerikaner.

Das Lied steigerte sich zu einem Crescendo, und ihre Stimme vibrierte im oberen Register des Stückes. Ihr

Vibrato war stark und strahlend, und sie fühlte, wie der Applaus ihr Herz erreichte, bevor sie die letzte Note zu Ende gesungen hatte. Als sie die höchste Note erreichte – eine Note, die schon vielen Sängern in der Vergangenheit Schwierigkeiten bereitet hatte – klopfte ihr Herz vor Aufregung. Sie trat gerne so auf, und als das Publikum am Ende schrie und jubelte, lächelte sie strahlend und winkte ihnen zu. Da jubelten sie nur noch lauter.

Ich wünschte, Kyle könnte hier sein, dachte sie. Traurig darüber, aber aufgeregt, dass sie diese Chance bekommen hatte, ging sie von der Bühne, begleitet vom tosenden Applaus, und winkte wie die Prinzessin, zu der sie erzogen worden war.

Mr. York, hinter ihm Royce, wartete auf sie, als sie den Spielerbereich wieder betrat. Er nahm ihren Arm und führte sie nach oben in seine private Loge. Royce folgte ihnen, ein unaufhörlich stiller Schatten. „Wundervoller Auftritt, Eure Hoheit!", sagte Mr. York und tätschelte ihren Arm. „Absolut fabelhaft. Ich wusste, Sie würden die Menge mit Ihrem Talent begeistern."

Sie errötete ein wenig. „Ich bin mir nicht sicher, ob ich sie begeistert habe, aber es schien ganz gut zu laufen."

„‚Ganz gut?' Welch Untertreibung! Ich würde sagen, Ihr Auftritt war wunderschön. Aber wie ich merke, macht es Sie verlegen, gelobt zu werden, deswegen lasse ich das jetzt." Er lächelte strahlend und geleitete sie in den klimatisierten Privatbereich, wo seine Familie und seine Kollegen saßen. Arabella wurde mit Respekt begrüßt, jeder kannte ihren königlichen Status, doch als sie sich zu ihnen setzte, hatte sie gleich das Gefühl, als sei eine Mauer zwischen ihr und den anderen hochgezogen worden. Sie war nicht mehr die lustige, unkomplizierte, entspannte Bella wie in den letzten Tagen, sondern Prinzessin Arabella. Die Einsamkeit setzte ein. Sie hätte alles dafür gegeben, jetzt Kyle zu sehen, wie er sie ärgerte und behandelte wie jeden anderen auch. Ihre Hand hielt, sie in seine großen, starken Arme nahm, sie mit dem süchtig machenden Mund küsste.

Sie erbebte, als die Erinnerungen sie überrollten, Erinnerungen, die zu verdrängen sie sich seit heute Morgen so sehr bemühte.

Das Spiel begann, doch sie passte kaum auf. Sie war nicht im Zuschauermodus, sie war im Prinzessinnenmodus, das hieß, sie musste sich mit Mr. Yorks Familie unterhalten, seiner Tochter Celeste, die nur zwei Jahre jünger war als Arabella und nicht aufhören konnte, von Modelabels zu sprechen. Als Arabella dem Mädchen anbot, sie zu duzen, unterhielten die beiden sich ganz entspannt, Celeste war nur ein wenig verlegen.

In der Halbzeit stand Arabella auf, um sich vor der Loge ein wenig die Beine zu vertreten. Sie brauchte jetzt frische Luft und vielleicht auch einen Hotdog. Ein paar Nachos. Sie gestattete sich ein Lächeln, als sie wehmütig an Kyles Sucht dachte. Royce wandte ihr gerade den Rücken zu, also stahl sie sich schnell hinaus, bevor er es bemerkte. Als sie die Loge verließ, atmete sie tief ein und ging um die Ecke.

Sie hatte nicht einmal bemerkt, dass jemand hinter ihr

war, bis sie eine tiefe Baritonstimme hinter sich hörte. *Seine* Stimme. „Netter Auftritt da draußen", meinte Kyle hinter ihr. Ihr Magen zog sich bei dem Laut zusammen.

Sie wirbelte herum, verwirrt ihn zu sehen. Ja, sie hatte gewollt, dass er hier wäre, um sie singen zu hören, doch nicht so. Nicht, wenn sie diesen rosafarbenen Anzug trug, in dem sie sich ganz förmlich geben musste. Ein Schamgefühl durchströmte sie, als sie seinen unglücklichen Gesichtsausdruck sah. Er hatte es herausgefunden. Sie biss sich auf die Lippe, unsicher, was sie erwidern sollte. Sie sollte sich natürlich entschuldigen und versuchen, es wieder gut zu machen –

Doch bevor sie irgend etwas sagen konnte, hatte er ihr Handgelenk ergriffen und sie in eine unverschlossene Abstellkammer geführt. Als er sie gegen ein Regal mit Reinigungsmitteln drückte, hätte sie beinahe gelacht, so absurd erschien es, dass eine Prinzessin und ein schwerreicher Footballstar sich neben einem Wischer und schmutzigen Lappen im Waschbecken unterhielten.

Doch ihr nervöses Kichern versiegte, als Kyle die Stirn runzelte, während er sie von ihrem Fascinator bis zu ihren hautfarbenen Pumps begutachtete. „Also ist es wahr? Diese ganze Prinzessin-Sache?"

„,Diese ganze Prinzessin-Sache'", spottete sie. Als ob sie sich aus Jux und Tollerei wie eine königliche Hoheit kleidete. Doch sie wollte jetzt nicht beleidigend werden. Schließlich hatte sie ihm ins Gesicht gelogen, selbst wenn sie ihm nur nicht alles erzählt hatte. Sie nickte und atmete tief ein. „Es ist wahr. Ich wurde von dem Besitzer der

Knights hierher eingeladen, er kommt auch aus Salasia. Mein Name ist Arabella, und ich bin eine Prinzessin. Überraschung!", endete sie etwas lahm.

Doch Kyle fluchte leise und wandte sein Gesicht ab, und sie ließ die Scherze. Genau aus dem Grund erzählte sie nicht gleich jedem, dass sie eine Prinzessin war, wenn es sich vermeiden ließ. Sie behandelten sie dann immer anders; sie konnte nie normal sein. Bei Kyle hatte sie endlich erfahren, wie es war, eine normale Frau zu sein, die mit einem Typen ein Date hatte, mit ihm schlief, mit ihm flirtete, alles, wonach sie sich schon so lange gesehnt hatte. Warum konnte es nicht einfach so zwischen ihnen bleiben?

Der drehte sich wieder zu ihr um. „Hättest du mir das jemals erzählt? Oder wolltest du einfach nach Salasia zurückkehren und vergessen, dass wir uns je begegnet sind?"

„Wie könnte ich das vergessen? Glaubst du wirklich, ich könnte das?", seufzte sie. Sie hatte nicht die Absicht gehabt, es ihm zu sagen – wozu? – doch vielleicht konnte sie diesen Schlag etwas abmildern. „Ich wollte einmal ein ganz normales Mädchen sein. Keine Prinzessin. Nicht jemand, vor dem sich die Menschen verneigen und dem sie dienen. Ein Mädchen, das mit einem Mann in eine Bar geht und sich keine Sorgen darüber machen muss, dass sie vielleicht die falsche Gabel benutzt."

„Also nein."

„Ich wollte Bella sein", erwiderte sie. „Nur Bella für dich, und ich kann ohne Zögern sagen, dass diese Stunden, die ich mit dir verbracht habe, die besten meines Lebens waren. Weil ich einfach ... sein konnte."

Kyles Kiefermuskeln zuckten. „Das ändert nichts an der Tatsache, dass ich eine Prinzessin in eine schmierige Kellerbar mitgenommen habe und sie dann ein paar Stunden später in meinem Hotelzimmer wie einen Cheerleader oder einen Bootleggers Fan gefickt habe."

Arabellas Augen verengten sich. „Verstehe." Sie ging Richtung Tür. „Du hast mich wie irgendeinen Cheerleader gefickt. Wenn du mich bitte entschuldigen würdest, ich denke, ich sollte besser gehen."

Kyle versperrte ihr den Weg. „Das hab ich nicht gemeint. Was ich meinte, war, ich hätte es wissen wollen. Eben weil ich dich mehr als irgendeinen Cheerleader mag, wäre es nett gewesen. Verstehst du das?"

„Ja. Ja, das verstehe ich, aber es hätte alles zwischen uns verändert. Du hättest dich mir gegenüber anders verhalten. Sag mir nicht, dass das nicht stimmt."

„Es stimmt nicht."

„Es stimmt, und du weißt das auch. Siehst du es denn nicht, Kyle? In dem Moment, als du die Wahrheit erfahren hast, hast du dich entschieden, mich anders zu behandeln, so wie du es jetzt gerade tust. Ich bin nicht das Mädchen, mit dem du den Tag verbracht hast. Jetzt bin ich eine Prinzessin, und du wirst mich auf ein Podest heben." Sie seufzte, erschöpft, den Tränen nahe. „Podeste sind einsame Orte."

Daraufhin schwieg er. Es sah aus, als überlegte er, was er sagen sollte, doch dann seufzte er, und endlich breitete sich ein Grinsen auf seinem Gesicht aus. Er schnipste gegen eine der Federn an ihrem Hut. „Eine richtige Prinzessin, was? So eine hatte ich noch nie eine im Bett."

Sie verdrehte die Augen. „Ausstellungsstück A, jetzt bin ich eine Eroberung für dich."

„Naja, das kannst du mir nicht zum Vorwurf machen, Herzogin. Halt, du bist ja gar keine Herzogin. Du bist eine Prinzessin, ich sollte mich wohl umgewöhnen."

„Du bist nicht witzig, und jetzt machst du dich auch noch über mich lustig."

„Also, was willst du jetzt, Bella? Möchtest du, dass ich dich königlich behandle oder als gingest du mir königlich auf den Sack? Ich kann beides. Du willst vielleicht über deinen Status hinwegsehen, aber du musst schon zugeben, das ist nicht ohne. Die ganze Zeit dachte ich, ich bin mit einem hübschen Mädchen namens Bella zusammen, doch in Wirklichkeit habe ich ein Königskind berührt. Ich wundere mich, dass ich überhaupt meine Proletenhände an deinen Körper legen durfte."

Er sagte die Worte leicht dahin, doch sie spürte die Spitze in ihnen. „So eine hohe Meinung hast du von mir, ja? Meinst du allen Ernstes, dass ich so denke? Sah ich in der Bar aus wie jemand, der von oben herab auf all die Proleten blickt? Oder sah ich nicht vielmehr wie ein Mädchen aus, das auch eins sein wollte?"

„Ich weiß gar nichts mehr. Ich weiß nicht, wer du wirklich bist, und das ist wirklich ätzend."

Obwohl seine Wut verflogen zu sein schien, spürte

sie, dass eine riesige Wand zwischen ihnen stand. Sie würden nie wieder dorthin zurückkehren können, wo sie gewesen waren, jetzt, da er ihre wahre Identität kannte, und genau davor hatte sie sich gefürchtet. Plötzlich wünschte sie, sie könnte sich diese Kleidung vom Leib reißen und ihren königlichen Status gleich mit und frei herumlaufen, wie das Mädchen, für das sie sich gehalten hatte, und sie müsste nie mehr zurückblicken. Doch stattdessen war es, als würden die Ketten immer enger um sie gelegt, enger und enger, bis sie nicht mehr atmen konnte.

Was hatte man von Status und Privilegien, wenn man sein ganzes Leben allein verbrachte und niemand es mit einem teilte?

Arabella wünschte sich, er würde sie küssen, damit alles wieder gut wurde, doch stattdessen hatte er gegen ihren Hut geschnippt als wäre sie ein kleines Kind. Vielleicht war es aber auch eine Geste, die ihr zeigen sollte, dass er sie immer noch für die normale Bella hielt. Sie wollte das dumme Ding beiseite werfen bei dem Gedanken, sein Gesicht in ihre Hände nehmen und ihn küssen, bis er Titel und königliches Geblüt vergaß.

Sie sah ihn an, das Herz auf der Zunge. *Sieh mich an*, wollte sie brüllen. *Nicht die Prinzessin, sondern mich.*

Sein Blick wurde intensiver, der Moment dehnte sich aus. Die Wischer, Reinigungsutensilien und das harte Regal, das ihr in den Rücken drückte, verschwanden. Ihr Status, ihr Hintergrund, alles schmolz dahin, bis nur noch sie da waren: Kyle und Arabella, zwei Menschen, die nicht voneinander lassen konnten, die das Leben trotz der Umstände immer wieder zusammenbrachte.

„Arabella", sagte er knurrend. Er schien mit sich zu ringen, und sie fragte sich, welche Seite wohl gewinnen würde. „Ich habe Bella lieber. Ich möchte meine Bella zurück."

Als er ihren Hut zurückschob und ihren Mund mit dem seinen bedeckte, hatte sie ihre Antwort.

Er küsste sie wie ein Besessener, und Arabella konnte sich nur an ihm festhalten und ihn begierig in sich aufnehmen. Er eroberte ihren Mund, leckte, erkundete und suchte nach dem Mädchen, das er gestern am Straßenrand verlassen hatte. Er schluckte ihr Stöhnen, während sie ihre Hände um seine Schultern verkrampfte. Als er sich gegen sie drückte, spürte sie seine Härte an ihrem Bauch, und sie wusste, dass er sie noch wollte – ganz egal, was sie getan hatte.

„Bella ...", murmelte er und löste sich, um ihr in die Augen zu sehen. Sein Blick war nicht mit dem üblichen Charme gefüllt, sondern mit Traurigkeit. Er küsste sie erneut, doch vorsichtig, ehrfürchtig. Er verehrte ihre Lippen und strich mit seinem Daumen über ihre Wange. Als Arabella die Augen öffnete, wusste sie, dass ein Lebewohl zwischen ihnen in der Luft hing. Das hier war kein Verführungskuss, der auf später hoffen ließ – dies hier war ein Abschiedskuss.

Ihr Herz sank. Sie hatte gewusst, dass sie keine Zukunft haben würden, und doch hatte sie zugelassen, dass sie neue Hoffnungen schöpfte. Sie war ein vollkommener

Idiot und kämpfte gegen ihre brennenden Tränen an, während er sie so süß küsste, und ihr Herz zerbrach in eine Million Stücke.

„Kyle, oh, Kyle." Sie ließ ihre Finger durch seine Haare gleiten, und er beugte sich hinab und fuhr mit seinen Lippen über ihren Hals. Das Beste, das sie tun konnte, war, zu Mr. York und Royce zurückzukehren und zu vergessen, dass sie Kyle hier jemals gesehen hatte. Sie suchten sicher schon nach ihr, doch das war ihr egal, und sie würde auch nicht auf die Vernunft hören. Sie wollte nur in Kyles Armen sein und dieser Moment sollte nie enden.

Kyle drückte ihr einen letzten Kuss auf den Mund, dann zog er sich zurück. „Nein! Kyle, bitte ..."

Er sah sie an, als nähme er diesen Moment auf, damit er ihm ein Leben lang blieb. Ihr Herz klopfte, und sie wusste, dass sie rot und ihr Mund geschwollen vom Küssen war. „Ich muss jetzt gehen."

„Nein, musst du nicht. Lass uns darüber reden ..." Nein. Was sagte sie da? Er hatte recht, und sie mussten es jetzt beenden. Sie hätte es wissen müssen, von dem Moment an, als sie durch das Badezimmerfenster entwischt war, um ihn zu treffen, dass es so enden würde. Wenn man etwas heimlich tun musste, war es nicht real.

Er schob ihr eine lose Strähne aus der Stirn. „Hab eine gute Heimreise nach Salasia", sagte er und küsste ihre Stirn. Wie bei einem Kind. Als wüsste er es besser, und sie sollte auf ihn hören und artig sein.

Doch sie wollte nicht artig sein. Sie wollte

schluchzen. Sie wollte ihn beschimpfen. Sie wollte, dass er sie in seine Arme nahm, sie wegtrug, ihr keine andere Wahl ließ. Doch er erwies sich als ein Gentleman, indem er sie gehen ließ, und sie hasste ihn dafür, so sehr sie ihn dafür liebte.

„Lebwohl, Kyle." Sie küsste ihn ein letztes Mal. „Danke für alles."

Sie verließ die enge Abstellkammer, ohne einen weiteren Blick in seine Richtung, Tränen verunklarten ihren Blick. Ihre Beine fühlten sich wacklig an, doch sie riss sich zusammen. Als sie in die Privatloge zurückkam, hatte das Spiel bereits wieder begonnen, und niemand bemerkte ihre Verspätung, obwohl Royce ihr von der anderen Seite des Raumes her einen misstrauischen Blick zuwarf. Sie ging geradewegs zur logeneigenen Toilette, setzte sich dorthin, bedeckte ihr Gesicht mit ihren Händen und zwang sich, nicht loszuheulen.

Sie atmete tief ein und dachte an beruhigende Dinge: den Ozean, eine leichte Brise, Hundewelpen. Sie durfte jetzt nicht die Beherrschung verlieren, nicht vor all diesen Menschen. Wenn sie ins Hotel zurückkäme, dann könnte sie so lange sie wollte in ihr Kissen weinen. Doch jetzt war sie vollkommen im Prinzessinnenmodus. Sie hatte keine Ahnung, warum die Menschen eine Prinzessin nicht weinen sehen wollten, doch es war wie es war.

Sie betrachtete sich im Spiegel, wischte die paar Tränen, die an ihren Wangen hinabgekullert waren, fort, wusch sich die Hände und richtete sich das Haar. Als sie aus dem Waschraum kam, stand Royce davor und wartete auf sie. „Sie waren lange weg", sagte er misstrauisch.

Arabella lächelte zu ihm auf. Als sie ohne nachzudenken seine Hand ergriff, weiteten sich seine Augen überrascht. „Es tut mir leid, dass ich in den letzten Tagen solch eine Last war. Ich verspreche, dass ich mich die restliche Reise über benehmen werde. Danke für all deine Mühe."

Sie setzte sich neben Celeste, die ihr berichtete, was schon alles passiert war, während sie weg gewesen war. Sie hörte die Worte des Mädchens kaum, denn ihre Gedanken schwirrten durcheinander, und ihr Herz schmerzte. Kyle war nur eine nette Ablenkung gewesen, versuchte sie sich einzureden. Aber warum tat es dann so weh? Hatte sie sich in ihn verliebt? Bei dem Gedanken zog sich ihre Brust so schmerzhaft zusammen, dass sie beinahe nach Atem ringen musste.

Ich habe mich in ihn verliebt, dachte sie. *Und ich kann ihn niemals haben, weil man mir nicht gestatten würde, einen Bürgerlichen zu heiraten. Was für ein grausamer Scherz des Schicksals war das nur?*

„Wann fliegst du nach Hause?", fragte Celeste.

Bei dem Gedanken daran, nach Hause zu fliegen, zuckte Arabella zusammen. „Morgen schon. Meinst du, deine Familie wird bald zu Besuch kommen?"

„Oh, vielleicht gegen Ende des Jahres. Vater findet Salasia während der Herbstmonate am schönsten, obwohl ich gestehen muss, dass auch New York seinen Reiz in der Zeit hat."

So viele Reize, dachte Arabella niedergeschlagen, als

Celeste sich abwandte. *So viele Reize, und ich darf keinen von ihnen haben.*

Als sie und Royce nach dem Spiel ins Hotel zurückkehrten, schloss sie sich gleich im Schlafzimmer ein und weinte zwei volle Stunden lang. Sie war sich ziemlich sicher, dass Royce sie hören konnte, doch das war ihr gleich. Danach aß sie zu Abend, und Royce überwachte jede ihrer Bewegungen, während sie sich schwor, dass sie alles daran setzen würde, Kyle Young loszulassen.

KAPITEL ACHT

„Kumpel. Was ist los mit dir, Mann?" Kyle warf Heath einen Blick zu, sah ihn mit gerunzelter Stirn an. „Nichts. Mir geht es gut."

„Klar. Nur dass du seit Wochen jetzt echt Scheiße aussiehst und nach den Spielen nicht einmal mehr mit uns ausgehst. Und wenn doch, dann immer nur kurz, bevor du unter irgendeinem Vorwand verschwindest. Hast du irgendwie deine Tage oder so?"

Kyle zeigte seinem Freund den Vogel, doch das war nur halbherzig. Er war gereizt und deprimiert gewesen, seitdem er sich von Arabella verabschiedet hatte. Prinzessin Arabella von Salasia, erinnerte er sich, eine Frau, die so gar nicht in deiner Liga spielt, eine Frau, die dich gerade mal für einen Tag mit ihrer Anwesenheit beehrt hat. Die Prinzessin, die in ihren Palast zurückgekehrt ist und wahrscheinlich in den nächsten Tagen irgendeinen Adligen heiratete, während Kyle nichts anderes blieb, als hier herumzusitzen, an ihre schöne

Nacht in New York City zu denken und einen Teller voller Nachos zu verkrümeln.

Am Tag, nachdem er Arabella zum letzten Mal gesehen hatte, war das Team nach Savannah zurückgekehrt und trainierte nun für ein Spiel nächste Woche. Das hätte ausreichen sollen, um ihn abzulenken, doch zum ersten Mal in seinem Leben schien seine Karriere unwichtig zu sein. Sein Talent, sein Vermögen und sein Ruhm schienen unbedeutend.

Ja, er hatte sich hierher hochgearbeitet, und er war stolz auf seinen beruflichen Erfolg. Er hatte über das Land verstreut zahlreiche Häuser gekauft, jedes ausgestattet mit luxuriösen Polstermöbeln, Betten und Tischen, wertvolle Kunstwerke hingen an den Wänden. Er fuhr schicke Autos, aß in den besten Restaurants und war sich der Tatsache wohl bewusst, dass er jede Frau, die er wollte, mit einem Zwinkern und einem Lächeln haben konnte.

Doch all das erschien nun unbedeutend. Denn er wollte nur eine Frau – eine verdammte Prinzessin, die ihn verarscht hatte, ihn richtig verarscht und dann verlassen hatte.

Natürlich hatte sie ihn verlassen.

Es spielte keine Rolle, wie viele Autos er hatte oder wieviel Flaschen Chardonnay er kaufte, er war immer noch ein Junge, der in einem Trailerpark aufgewachsen war. Er hatte keinen Stammbaum und nichts, was ihn für eine Prinzessin attraktiv machte, und es pisste ihn an, dass er überhaupt über so etwas nachdachte!

„Young, wirst du heute auch irgendwann bei uns sein,

oder solltest du lieber ein Nickerchen machen?", fragte der Coach, die Hände in die Hüften gestützt, mit einem wilden Ausdruck in seinem gealterten Gesicht. Obwohl er Mitte fünfzig war, hatte der Coach immer noch die Angewohnheit, seinen Spielern hart zuzusetzen – insbesondere seinen Starspielern, wie Kyle, Heath und Alec. Heath hatte sich letzten Monat eine Menge anhören müssen, als er Probleme mit Camille Pollert hatte, einer aufsteigenden NFL-Fotografin, doch nachdem Camille freiwillig auf ihre Stellung verzichtet hatte, um sich ihrer eigenen Fotografie zu widmen – und Heath endlich wieder bei der Sache war – hatte der Coach der Beziehung seinen griesgrämigen Segen gegeben.

Jetzt war Kyle an der Reihe, den Hintern versohlt zu bekommen. „Ich bin hier", sagte er und stand auf. „Wo könnte ich lieber sein?"

„Spiel hier nicht den Klugscheißer. Ich weiß, dass du Trübsal bläst, weil dein Hund gestorben ist oder was auch immer, aber jetzt ist nicht die Zeit, weich zu werden." Der Coach hielt ihm einen Finger ins Gesicht. „Wir sind die Favoriten für den Super Bowl dieses Jahr, hörst du mich? Wir können nicht rumgammeln, und ich kann nicht zulassen, dass mein bester Quarterback den Ball verfehlt, wie du es dir im Training passiert ist."

Beim letzten Scrimmage hatte Kyle den Ball verfehlt – das war ganz untypisch für ihn – und der Coach hatte sich so aufgeregt, dass ihm die Spucke aus dem Mund gelaufen war. Kein schöner Anblick.

Genau das passiert, wenn du so ein Aufhebens wegen

eines Mädchens machst, ermahnte Kyle sich selbst. Er musste diese Hirngespinste abschütteln, er wollte nicht, dass irgendwer den wahren Grund erfuhr, warum er so abgelenkt war. Heath und Alec wussten es beide ansatzweise, doch sie waren eng genug miteinander befreundet, um das dem Coach besser nicht zu stecken, der wahrscheinlich ein Aneurysma bekommen würde, wenn noch einer seiner Spieler wegen einer Frau keine Leistung mehr brächte.

„Los, aufs Feld, Jungs!", bellte der Coach. „Wir müssen den neuen Spielzug trainieren. Es wäre schon ein Gewinn, wenn endlich einmal alle machten, was ich ihnen sage. Und jetzt bewegt euch!"

Der Coach blies in seine Pfeife, und das Team stellte sich auf. Das Spiel hing davon ab, dass Kyle den Ball erfolgreich zum Touchdown brachte, doch wenn er ihn verfehlte, wäre alles ruiniert. Normalerweise wäre er wie berauscht von dem Gedanken, der Dreh- und Angelpunkt zu sein, doch jetzt fühlte er sich irgendwie klamm und aufgeregt. Als müsste er auf eine Bühne gehen und sich die Seele aus dem Leib kotzen, bevor er den Mund öffnete.

Plötzlich erinnerte ihn das an Arabella, wie sie die Nationalhymne gesungen hatte. War sie nervös gewesen, als sie darauf gegangen war? Er hatte ihr gar nicht gratuliert, weil sie das so gemacht hatte. Dafür hatte er sich seitdem mindestens zehnmal schon selbst geohrfeigt. Er erinnerte sich daran, wie ihre Stimme sich gesteigert und vibriert hatte und wie sich sein ganzer Körper dabei angespannt hatte. Obwohl sie vom Körper her noch so jung wirkte, süß, beinahe unschuldig, war ihre Stimme die einer Frau, von erfahrenem Charakter. Weltlicher, sogar sinnlich, wie ihre Stimme durch das Stadion hallte. Kyle fragte sich, ob sie jemals die Chance bekäme, auf Tournee zu gehen, wie sie erwähnt hatte, dass sie es sich wünschte. Konnten Prinzessinnen als Sänger auf Tournee gehen, fragte er sich? Oder widersprach das dem Verhaltenskodex einer Prinzessin, den sie bei ihrer Geburt wahrscheinlich schon unterschreiben musste?

„Young! Was zum Teufel tust du denn da?"

Kyle wurde aus seiner Träumerei gerissen, als er bemerkte, dass das Spiel schon begonnen und er sich nicht bewegt hatte. Er war nicht gelaufen, und hatte auch nicht den Ball zum ersten Down gebracht. Hatte einfach nur wie ein Idiot dagestanden.

Der Coach brüllte weiter, und die Spucke begann zu fliegen. „Stirbst du gerade? Oder bist du einfach nur dumm? Ich schwöre bei Gott, Young, wenn du dir irgend etwas zugezogen hast, dann komme ich da rüber und erwürge dich eigenhändig ..."

Von da an wurde das Training nur noch schlechter. Kyle spielte so gut er nur konnte, doch er war mit dem Kopf nicht beim Spiel, und der Coach wurde immer wütender. Nach einem weiteren jämmerlichen Spielzug blies der Coach in die Pfeife, schickte die gesamte Mannschaft vom Spielfeld und sagte ihnen, er könne nicht mehr hinsehen, weil sie nur rumhampelten wie kleine Prinzessinnen. Das Wort zu hören verbesserte Kyles Situation nicht gerade.

Kyle wusste, dass er sich heute Abend vom Coach einiges würde anhören müssen, er würde ihm sagen, er solle aufhören, herumzuhuren, doch als er in die Umkleide kam, um zu duschen, war ihm das völlig egal. Was zum Teufel stimmte nur nicht mit ihm? Warum konnte er diese Frau nicht abschütteln?

Als er an dem Abend in sein Haus außerhalb von Savannah kam, schmiss Kyle seine Ausrüstung in den Hauseingang und ging direkt zur Küche, um sich einen Whisky zu genehmigen. Kyles Haus, ein palastartiger Herrensitz mit einer Garage für fünf Autos, einem Pool, einem Brunnen, verriet seinen Reichtum und seinen Ruhm, doch drinnen strahlte es trotzdem noch die Behaglichkeit aus, an der ihm viel lag. Er genoss sein Geld, doch er mochte auch die einfacheren Dinge. Wie ein billiges Bier, kalt aus dem Kühlschrank, dachte er und änderte seine Absicht, während er die Dose neigte und den Inhalt hinunterkippte, so dass die kühle Flüssigkeit seinen Hals hinunterrann. Er holte noch eine weitere heraus und ging ins Fernsehzimmer, das mit den neuesten elektronischen Geräten ausgestattet war und wo er jeden Sender weltweit erreichen konnte.

Er ertränkte seine Sorgen bei einem Baseballspiel, doch er ertappte sich, wie er über andere Dinge nachdachte und gar nicht auf den Spielverlauf achtete. Kopfschmerzen drohten, ihn über Nacht lahmzulegen. Er war müde und um neun Uhr schon beinahe bettreif. Er verdrehte die Augen über sich. Wann war er nur so ein Weichei geworden? Was hatte Arabella mit ihm angestellt?

Vielleicht war es gelogen, dass sie eine Prinzessin war, und in Wirklichkeit war sie eine Hexe, denn so fühlte er sich – verhext. Unter einem Bann, den er nicht lösen konnte. Als nächstes würde er bei der amerikanischen Pensionistenvereinigung unterschreiben und flennen, wenn er *Wie ein einziger Tag* sah.

Gelangweilt von dem Spiel begann er, durch die Kanäle zu switchen, doch er konnte keinen finden, der ihn ernsthaft interessierte. Er schaltete hin und her und wollte den Fernseher bereits ausschalten, als er ein vertrautes Gesicht auf dem Bildschirm sah. Sein Herz setzte beinahe aus: es war Arabella, ihr hübsches, lächelndes Gesicht in einer Nachrichtensendung auf irgendeinem Unterhaltungskanal. Wie kam es nur, dass er sie vorher nie gesehen hatte? In so ein Gesicht hätte er sich gleich verliebt.

Eine Stimme erklang, während Bilder und Nachrichten über den Bildschirm liefen. „Prinzessin Arabella von Salasia wurde mit niemand Geringerem als einem salasischen Adligen gesehen. Das käme Ihnen nicht ungewöhnlich vor, doch bei ihm handelt es sich um den heißbegehrten Junggesellen Graf Frederic. Man sah sie gestern allein."

Kyle sah sich die Fotos von Arabella mit einem älteren Mann – irgend so ein Kerl Anfang vierzig – an, die auf dem Bildschirm erschienen. Sie hielten nicht Händchen, sondern waren nur entdeckt worden, wie sie gemeinsam in einem Restaurant zu Abend aßen, und das reichte schon, um Kyle für die nächsten Tage durchdrehen zu lassen. Vielleicht sogar Monate oder Jahre. Kyle stellten sich die Nackenhaare auf, als er die Bilder sah. Der Gedanke an sie mit einem anderen Mann – ganz egal wie platonisch das Ganze war – hätte ihn am liebsten durch die Wand gehen lassen.

„Wir spekulieren nun schon seit einigen Jahren, wen die Prinzessin wohl heiraten würde", fuhr die Kommentatorin fort, „doch niemand schien zu passen. Ist das nun anders, seitdem Graf Frederic ganz vorne in der Reihe der Verehrer steht? Wir werden diese Geschichte weiter verfolgen und Ihnen berichten, wenn Sie bald auf Hochzeitsglocken lauschen sollten!"

Ein letztes Bild erschien, auf dem Graf Frederic zu Arabella hinablächelte. Sie lächelte zwar nicht, doch sie erschien auch nicht unglücklich zu sein. Das Bild verschwand so schnell wieder, dass Kyle ihren Ausdruck nicht richtig einschätzen konnte. Dachte sie wirklich darüber nach, diesen Deppen mit seinem schütter werdenden Haar und den schmalen Lippen zu heiraten? Igitt!

Um fair zu sein, Kyle musste schon zugeben, dass der Graf gut aussah, auf eine langweilige, stabile und aristokratische Art, doch er wollte gerade nicht fair sein. Er zerdrückte seine Bierdose und warf sie an die Wand. „Scheiß auf mein Leben!"

Er suchte Zuflucht bei seinem Handy, in dem er nun nach Bildern von Arabella und dem Grafen suchte, er wollte unbedingt wissen, ob sie nun ein hoffnungsloser Fall war. Denn, wenn es da auch nur das kleinste bisschen

Hoffnung gab ... Sie erschienen augenblicklich, und Kyle zoomte jedes nahe heran, um sich Arabella genau anzusehen. Als sie zusammen gewesen waren, war er ziemlich gut darin gewesen, in ihrem Gesicht zu lesen, und er war stolz darauf, sagen zu können, was sie gerade dachte und fühlte.

Auf den Fotos hatte sie sicher einen perfekt heiteren Ausdruck aufgesetzt, dachte er finster, doch als er jedes Bild genau betrachtete, fiel ihm eine Sache auf – sie sah aus, als wäre es ihr unangenehm. Sie berührte den Grafen nicht, lächelte ihn nicht an – wie sie es bei Kyle getan hatte – und oft hatte sie sogar die Arme verschränkt oder ihren Körper von ihm abgewandt. Durch die Anspannung war ihr Mund nur eine Linie, und auf ihren Wangen und ihrem Hals war keine Röte zu sehen. Das wäre für sie verräterisch gewesen. Sie liebte den Typen nicht. Das konnte er ihrem Gesicht ansehen, unter der ruhigen Oberfläche. Er kannte seine Herzogin, und eins war sicher: Sie wollte das alles nicht.

Jemand verlangte das von ihr – höchstwahrscheinlich ihre Familie.

Aber konnte Arabella einen Mann heiraten, den sie nicht liebte? Er hatte so das Gefühl, dass sie konnte und wahrscheinlich auch würde, wenn sie damit ihre Familie glücklich machen könnte. Bei dem Gedanken daran, sank ihm sein Herz in den Magen.

Sie kann diesen Typen nicht heiraten. Das kann sie nicht. Sie wird unglücklich sein.

Er erinnerte sich an ihr Gesicht in diesem

Abstellraum, wie sie sich gequält auf die Lippe gebissen hatte, die Verzweiflung, weil sie nicht gewusst hatte, was sie tun sollte, der Ausdruck, der ihn anflehte, sie weit, weit weg zu bringen. Sie hatte ihn nicht verlassen wollen, doch sie musste. Aus Pflichtgefühl. Tief in seinem Herzen hatte auch er sie nicht gehen lassen wollen. Doch wie konnte ein Footballspieler wie er etwas mit einer Frau königlichen Ranges anfangen? Das würde nie funktionieren.

Genau da klingelte sein Handy. Wie erwartet erschienen der Name und das Gesicht vom Coach auf dem Bildschirm. Er zuckte zusammen, hob aber dennoch ab, denn er wusste, wenn er ihn ignorierte, würde der Coach Amok laufen. „Young!", blaffte der Coach. „Lebst du noch?"

Kyle hätte sarkastisch reagieren können. Stattdessen antwortete er: „Jap, Coach, lebe und atme noch. Was gibt's?"

„Naja, eigentlich sollte ich dir in den Hintern treten für das heutige Training, aber ich bin zu müde und hab genug Bier getrunken, um schon etwas ruhiger zu sein, doch ich hatte gerade einen interessanten Anruf von Jacques York, dem Eigentümer der NY Knights. Erinnerst du dich an ihn?"

Kyle setzte sich auf. Jacques York kam aus Salasia. Das hatte Bella ihm erzählt. Was wollte der Typ? „Was will der denn von uns?"

„Nun, er hat *dich* zu einer Reise nach Salasia eingeladen, zusammen mit einigen anderen Spielern aus anderen Teams, für irgend so eine Wohltätigkeitssache.

Ich weiß nicht mehr, wofür – wahrscheinlich krebskranke Kinder oder so – und ich sagte ihm, du bräuchtest etwas Zeit, um einen klaren Kopf zu bekommen, also würde das passen. Du, Dawson und LeBrun, ihr reist morgen ab."

„Morgen? Und was ist mit unserem nächsten Spiel?"

„Ihr werdet zum Training rechtzeitig wieder da sein, und nächste Woche ist unsere letzte Woche." Kyle war regungslos. Er sollte nach Salasia reisen? Wo zufällig Arabella lebte? Mit neuer Energie sprang er auf und lief hinauf in sein Zimmer, um zu packen. Das war Schicksal – er wusste es. Es musste so sein. Das hier war das Universum, das ihm sagte, er müsse Arabella davon abhalten, sich mit irgendeinem Typen abzugeben, den sie nicht wollte und ... gut, den Rest würde er sich überlegen, sobald er da war.

„Young, bist du noch dran?"

„Ach ja", erwiderte er abwesend, während er seinen Schrank durchwühlte. Er hatte seinen Koffer von der Reise nach New York noch gar nicht weggeräumt. Welche Kleidung wäre wohl angemessen, wenn man einer Prinzessin in ihrer Heimat begegnete? „Wann geht der Flug?"

„In aller Frühe, um 6 Uhr. Der Fahrer wird dich um 4 Uhr abholen. Mach uns stolz, Young, und dann komm als wirklicher Quarterback wieder zu uns zurück, okay?"

„Sicher, Coach."

„Ach, und Young?"

„Ja, Sir?"

„Schnapp dir das Mädchen!" Er hörte beinahe wie der

Coach zwinkerte. War es so offensichtlich gewesen?

Egal. Er legte auf und warf sein Handy aufs Bett. Es war ihm gleich, ob er zu Wohltätigkeitszwecken nackt versteigert werden würde, er reiste nach Salasia, und er würde Arabella finden und sie davon überzeugen, dass sie ihr Leben ruinieren würde, wenn sie Count Frederic heiratete. Okay, sie waren nicht einmal verlobt, doch es kursierten bereits Gerüchte, und er konnte das auf keinen Fall zulassen.

Und was dann? Bietest du dich als Alternative an? Sein Verstand spielte des Teufels Advokat.

Er verdrängte den Gedanken. Immer nur ein Problem auf einmal in Angriff nehmen, sagte er sich selbst. Kyle war nicht hundertprozentig überzeugt, dass er der Richtige für Arabella, die Prinzessin von Salasia, war, doch er wusste, dass der Count jedenfalls nicht der Richtige war. Und wenn er schon im gleichen Land wie sie war, war es seine Bürgerpflicht, sie darüber in Kenntnis zu setzen.

Ah ja, red dir das nur weiter ein, Kumpel. Und ich bin mir sicher, dass du auch nicht wieder mit ihr schlafen willst.

Kyle stopfte energischer als nötig Anziehsachen in seinen Koffer, als er sich daran erinnerte, wie er mit Arabella geschlafen hatte. Er hatte nie zuvor Sex mit einer Frau gehabt, die solch eine Wirkung auf ihn ausübte, und die Erinnerungen an jene Nacht verharrten in seinem Kopf, wie die Reste eines traumähnlichen Zaubers.

Als der Fahrer der Bootleggers ihn, Heath und Alec am nächsten Morgen zum Flughafen fuhr, konnte Kyle kaum seine Aufregung und Freude kontrollieren. Der Blick, wenn sie ihn entdeckte, würde unbezahlbar sein.

Ich bin unterwegs zu dir, Herzogin. Ob du dafür bereit bist oder nicht.

KAPITEL NEUN

Arabella starrte auf ihren Teller. Herrlich gekochte Jakobsmuscheln und das zarteste Gemüse zierten das feine Porzellan, doch ihr Magen verkrampfte sich bei dem Anblick. Vielleicht war es auch nur die Unterhaltung, die um sie herum im Gange war, die ihr Übelkeit bereitete, dieses ganze Gerede über ihre Zukunft, ohne dass irgendwer sie nach ihrer Meinung dazu fragte.

„Geht es dir nicht gut?", fragte Count Frederic leise und beugte sich vor. Der Count war, obwohl bereits Anfang vierzig, immer noch Junggeselle, und noch dazu einer der begehrtesten. Er stammte zwar aus salasischem Adel, war jedoch nicht mit der königlichen Familie verwandt. Dennoch war sein Blut beinahe so blau wie Arabellas. Mit seinen dunklen Augen und den dunklen Haaren – auch wenn sie langsam etwas schütter wurden – war er immer noch ein ansehnlicher Mann, der obendrein auch noch freundlich und aufmerksam war.

Arabella mochte ihn. Das tat sie wirklich. Er war

beflissen, höflich und trug immer die elegantesten Anzüge. Sein Schnurrbart war stets perfekt getrimmt. Wenn er grau an den Schläfen wurde? Was machte das schon? Das gab ihm ein distinguiertes Aussehen, zumindest war das das, was ihre Mutter meinte.

Arabella zwang sich zu lächeln. Schließlich war nichts Schlimmes daran, mit dem Grafen zu speisen – schon wieder. „Mir geht es gut", antwortete sie ruhig. „Nur ein wenig müde. Die letzten paar Tage waren sehr anstrengend."

Frederic antwortete mit einem Lächeln. „Das waren sie. Probier doch mal die Jakobsmuscheln. Die sind perfekt gekocht."

Natürlich sind sie das, dachte sie mürrisch. Wann waren sie das jemals nicht? Überhaupt, wann war mal etwas nicht perfekt in dieser Welt? Der Speiseraum war perfekt, der Leuchter an der Decke war perfekt, ihre Kleidung war perfekt, das Essen war perfekt. Nicht ein Staubkörnchen, kein Sprung in irgendeiner Tasse, auch keine dreckige Gabel in Sicht. Arabella war umgeben von Gelächter und Wein, doch es war als säße sie in ihrer eigenen, glänzenden Blase. Ein Blasenkäfig, wirklich. Ein Käfig, dem sie verzweifelt entkommen wollte.

Als sie aus New York City nach Hause gekommen war, war ihre Mutter Elisabetta wütend auf Arabella gewesen, weil sie einfach alleine losgezogen war, und wenn Mutter wütend war, dann auf kalte, unerbittliche Weise. „Du bist mit einem Mann davongelaufen, den du kaum kanntest", zischte sie und hielt ihrer Tochter den ganzen Nachmittag über, von dem Moment an, als sie einen Fuß in das Haus gesetzt hatte, eine Standpredigt.

Ich habe Kyle besser kennengelernt als Count Frederic, dachte Arabella verbittert.

„Du hast uns allen solch einen Schrecken eingejagt, dass ich mir kaum vorstellen kann, dir jemals zu verzeihen! Wie konntest du nur, Arabella? Wie konntest du deine Pflicht vernachlässigen, dir selbst, deiner Familie und deiner Herkunft solch mangelnden Respekt entgegenbringen? Wie konntest du dich nur in solch eine Gefahr begeben? Nicht nur das! Du wurdest gesehen, wie du diesen Fremden geküsst hast! Musstest du zu allem Überfluss auch noch das Flittchen spielen?"

Bei den harschen Worten ihrer Mutter war sie zusammengezuckt, hatte aber nichts gesagt. Was hätte sie schon sagen können? Wenn Mutter sich ein Urteil gebildet hatte, konnte Arabella nichts tun, um sie davon abzubringen. Stattdessen flüchtete sie sich in Gedanken an Kyle, an seine himmelblauen Augen, die Erinnerung an seine fordernden Küsse, und kaum, dass sie sich's versah, waren die Worte ihrer Mutter im Hintergrund verschwunden.

Was er wohl gerade tut?, fragte sie sich. Dachte er noch an sie? Oder war er schon bei einer anderen Frau gelandet? Bei dem Gedanken zog sich ihr Herz schmerzhaft zusammen. Sie hätte ihm deswegen keinen Vorwurf machen können, da sie so oder so keine gemeinsame Zukunft hatten, und doch tat es weh, daran zu denken. Jede Erinnerung an Kyle schmerzte.

„Hörst du mir überhaupt zu?", hatte ihre Mutter gefragt. „Arabella!"

„Ja, Mutter?" Sie biss die Zähne zusammen und hätte ihrer Mutter den Kopf abreißen können.

Mutter hatte das iPad mit dem kompromittierenden Foto auf einen Sessel geworfen. „Ich wusste, dass das passieren würde. Ich wusste, dass, wenn wir dich allein nach New York City reisen lassen, das nichts als Ärger brächte. Du brauchst einfach eine feste Hand, die dich führt, und ich muss einsehen, dass weder ich noch dein Vater länger dazu imstande sind."

Arabella runzelte die Stirn, wofür ihre Mutter sie erneut zurechtwies – Stirnrunzeln machte Falten, und niemand wollte eine faltige Frau, oder?

Dann fuhr ihre Mutter fort: „Count Frederic hat sich nach dir erkundigt, und ich denke, es ist an der Zeit, ihn als möglichen Verehrer ins Auge zu fassen. Du wirst am Samstag mit ihm zu Abend essen."

Arabella erstarrte in ihrem Sessel. Count Frederic, ein Freier? „Ich möchte Count Frederic nicht heiraten", sagte sie entsetzt flüsternd. „Ich möchte niemanden heiraten, den du für mich aussuchst, Mutter."

„Nun, das ist wirklich zu schade, nicht wahr? Du bist diejenige, die sich entschieden hat, ihren Ruf zu ruinieren und den unserer Familie, insbesondere, wo doch dein Bruder Louis uns schon genug Scherereien bereitet hat." Sie schüttelte sich und stellte sich ans Fenster, als wartete jenseits der makellosen Rasen und Gärten eine bessere Zukunft auf ihre Kinder.

Arabellas Bruder, Prinz Louis, war nicht unerfahren in Skandalen, er hatte schon einige eigene hinter sich – manche größer als die anderen. Bei dem letzten war er mit einer verheirateten Frau erwischt worden. Als die Fotos aufgetaucht waren, war das ganze Land entsetzt gewesen, und die königliche Familie hatte die schlechte Presse kaum stoppen können. Louis war gezwungen worden, die Frau zu verlassen, und hielt sich nun in der Schweiz auf, hauptsächlich, um den Paparazzi zu entgehen und damit das Volk von Salasia den Skandal vergessen konnte.

Mutter hatte es gar nicht gut aufgenommen, hatte tagelang bei zugezogenen Vorhängen im Bett gelegen und in ihr Kissen geschluchzt. Prinz Louis hatte die strahlende Zukunft der Krone sein sollen, die großartige, neue regierende Generation, doch er hatte alles auf einen Schlag zerstört.

Das Verhalten ihres Ältesten hatte zur Folge, dass Elisabetta sich noch gnadenloser auf ihre Tochter konzentrierte, denn sie war fest entschlossen, den guten Ruf und das Erbe ihrer Familie aufrecht zu erhalten, und wenn es sie umbrachte.

„Nein, Arabella, du wirst das Richtige tun", hatte ihre Mutter gesagt. „Versuche nicht, dich zu weigern, sonst werden dir noch schlimmere Konsequenzen drohen. Du wirst das für mich tun, für diese Familie."

Elisabetta – Mutter – war daraufhin aus dem Raum gerauscht und hatte Arabella still und entsetzt zurückgelassen. Obwohl sie Count Frederic schon ihr Leben lang kannte, wusste sie doch nichts über seine

Vorlieben und Abneigungen, und ihn heiraten? Sie schüttelte sich. Das konnte sie sich nicht vorstellen. Nicht, dass er ein schlechter Mann war, doch sie vermisste Kyle. So sehr, dass es ihr körperliche Schmerzen bereitete. Sie hätte sich niemals vorstellen können, dass sie sich so schnell in einen Mann verliebte, doch genau das war geschehen. Und nun zwang Mutter sie, die Aufmerksamkeit eines anderen Mannes auf sich zu lenken und so zu tun, als wäre sie an einer Hochzeit interessiert? Meine Güte, nein. Das war niemandem gegenüber fair – nicht gegenüber Frederic, nicht Kyle, doch am wenigsten ihr selbst gegenüber.

Wie sollte sie einen Mann heiraten können, den sie nicht liebte?

Tränen kullerten aus ihren Augen. Sie hatte es bis gerade gar nicht bemerkt, doch sie vermißte Kyle und zwar so sehr, dass es körperlich schmerzte. Sie hätte nie gedacht, dass sie sich so schnell in einen Mann verlieben könnte, doch genau das war passiert. Und nun zwang Mutter sie, die Aufmerksamkeit eines anderen Mannes auf sich zu lenken und so zu tun als wäre sie an einer Hochzeit interessiert? Meine Güte, nein. Das war niemandem gegenüber fair – nicht gegenüber Frederic, nicht gegenüber Kyle und schon gar nicht ihr selbst gegenüber.

Und jetzt, zwei Wochen später, starrte Arabella mürrisch auf ihren Teller, während ihre Eltern eine Ansprache hielten. Der Anlass war die Ehrung der Children's Foundation, bei der die königliche Familie eine große Rolle gespielt hatte – insbesondere diejenige, die

Suche nach einem Heilmittel gegen Kinderkrebs zu unterstützen. Die Gelder, die bei der heutigen stillen Auktion zusammenkämen, sollten der Forschung gestiftet werden.

Frederic trug einen Anzug mit einer salasischen Schärpe und verschiedene Ehrennadeln. Arabella trug eine ähnliche Schärpe, doch außerdem prangte das Wappen der königlichen Familie auf einer an der Schulter befestigten Brosche. Mit der Tiara in ihrem Haar war sie das perfekte Bild von Königlichkeit, doch dieses Accessoire hatte sich nie so schwer angefühlt wie jetzt.

Ihre Eltern stiegen die opulente Treppe zum Ballsaal hinab und begrüßten die Menge. Das alles erschien Arabella plötzlich so altertümlich, als spielten sie einen Jane Austen Roman. Und taten sie das nicht auf gewisse Weise? Wurde sie nicht überredet, einen Mann wegen seiner Position, seinem Reichtum und seinem Status zu heiraten? Doch als sie zu Frederic aufblickte und sah, wie ihre Mutter sie hinter ihm anstrahlte, wusste, sie, dass es keinen Ausweg gab. Traditionen waren sehr stark in ihrer Familie, und es war Arabellas Pflicht, die salasische königliche Familienehre aufrecht zu erhalten.

Als zwanzig Minuten später das Dinner vorüber war und die Band spielte, stand Frederic auf und verneigte sich. „Darf ich um den ersten Tanz bitten?", fragte Frederic mit einem gutaussehenden Lächeln.

Sie erstarrte, denn nein – sie wollte nicht tanzen. Sie wollte nichts mit dieser Veranstaltung zu tun haben, mit Frederic oder mit dem Leben allgemein, doch welch andere Wahl hatte sie? Abgesehen davon, was würde ein Tanz schon machen? „Natürlich", murmelte sie. „Ich freue mich schon drauf."

Als der Tanz einige Augenblicke später begann, wirbelte Arabella umher, während Frederic sie führte, ihr Ballkleid rauschte über den Parkettboden. Sie versuchte, sich auf die Schritte und die Musik zu konzentrieren und nicht auf Frederics intensive Bemühungen, Blickkontakt herzustellen, sie versuchte, sich treiben zu lassen und alles zu vergessen, was ihr Sorgen bereitete. Sie drehte sich und wirbelte umher und spürte Frederics große Hand unten an ihrem Rücken. Sie versuchte, sich seine Hand auf ihrem Rücken anders vorzustellen, dass er sie intim berührte wie Kyle es getan hatte, und allein schon die Vorstellung war so beklemmend, dass sie kaum noch atmen konnte.

Als die Musik endete, applaudierte der Saal, und Arabella musste sich zusammenreißen, um nicht einfach davon zu laufen. Wie konnte sie sich zwischen all den Leuten nur so einsam fühlen? Wie konnte sie lächeln und klatschen und so tun als liebte sie ihr Leben?

Genau da hörte sie es – ein Lachen, das sie nie vergessen würde.

Nicht in tausend Leben.

Langsam drehte sie sich um und konnte kaum verhindern, dass ihr Mund sich öffnete wie bei einem Fisch. Da war er – groß, stark und unvorstellbar gutaussehend in seiner förmlichen Kleidung. Ihn hier so in einem völlig fremden Kontext zu sehen ließ sie an ihrer Wahrnehmung zweifeln. War er es? Natürlich war er es.

Wer sonst schon stand genau so da und lachte mit diesem fröhlichen, lass-es-nur-raus-Ton? Nur Kyle Young.

Aber hier, in Salasia?

Und nicht nur das, er unterhielt sich mit einer schönen Frau und lachte, als hätte er nicht eine Sorge im Leben. Arabella begutachtete die glatten schwarzen Haare und die strahlend roten Lippen der Frau, deren Körper in einem roten Etuikleid steckte, und sie ballte die Fäuste. Ihre Emotionen mussten ihr ins Gesicht geschrieben stehen, denn Frederic berührte leicht ihren Arm.

„Stimmt etwas nicht?", fragte er.

Sie neutralisierte ihren Ausdruck und zwang ihren Körper, sich zu beruhigen. Sie durfte nicht zulassen, dass alle ihr ansahen, was sie für Kyle empfand, besonders, was sie dabei empfand, wenn er mit einer anderen Frau sprach. Hatte irgend jemand auf diesem Wohltätigkeitsball Fotos von ihnen beiden zusammen gesehen? Wenn ja, würden sie wahrscheinlich genau beobachten, wie sie auf seine Anwesenheit reagierte.

„Alles in Ordnung. Ich habe einfach zu angestrengt nachgedacht. Manchmal mache ich dabei die schlimmsten Gesichter. Meine Mutter weist mich ständig zurecht dafür!"

Das stimmte zwar, doch nicht in diesem Fall. Glücklicherweise nahm Frederic das so an und lachte leicht, dann führte er sie von der Tanzfläche. Sie konnte nicht widerstehen, noch einen Blick über ihre Schulter auf Kyle zu werfen, der sie jetzt aufmerksam anblickte. Was um alles auf der Welt tat er hier?

Als die Kammermusik erneut begann, sah sie, wie Kyle die Hand der Frau in dem roten Kleid ergriff und sie auf die Tanzfläche führte. Arabella hatte sie noch nie gesehen – vielleicht war sie eine Reporterin, die über diese Veranstaltung berichten sollte? Jedenfalls war sie nicht professionell gekleidet. Sie sah aus wie eine Frau aus zwielichtigem Haus. Ja, der Gedanke hörte sich nicht gerade nach Nächstenliebe an und war gehässig, doch das war ihr egal. Sie hatte sich in Kyle verliebt und hatte alles Recht, eifersüchtig zu sein.

Kyle grinste und lachte und drehte sich mit der Frau auf der Tanzfläche. Seine großen, männlichen Hände drückten ihr unten auf den Rücken. Die Frau klimperte mit ihren Wimpern, und Arabella hätte am liebsten geschrien. Bevor ihr klar wurde, was sie da tat, ging sie zu dem Paar, in vollem Bewusstsein, dass zahlreiche Augenpaare ihre folgten.

Sie tauchte an Kyles Seite auf. „Guten Abend. Darf ich Sie unterbrechen? Mein Partner dort würde sehr gerne mit Ihnen tanzen, Miss." Sie deutete auf Frederic, der sich in der Nähe herumdrückte und furchtbar verwirrt über Arabellas Aktion war. Sie machte ihm ein Zeichen, er solle kommen, und er gehorchte wie ein liebeskranker Welpe.

Amüsiert hob Kyle die Brauen, und die Frau schien mit ihrem Unmut zu kämpfen darüber, dass sie von der Prinzessin von Salasia belästigt wurde. „Sicher doch, Eure Hoheit", sagte sie mit einer leichten Verneigung.

Als Frederic sich vor der Frau verbeugte und mit ihr zu tanzen begann, drehte Arabella sich um und sah Kyle an. Dieses schiefe Lächeln, das charmante Funkeln in seinen verschmitzten Augen. Das war definitiv er. Kyle Young – hier in Salasia. Sein Blick schien jede Faser von ihr aufzunehmen, dann öffnete sich sein Gesicht zu einem breiten Lächeln.

„Auch eine Möglichkeit, die Aufmerksamkeit eines Mannes zu erobern, Herzogin." Er nahm ihre Hand und legte sie auf seine Schulter und seine Hand unten auf ihren Rücken, um sich auf den Tanz vorzubereiten.

Ein langsamer Walzer setzte ein. 1, 2, 3 ... 1, 2, 3 ... Sie hatte keine Ahnung gehabt, dass sie so leichtfüßig mit ihm würde tanzen können, dass er überhaupt wusste, wie man Walzer tanzt. Sie dachte sich, als Quarterback wäre es wohl ganz sinnvoll, hinreichend viel Grazie, Balance und Rhythmusgefühl zu besitzen.

Doch Arabella konzentrierte sich weniger auf das Tanzen als auf sein schönes Gesicht. Obwohl er dünner aussah als das letzte Mal, dass sie ihn gesehen hatte, sah er genauso gut aus. Diese funkelnden blauen Augen, in die sie sich verlieren könnte, seine hohen Wangenknochen, die leicht rotblonden Stoppeln auf seinen Wangen. Seine Hand fühlte sich ungewöhnlich warm auf ihrem Rücken an, und ohne Vorwarnung fluteten die Erinnerungen ihren Kopf. Erinnerungen an genau diese Hände, die sie streichelten, sie erbeben und schreien ließen.

„Warum werden Sie denn rot, Herzogin?", fragte er.

„Ich kann nicht glauben, dass du hier bist. Warum bist du in Salasia? Seid ihr nicht mitten in der Saison?" Die Fragen sprudelten ihr nur so von den Lippen.

„Jacques York, der *Salasier* Jacques York, hat mich und ein paar andere eingeladen, damit wir unser Franchise bei dieser Wohltätigkeitsveranstaltung repräsentieren. Das bringt der NFL ganz schöne PR. Außerdem war es für mich die Gelegenheit, dich zu sehen." Er zog sie näher an sich, und sie atmete seinen würzigen, männlichen Duft ein. Gott, sie hatte ihn so vermisst. Gott, ihr Körper sehnte sich nach ihm.

„Wie lange wirst du hier sein?", fragte sie, denn sie wollte wissen, ob sie Zeit miteinander verbringen könnten oder ob sie wieder weniger als ein paar Tage hatten.

„Bis Freitag. Vier Tage."

Vier Tage, dachte sie. In vier Tagen konnte viel passieren. Vielleicht verliebte sie sich neu in ihn. Sie konnte ihn vielleicht überreden, sie mitzunehmen. Sie sah, wie Frederic sie von der anderen Seite der Tanzfläche her genau beobachtete, während er tanzte, und noch weiter hinten ihre Mutter mit einem missbilligenden finsteren Blick.

„Wer war denn die Frau, mit der du eben getanzt hast?"

„Eifersüchtig?"

Sie schnaubte. „Sicher nicht. Aber ihr zwei wirktet schon sehr vertraut."

„Ihr Name lautet Denise. Sie ist Journalistin. Sie hat einen Freund namens Steve. Also, Krallen wieder einfahren, Herzogin, und konzentriere dich auf mich. Ich bin den ganzen weiten Weg zu *deiner* Wohltätigkeitsveranstaltung geeilt. Beeindruckt?"

„Ziemlich, und meine Krallen sind eingefahren, danke."

Kyle schmunzelte. „Wenn du es sagst. Ich muss schon sagen, deine Mutter sieht gerade nicht sehr glücklich aus."

„Sie ist nie glücklich. Nimm das nicht persönlich."

„Ich werde dich beim Wort nehmen."

Beim Tanzen führte er sie ganz selbstbewusst über die Tanzfläche, stolperte nicht einmal, trat ihr nie auf die Zehen. Während sie so tanzten, verschwand die Anspannung und Traurigkeit des früheren Abends. Neue Hoffnung flackerte an den Rändern ihres Bewusstseins auf, und sie hatte den flüchtigen Gedanken, dass er vielleicht nur gekommen war, um sie zu sehen. Vielleicht konnte er sie aus einem Leben erretten, das sie nicht länger wollte?

Aber hat er irgendwas davon gesagt, dass er dich liebt? beharrte ihr Kopf. *Nein, hat er nicht. Er hat gesagt, er sei wegen der Wohltätigkeitsveranstaltung hier, nicht deinetwegen. Du bist nur zufällig auch hier.*

Sie wollte so gerne etwas anderes glauben. Sie wollte glauben, dass die Blicke, die er ihr zuwarf, nicht nur lusterfüllt waren, sondern dass sich dort noch etwas Tieferes verbarg. Sie wollte glauben, dass sie für alle Ewigkeit in seinen Armen bleiben könnte, dass sie einen Ausweg finden würden, gegen die Regeln verstoßen und einfach zusammen sein könnten. In einer perfekten Welt würde ihre Familie ihr erlauben, gegen die Tradition zu verstoßen und gegen alles, an das sie glaubten, so dass sie mit einem normalen Amerikaner zusammen sein könnte, einem Mann, der zwar Ruhm, aber keinen Stammbaum besaß und keinen Tropfen blauen Blutes.

Als die Musik endete, sah Arabella zu Kyle auf und saugte diesen Moment in sich auf. Ohne ein Wort zu sagen flehte sie ihn an. *Liebe mich, begehre mich, bring mich hier weg*, wollte sie betteln. Stattdessen zog er seine Hände weg und ließ sie los, während er sich dem Applaus der übrigen Gäste anschloss. „Ich danke Ihnen für den Tanz, Eure Majestät."

Igitt. Warum musste er sie so ansprechen? Genau genommen war ihre Mutter die Majestät, doch er hatte seinen Standpunkt damit klargestellt. Warum konnte er nicht einfach Bella sagen? Es war, als erinnerte er sie daran, dass sie auf keinen Fall eine Zukunft haben könnten. „Das Vergnügen war ganz auf meiner Seite, Mr. Young." Sie drehte sich um und zog sich zu ihrer Familie und Frederic zurück.

„Mit wem hast du da getanzt?", fragte ihre Mutter und wedelte sich sanft etwas Luft zu, während sie sich auf einen Stuhl setzte. „Ist das dieser unmögliche Amerikaner? Was macht er hier?"

„Ja, Mutter. Kyle Young von den Savannah Bootleggers, und er ist hier, weil Jacques Young ihn eingeladen hat, also kannst du deine Zunge wieder einfahren. Ich hatte nichts damit zu tun."

„Na, Gott sei's gedankt", sagte sie mit etwas Hohn. „Ich bin überrascht, dass er so gut tanzen kann. Amerikaner sind ja nicht gerade für ihr gutes Benehmen bekannt." Sie lachte, ein kreischender Laut in Arabellas

Ohren. Obwohl die königliche Familie von Salasia mit zahlreichen amerikanischen Prominenten und Würdenträgern zu tun hatte, sahen ihre Eltern sie immer noch als vulgär und geschmacklos an. Um ehrlich zu sein hatte Arabella das Gleiche gedacht, als sie noch kleiner gewesen war, doch nachdem sie mehr über das Land und die Menschen erfahren hatte – ganz zu schweigen von ihrem Treffen mit Kyle – fand sie die Bemerkungen und Verurteilungen ihrer Mutter vulgärer als sonst etwas.

„Ja, er hat sich eindeutig gut gemacht auf der Tanzfläche", bemerkte Frederic, der immer ein nettes Wort auf den Lippen hatte. Es war nicht leicht, ihn zu hassen, wenn er doch immer so voller Güte war.

Arabella lächelte ihn an, dankbar, dass er hier war und die Haltung seiner Mutter etwas abpufferte. „Ich denke, alle anwesenden Footballspieler könnten uns mit ihrem Wissen überraschen." *Und mit ihrem Können*, dachte sie durchtrieben.

Mutter schnaubte, sagte jedoch nichts. Arabellas Vater, König Philippe, gesellte sich zu ihnen, nachdem er mit einigen europäischen Diplomaten gesprochen hatte. Philippe, Anfang sechzig, hatte eine einnehmende Präsenz, auch wenn seine Taille langsam breiter wurde und das Haar sich lichtete. Arabella hatte immer den Schnurrbart ihres Vaters gemocht, ein strahlend weißer Strich auf seinem sonnengebräunten Gesicht. Er war ausgelassen und immer für einen guten Scherz zu haben und schaffte es stets, ihre Mutter abzulenken, besonders, da er sich über die skandalträchtigen Aktionen seines Sohnes überhaupt keine Sorgen machte. Philippe genoss gutes Essen, guten Wein und hübsche Frauen anzusehen – in dieser Reihenfolge.

„Warum tanzt du nicht, Arabella?", fragte Philippe und hob eine graue Augenbraue. „Denkst du, irgend jemand ist hier, um mich und deine Mutter tanzen zu sehen? Nein, sie sind hier, um die jungen Leute zu sehen." Er machte eine Handbewegung in ihre Richtung und die des Grafen, als wollte er sie wegscheuchen.

Frederic verneigte sich über ihrer Hand. „Darf ich Sie um diesen Tanz bitten, Eure Hoheit?"

Sie nickte und war froh, mit ihm tanzen zu können. Wenigstens konnte sie so mal wieder kurz Atem holen, nachdem sie gerade Kyle gegenübergestanden hatte. „Das dürfen Sie."

Während sie so tanzten konnte sie nicht aufhören, sich wieder und wieder diese Situation klar zu machen. Hier tanzte sie mit dem Mann, den sie lieben sollte, während keine fünf Meter von ihr entfernt, auf der anderen Seite der Tanzfläche, der Mann, den sie *tatsächlich* liebte, sie genau beobachtete. Sie bewunderte. Sie anlächelte. Und sie konnte nicht anders, sie lächelte zurück.

KAPITEL ZEHN

Kyle stand am Rand der Tanzfläche, nippte an seinem Champagner, wünschte sich, es wäre ein Bier, und konnte ein Fluchen kaum unterdrücken, als er da so Arabella mit diesem Froufrou, diesem „Grafen" tanzen sah. Warum konnte der nicht alt und hässlich sein? Warum musste er auch noch nicht schlecht aussehen für einen älteren Mann? Der wusste wahrscheinlich alles von der höheren Gesellschaft, während Kyle sich wie Abschaum fühlte, den man in einen Smoking gesteckt hatte.

Schon, aber ... sie hat es vorgezogen, mit dir zu tanzen, es beinahe befohlen, erinnerte er sich selbst. *Das sagt schon eine Menge.*

Das sagte tatsächlich eine Menge, und plötzlich hob sich seine Stimmung, und er musste wegen ihrer Eifersucht Denise gegenüber grinsen. Obwohl sie umwerfend war und wahnsinnige Kurven hatte, bedeutete Denise ihm nichts. Außerdem hatte sie einen Freund, von dem sie bei jeder erdenklichen Gelegenheit schwärmte.

Doch zu sehen, wie Arabella ihretwegen ganz grantig wurde? Dafür hatte sich die ganze Reise schon gelohnt.

Ihr lag *wirklich* etwas an ihm.

„Warum lächelst du dein Getränk an?" Heath stellte sich neben Kyle. Heath, Alec und Kyle waren am Abend zuvor nach einem Zehn-Stunden-Flug in Salasia angekommen. Sie waren vom Flughafen aus in einer Limousine zu einem schicken Hotel in der Hauptstadt von Salasia gefahren worden. Kyle war enttäuscht, dass sie nicht im Palast übernachteten – dann hätte er Arabellas Zimmer zu seinen Zwecken suchen können – doch er musste wohl damit vorlieb nehmen.

„Es gefällt mir nur, den Leuten beim Tanzen zuzusehen", erwiderte er.

Heath warf ihm einen wissenden Blick zu. „Ja, klar. Seit wann interessierst du dich für Wohltätigkeitsveranstaltungen? Und seit wann tanzt du? Ich habe mir dich nie als einen Typen vorgestellt, der Walzer tanzt, Young."

Das hatte Kyle auch nicht, doch vor langer Zeit hatte er Unterricht genommen, um ein Mädchen zu beeindrucken, und die Schritte waren ihm irgendwie in Fleisch und Blut übergegangen. „Es wundert mich, dass Camille dich nicht begleitet hat", meinte Kyle, denn er wollte das Thema wechseln.

„Ich hab's ihr angeboten, und sie wollte auch, aber wir müssen auch an Emma denken, weißt du." Emma war Camilles kleine Tochter. Das beherzte und eigensinnige kleine Mädchen liebte Football, wie jeder

Vollblutamerikaner. Heath lächelte, denn er dachte offensichtlich gerade an Camille und Emma, und Kyle verdrehte die Augen bei dem liebeskranken Gesichtsausdruck seines Freundes.

„Mir kommt's gleich hoch, wenn ich dich so sehe", sagte er halbherzig, doch etwas in ihm wünschte sich das Gleiche, das Heath hatte: eine Frau, die er liebte, eine Familie. Stabilität. Zuneigung.

Heath zuckte die Schultern. „Sag nichts dagegen, bevor du es nicht selbst ausprobiert hast."

„Und was ist mit Colleen? Ich habe Alec gefragt, warum sie nicht mitgekommen ist, ob es wegen der Schwangerschaft ist, doch er wollte scheinbar nicht darüber sprechen."

Heath zuckte zusammen. „Ja, da müssen wir vorsichtig sein. Ich glaube, es gibt Ärger. Mehr als sonst, meine ich."

Kyle runzelte die Stirn. „Das ist schade. Ich hatte gehofft, es würde sich alles regeln. Trotz ..."

„Trotz der Tatsache, dass wir alle wissen, dass sie ich hat schwängern lassen, um ihn an sich zu binden?" Heath zuckte die Achseln. „Alec tut das, was er für richtig hält, doch wir alle wissen, dass sie nicht die Richtige für ihn ist. Ich hoffe nur, dass ihm noch rechtzeitig einfällt, wie er das Richtige für das Kind tun kann, ohne sich deswegen für den Rest seines Lebens an Colleen binden zu müssen. Aber die Liebe ist kompliziert, stimmt's?"

„Stimmt", wiederholte Kyle. Trotz seiner Sorgen um Alec, wandte er seine Aufmerksamkeit automatisch wieder

Arabella zu, die mit dem Grafen tanzte. Mit einem solchen Typen konnte er nicht mithalten, wahrscheinlich war er mit dem Goldlöffel im Mund aufgewachsen. Kyle hatte nicht einmal einen goldenen Löffel gesehen, bis er alt genug gewesen war, um aus dem Villa West Trailer Park auszuziehen.

Er seufzte. Arabella verdiente das Beste, und ganz tief in seinem Inneren wusste Kyle, dass er das nicht war. Klar, er war jetzt reich, ein berühmter Footballspieler, doch er hatte keine Ahnentafel. Er trug keine spießigen Anzüge und saß auch nicht auf einem Thron. Er konnte niemals dieser Typ sein, und Arabella konnte niemals *nicht* diese Art Frau sein.

Als das Lied endete, kamen Arabella und der Graf überraschenderweise in ihre Richtung und blieben vor ihm, Heath und Alec stehen. „Stell mich doch bitte deinen Freunden vor, Bella", bat der Graf Bella und nickte in Richtung der drei Footballspieler.

Bella seufzte.

Es musste schwierig für sie sein, diese beiden Welten miteinander bekannt zu machen.

„Frederic, das hier sind Heath Dawson, Alec LeBrun und Kyle Young. Sie spielen alle bei den Savannah Bootleggers. Gentlemen, darf ich Ihnen Graf Frederic von Salasia vorstellen."

Ohne zu zögern hatte Bella die Namen heruntergerasselt, und Kyle fragte sich, ob er sich verneigen sollte, wie der Graf es tat. Stattdessen hielt er ihm seine Hand hin, und Frederic schüttelte sie gütig. „Es ist mir eine Freude, Sie kennenzulernen", sagte Kyle und drückte die Hand des Mannes. „Kennen Sie Bella schon lange?"

Einen Moment lang schien Frederic verwirrt zu sein. Er sah Bella an. „Sie meinen Ihre königliche Hoheit, Arabella von Salasia? Nun, ja."

Aus den Augenwinkeln sah er, wie Bella sich auf die Lippe biss. Naja, schließlich war er kein europäischer Adliger, oder? Er hielt nichts von Titeln, und er benutze Vornamen, wie jeder andere auch.

„Ich kenne die königliche Familie von Salasia schon mein ganzes Leben lang, und ich kenne Prinzessin Arabella, seit sie ein Kind war." Frederic sah Kyle an, als versuchte er, ihn richtig einzuschätzen. „Wie haben Sie ihre Bekanntschaft gemacht, wenn ich so direkt fragen darf?"

Bevor er antworten konnte, sprang Arabella ein. „Wir haben uns bei einem Bootleggers Spiel kennengelernt. Ist es nicht ein lustiger Zufall, dass sie jetzt hier in Salasia sind?"

„In der Tat, in der Tat ..." Frederic schien darum bemüht, kein Spielverderber zu sein, und Kyle fühlte sich seinetwegen schlecht. Er merkte, dass es ihm so unangenehm war, wie es das sein sollte. Doch warum war es Bella unangenehm? Schämte sie sich, weil der Eindruck entstehen könnte, dass sie sich mit einem Amerikaner wie ihm unters Volk gemischt hatte? Wenn der Count hier nur wüsste, wie weit sie gegangen war.

Doch da jeder hier genauestens auf seine Reaktionen

achtete, zwang sich Kyle, ruhig zu bleiben und nichts zu sagen, das er später bereuen könnte. „Ich kaufte mir gerade Nachos, sie kaufte sich gerade ein T-Shirt. Schließlich haben wir uns unterhalten", sagte Kyle mit einem aufgesetzten Lächeln.

Frederic drehte sich zu ihr um. „Ein T-Shirt? Wie ungewöhnlich."

Sie zwang sich zu lachen. „Auch ich trage ab und zu mal keine Ballkleider, Frederic. Außerdem weißt du doch, dass die Bootleggers meine Lieblingsmannschaft sind."

„Sind sie das? War mir gar nicht aufgefallen."

Kyle hätte dem Typen am liebsten eine runtergehauen. Er war so höflich, so gefasst, doch er kannte Bella nicht wie er sie kannte. Er wusste nicht einmal, dass sie Football mochte? Was für ein Trottel. Und sie überlegte ernsthaft, den Kerl zu heiraten?

Nach einer Weile kamen Bellas Eltern herbeigerauscht und baten darum, vorgestellt zu werden. Arabellas Mutter, Elisabetta, ging zu ihrer Tochter und berührte deren Arm auf die merkwürdigste beschützende Art, als wollte sie Bella davon abhalten, etwas Dummes zu tun.

„Stellst du uns deinen Freunden vor?" Elisabettas aristokratische Nase wies nach oben. Sie sah aus, als rieche sie etwas Verdorbenes, und Kyle musste erneut gegen sein Gefühl des Ungenügens ankämpfen.

Bella warf ihrer Mutter einen Blick zu, dann ihrem Vater – der mehr an seinem Glas Champagner interessiert zu sein schien als an irgend etwas anderem. Sie stellte die drei Footballspieler vor, und bei Kyles Namen stolperte ihre Stimme ein wenig.

Gut, dachte Kyle. *Ich weiß, dass du noch nicht über mich hinweg bist, wie du mich glauben machen möchtest.*

„Waren Sie schon einmal in unserem Land?", fragte Elisabetta. Kyle musste unwillkürlich an einen hinterhältigen Vogel denken, der nur zu gerne seine Augäpfel ausgepickt hätte, wenn man ihm die Gelegenheit gab.

„Wir waren alle noch nie hier, aber Sie haben wirklich ein schönes Land, Eure Hoheit", sagte Alec sanft. „Danke, dass Sie uns dazu eingeladen haben, Teil dieser Veranstaltung zu sein."

„Nun, wie hätten wir zu American Football Spielern nein sagen können? Solch ein kurioser Sport. Hier in Europa ist er nicht so beliebt, wissen Sie?" Elisabetta lächelte über ihren eigenen unpassenden Witz.

Bella bewegte sich unruhig, sie wollte Kyles Blick nicht begegnen. Er hatte sich nie so unsicher gefühlt wie in der Gegenwart dieser Frau, wie der Abschaum, der er als Kind gewesen war: wertlos, arm, und verdiente die Aufmerksamkeit eines Mädchens nur dann, wenn es sich mal unters gemeine Volk mischen wollte.

Nein, er war ja paranoid.

„Arabella sagt, sie habe Mr. Young bei ihrem Besuch in New York kennengelernt", versuchte Frederic Konversation zu machen, doch für seine Bemühungen erntete er von Elisabetta nur einen finsteren Blick. Offensichtlich war ihr das Verhalten ihrer Tochter durchaus bewusst und hieß es überhaupt nicht gut.

„Arabella – Ihre königliche Hoheit – weiß um einiges mehr über Football als andere, die ich kenne", warf Kyle ein. „Sie gäbe einen tollen Coach ab, das kann ich Ihnen sagen."

Arabella begegnete schließlich seinem Blick und strahlte. Das Lächeln ließ sein Herz aufgehen, und er fragte sich unweigerlich: vielleicht wollte sie von diesem Ort genauso gerne wegkommen, wie er es hasste, hier zu sein? Wie konnte sie so eine Mutter überleben? Der Vater machte den Eindruck, als wäre er eine coole Socke, doch die Frau? Und dieser potentielle Verlobte, der so ganz in Ordnung zu sein schien, aber langweilig wie Dreck war? Verdammt, seine Bella hatte viel zu viel Leidenschaft und Glut, um unter deren achtsamen Blicken dahinzuwelken.

Kein Wunder, dass sie an jenem Tag so unter Druck gestanden hatte, als sie gehen musste, zurück ins Hotel und dann nach Hause.

„Oh ja, wir wissen alle, wie sehr unsere Tochter diesen Sport mag. Je blutiger, desto besser." Ihr Vater schmunzelte und nippte den Rest seines Champagners. „Als Kind hat sie gekreischt und geschrien, wenn ein Spieler an den Boden getackelt wurde, und wenn sich jemand etwas gebrochen hatte? Dann sprach sie vier Tage lang davon."

Heath und Alec lachten, während Elisabetta so aussah, als wollte sie ihren Mann am liebsten erwürgen. Arabellas Blick jedoch war auf Kyle geheftet. Er wünschte sich so sehr, er könnte sie bitten, mit ihm davonzulaufen. Sie aus diesem Gefängnis befreien und sie das Leben wieder genießen lassen. Mit ihm. Die Freude, die er ihr angesehen hatte, als sie in New York City waren, war nun verschwunden. Bedeutete es denn gar nichts, dass er sie zum Lächeln und Lachen gebracht hatte – mehr als Juwelen und Throne und Blaublütigkeit?

„Wissen Sie, Graf Frederic ist ein sehr guter Polospieler. Er hat zweimal den Pokal in seiner Liga gewonnen, nicht wahr? Niemand in Salasia reitet so geschickt wie der Graf", schwärmte Elisabetta.

Frederic hüstelte unbehaglich. „Ich mag Polo schon", gab er zu, „doch im Moment habe ich für solche Dinge wenig Zeit."

„Hach, ein Sport für Edelmänner", fuhr Elisabetta fort, wobei sie den Grafen komplett ignorierte und ihre Tochter ansah. „Viel passender für meine Tochter. Nicht so barbarisch wie American Football."

„Wirklich Mutter? Du beleidigst unsere Gäste", sagte Bella endlich. Kyles Stimmung hob sich ein wenig. Es wurde auch Zeit, dass sie die alte Quasselstrippe mal auf ihren Platz verwies.

„Nun ja, Madam, es ist definitiv nicht der netteste Sport. Er hat seine Vor- und Nachteile, wie alles andere auch", sagte Heath mit einem Schulterzucken.

Bella sah wieder weg, ihre Hand verkrampfte sich um ihr Weinglas. Sollte er sie um einen weiteren Tanz bitten? Nur, um sie von diesen Leuten wegzubringen? Er wollte sich gerade bewegen, doch Frederic kam ihm zuvor. Er beugte sich über ihre Hand und fragte: „Darf ich um diesen Tanz bitten?"

Kyle konnte nichts anderes tun als zuzusehen, wie Frederic Bella auf die Tanzfläche führte, wo sie pflichtbewusst aber mit traurigem Gesichtsausdruck ihre Kreise drehte. Frederic flüsterte ihr etwas zu, doch sie murmelte nur etwas und wandte den Blick ab.

„Was wirst du dagegen unternehmen?", fragte Heath ihn über die Schulter.

Dagegen tun? Was konnte er schon tun? Er saß in der Klemme. „Ich weiß es nicht", antwortete er schließlich.

„Ich kann dir eins sagen", flüsterte Heath in seiner Nähe. „Ich habe dieses Mädchen nie so glücklich gesehen, wie da, als sie mit uns zusammen war, mit uns Football gespielt und etwas getrunken hat. Und jetzt? Sie sieht aus, als würde sie machen, dass sie hier wegkommt, wenn sie nur könnte."

Heath hatte recht, und er wusste das. Doch was erwartete er von ihm, sollte er Bella über seine Schulter werfen und sie wegtragen? Das war ihr Leben, ob es ihm gefiel oder nicht, das Leben, zu dem sie erzogen worden war.

Die Prinzessin und der Footballspieler. Zwei verschiedene Welten. Was auch immer sie hatten, es konnte nie funktionieren. Oder vielleicht redete er sich das auch nur ein. Doch als er sich Arabellas trauriges Gesicht ansah, wusste er, dass er nicht einfach von ihr lassen durfte, ohne es wenigstens versucht zu haben.

Sonst könnte er sich selbst nicht mehr ertragen.

Als der Tanz beendet war, sah Kyle, wie Bella aus

dem Ballsaal eilte. Da er vermutete, dass sie frische Luft brauchte, folgte er ihr. Sie blieb auf einem Balkon stehen, atmete mehrmals tief ein, ohne zu ahnen, dass er hinter ihr war. Ihr hübscher Nacken hatte Grazie, er war blass und schlank. Ihr dunkles Haar wellte und kräuselte sich auf ihrem Kopf, und ihre Juwelen glitzerten im schwachen Licht. Er wollte sie in seine Arme schließen und sie küssen, bis alles hier vergessen war und die Gefühle, die sie in NYC erlebt hatten, zurückgekehrt waren.

Er näherte sich ihr langsam. „Eure Hoheit."

Sie wirbelte herum. „Kyle. Du hast mich erschreckt."

Als er auf sie zukam, wurde ihr Blick misstrauisch und ängstlich, als fürchtete sie, jemand könnte sie beobachten. Er wagte es nicht, sie zu berühren. Stattdessen ließ er seine Hände an seinen Seiten, obwohl jedes Atom in seinem Körper sie halten wollte. „Du siehst umwerfend aus." Das tat sie. Wie ein Porzellanpüppchen für das bravste kleine Mädchen.

Sie standen einfach nur da, eine Million ungesagte Worte zwischen ihnen, und schauten einander an. Zwei Menschen, die nichts gemein haben sollten und doch vollkommen richtig füreinander waren. Er wollte seine Hände nach ihr ausstrecken, doch sie kam ihm zuvor. Sie ergriff seine Hände, verschränkte ihre Finger und seine und sah zu ihm auf.

„Kyle, oh Gott, Kyle. Bring mich hier weg. Bring mich irgendwohin. Nimm mich mit dir mit. Bitte. Wenn ich noch einen Tag ohne dich sein soll, werde ich verrückt."

Ihre Worte schienen direkt aus einem Traum zu kommen. Er hatte sich so oft vorgestellt, sie würde ihn um genau das bitten, doch er hatte nie erwartet, dass es je passieren würde. Jetzt bat sie ihn, sie wegzuführen, in die Nacht zu laufen und niemals zurückzublicken. Er könnte das tun, doch er fürchtete, dass er sich nie wieder erholen könnte, wenn sie ihn wieder verließe.

„Möchtest du das wirklich? Sag es mir einfach."

Sein Herz in seiner Brust schlug wie wild. Er zog sie in seine Arme, beugte sich hinab und nahm sich ihren Mund, legte alles, was er hatte, in diesen Kuss. Wen interessierte es schon, ob jemand zusah? Wen interessierte es, wenn ihre Mutter oder dieser armselige Typ von einem Grafen die Wahrheit herausfanden? Es wäre sogar besser so. Sie stöhnte tief in ihrem Rachen, ein Geräusch, dass ihn in den Wahnsinn trieb. Seine Hände glitten an ihrem Rücken hinab, während er ihren weiblichen Geruch einatmete. Er wurde so hart, dass es schon wehtat, und er hätte alles dafür gegeben, wenn er sie über diesen Balkon hätte legen und an Ort und Stelle nehmen können.

Ihr Kuss war anfangs verzweifelt und heiß, dann verlangsamten sie ihn, bis er süß, zart und perfekt war. Kyle küsste sie ein letztes Mal, bevor er sich löste, denn er wusste, sie musste in den Ballsaal zurück.

„Ja, genau das möchte ich. Bitte. Bring mich hier weg." Sie war atemlos und errötet.

Er nahm ihre Wangen in die Hand. „Ich dachte schon, du würdest nie fragen, Herzogin."

KAPITEL ELF

Wie sie es sich unendliche Male vorgestellt hatte, nahm Kyle sie an der Hand und führte sie aus dem Palast, während Arabella kaum atmen konnte. Tat sie das wirklich – schon wieder? Nicht nur, dass sie sich direkt unter Royce' Nase davonschlich, sondern auch unter den Nasen ihrer Eltern? Doch als sie Kyles breiten, starken Rücken sah, seine großen Hände spürte und sich daran erinnerte, wie er sie geküsst hatte, wusste sie, dass sie die richtige Entscheidung getroffen hatte. Der Gedanke daran, zu Frederic und ihren Eltern zurückzugehen, nachdem sie Kyle wiedergesehen hatte, ließ ihr das Herz in die Hose rutschen. Sie konnte das nicht tun. Sie konnte es einfach nicht.

„Eure Hoheit!"

Als sie die vertraute Stimme hörte, erstarrte sie. Von allen Menschen, die sie beim Abhauen hätten erwischen können ... Langsam drehte sie sich um und stellte sich ihrem Bodyguard. Kyle tat das Gleiche, bereit, sie zu verteidigen. „Es ist in Ordnung", sagte sie ihm. „Ich kümmere mich darum." Stattdessen legte er seine warme Hand in ihre.

„Royce", sagte sie. „Hör mir zu ..." Wie konnte sie ihm erklären, dass das ihre Entscheidung war? Dass niemand sie aufhalten konnte, nicht einmal er.

Royce schüttelte den Kopf, sein Ausdruck war angespannt und sein Mund zu einer dünnen Linie gepresst. „Kommen Sie wieder mit hinein. Ihre Eltern warten auf Sie." Er ging einen Schritt vor und wollte ihren Ellbogen ergreifen, doch sie schüttelte ihn ab.

„Das werde ich nicht tun." Sie trat zurück.

„Schön aufpassen, Freundchen", sagte Kyle mit tiefer Stimme, und sie wusste, er könnte Royce in der Luft zerreißen, wenn man ihn ließe.

Arabella berührte ihn kurz, bevor sie sich wieder Royce zuwandte. „Ich weiß, du machst nur deinen Job. Das verstehe ich. Doch ich weiß auch, dass du mich für ein unüberlegtes, kleines Mädchen hältst." Sie ging einen Schritt auf Royce zu und ergänzte: „Ich bin kein kleines Mädchen. Ich kenne meinen Kopf. Und mein Kopf sagt mir, wenn ich auch nur einen Moment länger in diesem Ballsaal bleibe, in diesem Palast, dann werde ich mein letztes bisschen Verstand verlieren. Mein Glück wird dahin sein, alles nur, weil ich meine Eltern und das Volk von Salasia zufriedenstellen will." Ihre Augen füllten sich mit Tränen. Sie hatte ihre Gefühle nie so offen ausgesprochen, und jetzt, auf einmal, hatte sie sie nie so stark empfunden. „Wie kann ich tun, was sie von mir verlangen, wenn es mir das Herz bricht, Royce?"

Bei dem Anblick ihrer Tränen schien Royce wie erstarrt. „Eure Hoheit, ich bin mir sicher, Ihre Eltern würden Sie niemals zwingen, etwas zu tun, das Sie unglücklich macht."

„Du unterschätzt sie, Royce." Sie lächelte durch ihre Tränen, und als sie Kyle schnauben hörte, hätte sie ihn beinahe mit ihrem Ellbogen gerammt. „Sie denken, sie wissen am besten, was gut für mich ist. Doch nur ich weiß, was am besten für mich ist, denn ich bin kein Kind mehr, und zwar schon lange nicht. Verstehst du das? Es geht hier um Leben und Tod für mich. Ich weiß, das hört sich dramatisch an, doch mein Herz erlaubt mir nicht, hier zu bleiben, daher kann ich nicht zulassen, dass du mich aufhältst."

Royce schwieg, und sie war sich sicher, er würde jetzt Verstärkung herbeirufen. Vielleicht ließ er Kyle festnehmen und würde ein noch übleres Desaster aus dem Ganzen machen. Mit klopfendem Herzen wartete sie auf seine Antwort. Einen Moment lang überlegte sie, einfach wegzulaufen, ohne seine Reaktion abzuwarten. Einfach abhaken.

„Lass uns gehen, Arabella", sagte Kyle neben ihr. Offensichtlich meinte auch er, sie sollten rennen.

„Ich verstehe es nicht. Und das werde ich auch nie", sagte er langsam. „Doch ich möchte auch nicht die Schuld daran tragen, wenn man Ihnen wehtut. Sie glauben es mir vielleicht nicht, aber mir liegt etwas an Ihnen, Eure Hoheit. Ich – und jeder andere in Salasia – möchte, dass

Sie glücklich sind."

Arabellas Tränen strömten nur noch heftiger. Kyle nahm ihren Arm. „Wir müssen gehen", sagte er in ihr Ohr und wischte eine Träne mit dem Daumen fort.

Sie nickte, doch bevor sie mit Kyle davonlief, drehte sie sich noch einmal um und warf sich Royce an den Hals. „Danke!", sagte sie an seiner Brust. „Du weißt gar nicht, wieviel mir das bedeutet."

Royce stand stoisch da, als wäre er aus Stein gemeißelt, doch er klopfte ihr auf den Rücken, bevor sie sich von ihm löste. „Doch, das tue ich", erwiderte er.

Arabella hob ihr Kleid und begann zu laufen. Sie war noch nie so schnell gerannt, war noch nie so nah dran gewesen zu stolpern.

„Ich hatte ganz vergessen, dass du schneller läufst als ich", sagte Kyle laut lachend und holte sie ein.

Als sie an den großen, golden erleuchteten Fenstern des Ballsaals vorbeikamen, sahen sie, dass sich drinnen alle amüsierten, sie hatten zu viel Champagner getrunken, um zu bemerken, dass die Prinzessin davonlief. Sie konnte sogar ihre Eltern sehen, vollkommen gelassen, weil sie dachten, Royce sei bei ihr.

Als sie um eine Ecke herum kamen, spürte sie, wie Kyle langsamer wurde, und entdeckte, wohin er sie geführt hatte. Zu einem Rad, einem Motorrad, um genau zu sein. Das blasssilberne Metall glänzte im Licht. Wie konnte sie auf so etwas fahren, selbst wenn sie nicht solch ein Ballkleid getragen hätte? „Ähm ... was genau ist das?"

„Wonach sieht es denn aus, Herzogin? Steig auf." Mit

einem breiten Grinsen setzte er sich auf die Maschine.

„Tun wir das gerade wirklich?" Sie lachte nervös. „Woher kommt das?"

Er reichte ihr einen Helm, den sie sich aufsetzte. „Wir tun das wirklich, und hiermit bin ich hergefahren. Überrascht?" Er tippte ihr auf die Lippen, dann startete er das Motorrad. Der Motor vibrierte unter ihnen.

„Vollkommen", murmelte sie in seinen Nacken und schlang ihre Arme um seine Taille.

Das Gefühl des Windes in ihrem Gesicht, ihre Arme um Kyle, wie der Palast zu einem kleinen Glitzern in der Ferne wurde ... es war unvergleichlich. Zum ersten Mal, seitdem sie in New York gewesen war, fühlte Arabella sich frei, und alles nur wegen dieses Mannes und seines Motorrads. Sie umarmte ihn fester, fühlte, wie er seine Finger unter seinem Herzen mit ihren verschränkte.

Sie wusste nicht, wohin er sie brachte, und es war ihr egal. Sie hatte keine Ahnung, wie sie jemals zusammen sein konnten, wie ihre Zukunft aussähe oder welche Probleme ihr nun bevorstanden. Doch im Moment war das alles gleichgültig. Sie fuhr mit Kyle Young, ihrem Geliebten, ihrem Helden, in die Ferne, um jeden Moment eines jeden Tages mit ihm zusammen zu sein.

Nichts sonst spielte eine Rolle.

Sie schossen die Landstraße hinunter und erreichten bald die Hauptstadt, wo das Kopfsteinpflaster ihre Fahrt holprig und unbequem machte. Kyle rief ihr zu, sie solle sich festhalten, und sie packte kräftiger zu. Sie kamen an ihrem Ziel an, einem kleinen Hotel am Rand der Stadt. Es war ganz sicher nicht letzte Schrei, aber auf merkwürdige Art hübsch. Es war aus Ziegeln errichtet und hatte ein steiles Dach, sicherlich war dieses Hotel schon seit dem späten 19. Jahrhundert in Betrieb. In Blumenkästen wuchsen bunte Blumen und ein Schild mit der verblassten Schrift *Der Schwanenhof* schaukelte im Wind leicht hin und her. Arabella konnte Bier und Roggenbrot riechen.

Kyle küsste sie rasch. „Warte hier. Ich werde dich durch die Hintertür hereinlassen, okay?"

Er versteckte sie in einer nahen Nische. Glücklicherweise war es schon spät am Abend, und der Großteil der Stadt schlief bereits, zumindest alle, die keine Einladung zum Ball bekommen hatten. Ein Mann ging über den Bürgersteig und erschreckte Arabella, doch in der dunklen Ecke bemerkte er sie gar nicht. Sie betete, Kyle würde sich beeilen und dass niemand sie hier fände.

„Okay, hier lang", flüsterte Kyle in ihr Ohr und zog sie an der Hand.

Sie zuckte zusammen und legte die Hand auf ihr Herz. „Du hast mir schon wieder einen Schrecken eingejagt. Mach das nicht!"

Kyle lachte. „Herzogin, du musst ein wenig runterkommen, Süße." Im schwachen Licht der Laterne konnte sie sein Grinsen erahnen.

Sie betraten das Hotel durch die Küche, wo ein Tellerwäscher gerade Teller spülte, ohne auch nur im geringsten auf das zu achten, was um ihn herum geschah. Kyle legte einen Finger an seine Lippen, und sie gingen auf Zehenspitzen zur Hintertreppe. Die mittlere Stufe quietschte verräterisch, doch zumindest war niemand da, der ihr sagte, sie solle umkehren.

An ihrem Zimmer angekommen, fummelte Kyle mit dem Schlüssel herum, während Arabella ihn bat, doch schneller zu machen. Sie war nervös, von jemandem aus der königlichen Familie erwischt zu werden, und gleichzeitig konnte sie es nicht abwarten, mit Kyle hinter verschlossene Türen zu kommen. Endlich bekam er die Tür mit einem Woosh auf, schloss und verriegelte sie hinter ihr.

In dem bescheiden möblierten und dekorierten Raum sahen sie einander an und atmeten heftig. Arabella wusste, dass ihre Wangen sicherlich rot waren und ihre Stirn glänzte vor Schweiß, doch das war ihr egal. Sie war endlich hier, allein mit Kyle, die Dinge hatten seit Beginn des Abends eine wunderbare Wendung genommen.

Er sah sie bewundernd an. „Wir haben es getan", sagte er, näherte sich ihr und ergriff ihre Hände. Dann legte er seine Arme um ihre Taille und hob sie hoch. „Ich kann es nicht glauben, dass wir es getan haben."

Sie quiekte, als sie an seiner Brust hinunter glitt und wieder auf ihren Füßen landete. Sie kickte ihre hochhackigen Schuhe weg, so dass sie noch fünf Zentimeter tiefer sank und fühlte sich plötzlich winzig neben ihm. „Ich weiß nicht, was mit mir nicht stimmt", meinte sie. „Alles, was ich weiß, ist, dass ich so nicht mehr leben kann."

Er strich mit seinen Fingern über ihre Wange. „Bist du dir da ganz sicher?"

„Ich war mir in meinem Leben nie sicherer."
Da führte Kyle sie von der Tür fort und stellte sich mit ihr in das gedämpfte Licht. Im Zimmer standen ein Queensize-Bett mit einer netten Patchworkdecke und Möbel aus Holz. Irgendwo unten spielte alte Musik, doch ansonsten war es ruhig. Ruhig, abgesehen von ihrem Atem und dem Rauschen ihrer klopfenden Herzen in den Ohren.

Kyles Finger glitten ihr Gesicht hinab, ihren Hals, strichen an ihrem Puls vorbei, bevor sie ihr Schlüsselbein berührten. Sie schluckte und schloss die Augen. Ja. Sie und Kyle, wieder allein. Sie hatte so lange darauf gewartet. Ihr königliches Leben lang, um genau zu sein.

Sein Finger zog eine Acht um ihr Herz, direkt über ihrem Ausschnitt. „Sag es mir noch einmal", bat er. „Sag mir, dass du das möchtest."

„Ich möchte es. Ich möchte *dich*." Sie wusste, sie klang verzweifelt, doch in diesem Moment machte ihr das nichts. „Küss mich, Kyle!"

„Was immer meine Herzogin wünscht." Er legte einen Arm um sie und küsste sie. Dabei drückte sich ihr Busen gegen seine Brust, seine Wärme und sein Duft umhüllten sie komplett. Als wenn es nicht schon so überwältigend genug gewesen wäre, Kyle zu küssen, trug er jetzt auch noch einen Smoking und fühlte sich größer, maskuliner, fordernder denn je an.

Sein Mund war unnachgiebig, so sehr, dass Arabella nur ihren Kopf zurücklegen und sich ergeben konnte. Auch seine Hände waren fordernd und berührten sie überall – ihren Hintern, ihre Brüste, sie strichen über ihren

Bauch, über alles, das er nur erwischen konnte. Sie öffnete sein Hemd, warf sein Jackett fort und entblößte den gestählten Bauch, zog ihm das Hemd aus der Hose, so dass sie seine nackte Haut berühren konnte. Er stöhnte beim Kuss. Sie spürte, wie er gegen ihren Bauch immer härter wurde, und es gefiel ihr, dass sie ihn genauso verrückt machte wie er sie.

„Ich muss in dir sein", raunte er, und sie hatte nichts dagegen vorzubringen. Sie wollte das auch, nachdem sie zwei lange Monate gewartet, hatte. Doch anstatt sie auszuziehen und in sie hineinzustoßen massierte er ihre Brüste durch ihr Mieder, zwickte ihre Nippel durch das dünne Kleid. Lustschauer durchströmten ihren gesamten Körper, erreichten ihre Scham und sie spürte, wie sie pulsierte, bei jeder Berührung feuchter wurde. Sie hatte nie einen Mann so sehr gewollt, wie sie Kyle Young in dieser Sekunde wollte, und sie wusste, es würde immer so sein.

Kyle labte sich an den Spitzen ihrer Brüste, bevor er ihr Kleid öffnete und sich ein wenig zurücklehnte, um zu sehen, wie es fiel. Der Stoff sammelte sich an ihren Füßen, und sie stand da in nichts als einem knappen Spitzenhöschen. „Mein Gott, du bist wundervoll, Frau", sagte er grob und beugte sich hinab, um einen Nippel in seinen Mund zu nehmen, dann den anderen, so dass sie rot wurden und prall.

„Oh Gott, ja, Kyle", konnte sie nur sagen. Sie hatte in dem Moment, als sie sich entschieden hatte fortzulaufen alle Kontrolle aufgegeben. Jetzt gehörte sie ihm ganz und gar.

Er küsste weiter ihren ungeduldigen Körper, sein Mund hinterließ eine heiße Spur. Arabella fuhr mit ihren Fingern durch sein dichtes Haar, während er sich vor ihr niederkniete. Als er zu ihr hinaufsah, strahlten seine Augen, und sein Blick war scharf wie der eines Jägers, der endlich seine Beute gefunden hatte.

„Öffne deine Beine." Seine Aufforderung schickte Schauer durch ihren Körper, und ohne Widerspruch tat sie, wie ihr geheißen. Er hakte einen Finger in den Spitzenrand ihres Höschens und schob es beiseite, so dass sie für seinen Blick und seine Berührung offen war. Er teilte ihre Schamlippen mit seiner Zunge, und sie stöhnte nur noch lauter, während er ihre weichen Falten erkundete. Während sie dastand leckte er sie, labte sich an ihr und schmeckte ihr nacktes Fleisch, seine Zungenspitze massierte ihre Klitoris. Sie musste sich auf die Lippe beißen, um nicht zu schreien.

„Gott, Arabella, ich kann nicht länger warten." Kyle stand auf und schälte sich aus seiner Kleidung, warf sie auf den Boden. Ein Schuh traf den Stuhl, und bei dem Geräusch lachte Arabella laut auf, was ihre Nervosität ein wenig löste. Sie griff nach ihm und öffnete seine Fliege, schob ihm das Hemd vom Rücken und half ihm, die Hose auszuziehen. Als sie ihr Höschen ausgezogen hatte, fielen sie rückwärts auf das Bett, rollten über die Laken, küssten und berührten einander und konnten einander nicht nahe genug sein.

So. So musste Liebe sich anfühlen. Sie konnte sich nicht vorstellen, bei Frederic jemals so leidenschaftlich zu sein, doch mit Kyle war es, wie nach Hause kommen. Als hätte ihr gesamtes Leben sie auf genau diesen Moment vorbereitet. Arabella lag unter ihm und strich ihm sein Haar aus der Stirn. Der Blick, den er ihr zuwarf, war unergründlich. Fühlte er so wie sie? Doch bevor sie etwas sagen konnte, griff er nach einem Kondom in seiner Tasche. Er wollte es gerade überziehen, da nahm sie ihm das Latex ab.

„Lass mich das machen." Sie nahm seinen harten, heißen Schwanz in die Hand, konnte ihn kaum mit ihren Fingern umfassen, so groß war er. Er fluchte leise, und sie konnte sich nicht davon abhalten, ihn zu drücken und zu streicheln. Wie konnte ein Mann wie er sie nur so sehr wollen? Sie konnte über ihre eigene Macht nur staunen.

„Herzogin, ich kann mich gleich nicht mehr halten. Keine Spielchen mehr." Kyle hielt ihre neugierigen Finger auf, nahm ihr das Kondom ab und zog es sich über. Er drückte sie wieder hinunter auf das Bett, schob ihre Beine auseinander und schon allein seine Direktheit, wie er ihre Beine für sich öffnete, nur für sich, ließ sie beinahe kommen.

Arabellas Rücken bog sich, und sie stöhnte laut, als seine Finger ihre Feuchtigkeit über ihre Pussy verteilten. Er küsste sie, und als seine Zunge in ihren Mund eindrang, stieß sein Schwanz mit einer einzigen schnellen Bewegung in sie hinein. Sie war von Kyle erfüllt, bis zum Heft, und sie wollte ihn so vollkommen, sie konnte ihn nur wild küssen, sich an seine Schulter klammern, ihre Hüfte beugen und um mehr betteln. Immer mehr. Sie konnte nie genug bekommen von diesem Mann.

Er ergriff kräftig ihre Hüfte und fing an, in sie hineinzustoßen, hart und unnachgiebig, sie sollte wissen, dass sie ihm gehörte, falls es da noch irgendwelche Missverständnisse gab. Er schonte sie nicht, und sie genoss jede Sekunde, jeden Stoß, bei dem er an ihrer Klitoris rieb. Sie öffnete ihre Beine noch weiter, gab sich ihm völlig hin, es war keine Frage, wer sie besaß. Er tat es, vollkommen und ohne jeden Zweifel. Eine Stimme flehte ihn an, niemals aufzuhören und sie musste feststellen, dass es ihre eigene war. Schweiß glitzerte auf beiden Körpern, das Kopfteil schlug gegen die Wand während sie gegeneinander prallten, und Arabella nahm ihn auf, Stoß um Stoß.

„Verdammt, Bella, ich bin so nah dran. Komm für mich, Baby!"

Ja. Das wollte sie, sie war soweit, bereit. Kyle griff nach unten und fing an, ihre Klitoris mit dem Daumen zu reiben. Nur ein paar Berührungen, und es war um sie geschehen, sie ging ab wie ein Feuerwerk, brach in Flammen aus und schrie laut auf. Er stöhnte, er liebte es, sie schreien zu hören, bedeckte ihren Mund mit seinem, und langsam kam auch er. Sie spürte, wie sein Schwanz in ihr pulsierte, sie ausfüllte. Sie küsste ihn, knabberte an seiner Unterlippe, ihr Orgasmus tanzte durch ihren gesamten Körper.

Endlich verlangsamte sich seine Atmung, er keuchte und senkte seinen Körper langsam auf sie hinab. Sie hatte keine Ahnung, wie lange Kyle in ihr blieb, sie küsste, sie an ihren Seiten streichelte und sanfte Worte an ihre Haut murmelte, denn sie fühlte sich benommen, vielleicht fiel sie auch in einen leichten Schlaf, sie war sich nicht sicher. Er rollte auf die Seite, sein noch halb harter Schwanz steckte noch in ihr, und als er ihr Bein über seine Hüfte legte, erbebte sie gegen ihn.

Selbst als die Erschöpfung sie überkam, konnte sie nicht von ihm lassen. Was, wenn sie erwachte und wieder einsam war? Was, wenn er entschied, dass es ihr ohne ihn besser ging, und er sie verließ, während sie schlief? Nach einem kleinen Zwischenspiel, bei dem sie sich berührten, lachten und leicht küssten, spürte sie, wie er in ihr wieder hart wurde.

„Verdammt, Bella, ich kriege nicht genug von dir", raunte er an ihren Hals. „Du bist wie eine Droge."

Sie küsste ihn, leckte seine Lippen und drückte ihre Lippen an ihn, um mehr zu bekommen. Der Gedanke daran, sich von Kyle trennen zu müssen, war so schmerzhaft, dass sie ihn nicht einmal in Erwägung ziehen konnte. Das einzige, das sie tun konnte, um sich von ihren Sorgen abzulenken, war, mehr Kyle zu bekommen. Mehr Küsse, mehr Berührungen, mehr Stöße in sie hinein. Und nachdem er sich ein neues Kondom übergezogen hatte und wieder in sie eingedrungen war, schmolzen alle Gedanken an ein Verlassen dahin. Würde es so immer zwischen ihnen sein? Würden sie miteinander schlafen, um schmerzhafte Gedanken an eine Trennung zu vertreiben? Damit konnte sie leben. Als er wieder in sie hineinstieß und ihre Hüfte an seine zog, stöhnte sie und wiegte sich und zog seine Hüfte an ihre und wünschte, er könnte für immer in ihr sein.

KAPITEL ZWÖLF

Arabella schlief neben ihm, ihr langes, dunkles Haar war über das Kissen ausgebreitet. Das war ein Anblick, von dem er gemeint hatte, er würde ihn nie wieder sehen. Die förmliche Frisur von gestern Abend hatte sich schon lange gelöst, ein paar Nadeln guckten hier und da noch aus den glänzenden Locken. Ihr knospenartiger Mund war unbewegt, in tiefem Schlaf versunken, ihre Brust hob und senkte sich langsam. Er konnte nicht widerstehen, sanft küsste er ihre Wange, doch sie wachte nicht auf, stattdessen kuschelte sie sich noch tiefer in ihr Kissen.

Er grinste. Er hatte sie in der Nacht ausgelaugt, das war sicher. Nachdem sie das erste Mal miteinander geschlafen hatten, hatte er sie noch einmal langsamer genommen, ihre Lust hingehalten, bis sie ihn anflehte, sie kommen zu lassen. Er hatte sie geneckt und ihr schmutzige Dinge ins Ohr geflüstert, und sie war vor Lust wie von Sinnen gewesen. Der perfekte Abend. Die perfekte Frau.

Eine Sucht, von der er nie loskommen würde. Was er auch nicht wollte.

Als jetzt das morgendliche Licht sich so über ihren jungen, straffen Körper ergoss, preschte alles, was sie war – und er eben nicht war – wieder auf ihn ein. Es machte nichts, dass sie hier im Bett dieses kleinen Hotels bei ihm schlief, sie war immer noch Teil der königlichen Familie, und die suchte sie gerade sicherlich wie wahnsinnig. Sie konnten sich nicht ewig verstecken, und doch hoffte er naiv, er könnte sie wenigstens so lange wie möglich verbergen.

Konnten sie sich nicht einfach aneinander erfreuen? Zum Teufel mit der Welt! War das denn wirklich ein so unmöglicher Wunsch? Er betrachtete sie, während sie schlief, bis ihre Wimpern zu zucken begannen. Als sie schließlich die Augen öffnete, grüne, große, ausgeschlafene Augen, schien sie überrascht, ihn zu sehen.

Er lächelte. „Hi. Erinnerst du dich an mich?", fragte er und küsste sie rasch.

Mit einem langen Stöhnen verbarg sie ihr Gesicht an seiner Schulter. „Wie könnte ich dich vergessen?", murmelte sie. „Ich werde die nächsten Wochen krummbeinig laufen."

Er lachte. „Ich glaube, ich war nicht als einziger unersättlich. Ich erinnere mich da an eine Frau – ich werde keine Namen nennen – die ist an meinem Körper hinabgeglitten und hat mich in ihren Mund genommen–"

Ihre Hand schoss hervor, um seine Worte zu stoppen, doch er küsste ihre Finger. Dennoch schaffte sie es noch missbilligend zu schnauben. „Eine Dame spricht niemals über die vergangene Nacht", sagte sie mit versnobter Stimme.

„Gott sei Dank bist du ja gestern Abend vom Palast übergelaufen." Kyle klatschte ihr leicht auf den Hintern, und sie quiekte. „Und Damen, die sich so verhalten, bekommen jetzt den Hintern versohlt." Er drehte sie, bis sie auf dem Bauch lag, dann klatschte er ihr wieder auf den Hintern. Nicht feste, aber so, dass ihr köstliches Hinterteil zuckte.

„Hmm, ich glaube, das gefällt hier jemandem. Möchtest du mehr?" Als sie nicht gleich antwortete und nur ihren Hintern unter seiner Hand bewegte, klatschte er ihr noch einmal auf die linke Backe. Er liebte es, wie sie in ihr Kissen stöhnte. „Mag die Herzogin bestraft werden?" Wieder antwortete sie nicht und wieder klatschte er auf ihren Hintern. „Ich habe dich etwas gefragt ..."

Über ihre Schulter sah sie ihn an, smaragdene Augen voller Verlangen. „Ich mag es", flüsterte sie endlich. „Kyle."

Sein Bauch kribbelte, als er seinen Namen hörte und das, was sie mochte. „Du hast das Zauberwort nicht gesagt", neckte er sie.

Sie zuckte und stöhnte. „Bitte!"

Er liebte es, sie betteln zu hören, und klatschte ihr dieses Mal auf die rechte Pobacke. „Braves Mädchen." Dann schob er ihre Beine auseinander, zog seine Finger durch ihre Hitze, und jetzt stöhnte auch er. Sie war schon extrem feucht, heiß, nass und flehte geradezu darum, gefickt zu werden. Nachdem er sich ein Kondom genommen und es sich übergezogen hatte, legte er ihre Hüfte auf einen Stapel Kissen, damit sie höher lag.

Als seine Finger über ihre Klitoris tanzten, stöhnte sie erneut und drückte sich gegen seine Hand. „Bitte, Kyle, bitte!", flehte sie.

Ihre süße Feuchtigkeit bedeckte seine Handfläche, und er leckte sie begierig trocken, bevor er ihre Hüfte ergriff und langsam seinen Schwanz in ihre glitschige Öffnung führte. In diesem Winkel würde er sie sogar noch mehr erfüllen, und es gab nicht viel, das ihm besser gefiel, als zu sehen, wie Bella sich gegen ihn buckelte. Er hielt sie ganz fest und glitt komplett in sie hinein, spürte, wie ihre Vagina pulsierte, und wusste, sie war bereits nah dran.

Er beobachtete, wie ihr perfekter Hintern sich gegen ihn drückte, und Kyle musste sie noch einmal schlagen, bevor er sie fickte, abwechselnd klatschte er auf ihren Hintern und stieß in sie hinein. Sie quiekte und stöhnte und schrie, und gerade als er spürte, dass sie sich verkrampfte, machte er langsamer und dehnte so die Intensität ihres sich steigernden Höhepunktes aus.

„Du Schuft", sagte sie, und er lachte.

Er liebte es – wie seine Prinzessin im Bett alle Beherrschung verlor. Nichts war erotischer als zu beobachten, wie diese Frau ihr gutes, spießiges Benehmen vergaß und nach mehr bettelte. Wieder fickte er sie hart, während er sich in ihre Hüften verkrallte, und als sie lang und süß stöhnte, war er schon zu weit gegangen. Er war kurz vor dem Orgasmus. Er musste sie nur gebrauchen, um sich selbst zu befriedigen. Sie schien das zu ahnen und stöhnte nur noch mehr, nötigte ihn, sie noch fester zu ficken. Der Sex war wild, intensiv und roh, und er war sich sicher, dass alle in ihrer Umgebung sie hören konnten, doch das war ihm egal. Er wollte Arabella nur markieren, sie zu der seinen machen, sie ausfüllen und sicherstellen, dass sie niemals vergaß, wer da in ihr gewesen war.

Als sie sich noch mehr gegen ihn buckelte, spürte er, wie seine Eier sich zusammenzogen, und er wusste, das war's – er konnte nicht länger warten. Er schlug ihren Hintern, als sie so richtig kam. Er hob sie in einem seichten Winkel, achtete darauf, dass er an ihrer Klitoris vorbeikam, und da explodierte sie ohne weitere Vorwarnung, schrie und krallte sich in die Laken, ihr gesamter Körper zitterte, und sie kontrahierte um seinen Schwanz. Das war es. Er konnte es nicht länger ertragen und ließ sich gehen, er brach in Flammen aus, stöhnte und fluchte. Als er sie ausfüllte zogen sich seine Eier zusammen, und Krämpfe durchfuhren seinen ganzen Körper. Die Ekstase war geradezu unerträglich. Er atmete, als wäre er einen Berg hinaufgelaufen, während weiter kleine Zuckungen Arabellas Körper durchfuhren, als er kam. Schließlich stieß er noch einmal sachte in sie hinein, damit sie auch die letzte Welle in sich aufnahm, dann brach er neben ihr zusammen in einem erschöpften, glücklichen Packen.

Er wusste nicht, was er sagen sollte. Er konnte nicht sprechen. Er wusste nur, dass er noch nie in seinem Leben so guten Sex gehabt hatte, und schon allein das war unbegreiflich, wenn man bedachte, wie viele Frauen er im Laufe der Jahre gehabt hatte. Er drehte sich auf die Seite und streichelte Arabellas verschwitzten Rücken, und sie lugte zwischen ihren zerwühlten Haaren hervor zu ihm. Ihr Hintern war von den Schlägen ganz rot, und er streichelte ihn sanft.

Kyle starrte diese Frau an, diese Frau, die ihr Leben so schnell und unerwartet auf den Kopf gestellt hatte, und das nur, um mit ihm zusammen sein zu können. Wie konnte er das je wiedergutmachen? Er würde viel Zeit investieren, um ihr zu zeigen, dass er es wert gewesen war. Er beugte sich vor, küsste ihre Stirn, dann nahm er sie in seine Arme.

Sie kuschelten sich noch ein wenig aneinander und wären beinahe noch einmal eingeschlafen, doch als Arabellas Magen zu knurren begann, lachte Kyle: „Lass uns deinen königlichen Magen füttern gehen, bevor er alle zur Guillotine schickt."

Sie grinste ihn mit einem gespielt finsteren Blick an. „Dann werde ich mal duschen gehen. Könntest du mir einen Gefallen tun und mir eine Sonnenbrille kaufen gehen? Und ich kann auch schlecht im Ballkleid auf die Straße gehen. Ich müsste mir ein paar Sachen von dir leihen."

„Kein Problem, meine Liebste." Er küsste sie auf die Nase und schickte sie ins Bad. *Meine Liebste.* Er hatte sie gerade meine Liebste genannt, obwohl er das noch nie zu irgend jemandem gesagt hatte. Während sie duschte, ging er zum Geschäft an der Ecke, kaufte ihr einen Schal, den sie um den Kopf legen konnte, und eine große

Sonnenbrille, außerdem ein schlichtes T-Shirt, das sie über einer seiner langen Trainingshosen tragen konnte. Dazu kaufte er ihr noch leuchtend pinkfarbene Flip-Flops. Niemand würde auf die Idee kommen, eine Frau, die so gekleidet war, für ein Mitglied der königlichen Familie zu halten, dachte er grinsend, und er konnte es kaum erwarten, ihre Reaktion darauf zu sehen, dass er ihr so todschicke Klamotten gekauft hatte.

„Soll das ein Scherz sein?", stammelte sie. „Da mache ich mich ja lächerlich!" Sie starrte die Sachen an, während sie verführerisch in ein Handtuch gewickelt vor ihm stand. Ihr Haar war nass, und sie duftete nach Hotelseife. Ohne irgendwelchen Schnickschnack, und Kyle musste sich zusammenreißen, dass er sie nicht auf der Stelle wieder ins Bett zerrte.

„Das ist es ja eben, Herzogin." Er grinste. „Niemand wird dich erkennen. Und ich werde etwas genau so Legeres tragen, dann bist du nicht allein."

Lachend verengte sie ihre Augen. „In Ordnung, aber ich werde mich dafür rächen." Obwohl er bereits jeden Zentimeter an ihr gesehen hatte, ging sie ins Bad und schloss die Tür, um sich anzuziehen. Er schüttelte den Kopf. *Zum Anbeten.*

Nachdem sie sich angezogen hatte und er Arabella dabei geholfen hatte, den Schal zu wickeln, mit dem sie ihr wunderbares dunkles Haar verbarg, eilten sie nach draußen und spazierten durch die Hauptstadt. In der Straße, in der das Hotel lag, gab es eine Reihe netter Läden, darunter auch eine Glasbläserei, eine Boutique mit handgefertigtem

Schmuck und einen Chocolatier. Arabella ging gleich zum Chocolatier und reagierte mit Oh und Ah! auf die präsentierte Ware. Kyle war nie ein Schokoladenfan gewesen, doch als er beobachtete, wie Arabella bei jedem Biss die Augen verdrehte als wäre es himmlisches Ambrosia? Seine Einstellung zu Schokolade machte eine komplette Kehrtwende. Schokolade war die beste Erfindung aller Zeiten, und er nahm sich vor, immer einen Vorrat bei sich zu haben, wenn er dafür jedesmal diese Reaktion aus Arabella hervorlocken könnte.

„Die musst du probieren!" Als er seinen Mund öffnete, schob sie ihm die Praline in den Mund, und er schmeckte dunkle Schokolade und Kirsche. „Gut, stimmt's?"

Gut wäre es gewesen, sich hinabzubeugen und sie zu küssen, die Schokolade auf ihren Lippen zu schmecken. „Köstlich", murmelte er. Sie wurde auf die perfekte Arabellaart rot, und der Ladeninhaber lachte über ihre Mätzchen.

Sie setzten sich in ein winziges Café mit Blick auf das Meer, aßen ein Eis am Pier und benahmen sich wie Teenager bei ihrem ersten Date. Kyle küsste und berührte sie und hielt die ganze Zeit über ihre Hand, und Arabella genoss seine Aufmerksamkeit. Sie ließ sich so viel Zeit dabei, ihr Eis zu essen, dass es auf ihre Hand schmolz, und er konnte sich nicht zurückhalten, sondern nahm sie und leckte ihr die Süßigkeit von den Fingern. Dabei beobachtete sie ihn mit großen Augen, und wären sie nicht in der Öffentlichkeit gewesen, hätte er sie gleich dort auf dem Pier genommen.

Kyle konnte es nicht fassen, wie glücklich er war. Vielleicht war es das gute Essen, das Eis oder einfach nur, dass es ein schöner Tag war, doch es war definitiv ein Gefühl, an das er sich gewöhnen könnte. Sie fanden ein ruhiges Plätzchen am Strand, setzten sich und beobachteten die Wellen. Arabella lehnte sich an Kyles Brust, sein Kinn lag auf ihrem Kopf, und die Möwen kreischten in der Nähe.

Seine Gefühle waren nie so fremd und gleichzeitig so überwältigend gewesen. Hier so mit Arabella – seiner Bella – zu sitzen rief in ihm den Wunsch hervor, seinen Triumph herauszubrüllen. Er hatte seine Prinzessin aus der Verzweiflung gerettet, hatte ein Lächeln aus ihr hervorgelockt, ein Stöhnen und ein glückliches Lachen.

Kyle zog sie näher an sich. *Was tust du, wenn sie sie finden? Wie kann das von Dauer sein? Was kann dir diese Beziehung jemals bringen?* Und, der Clou: *Warum überhaupt mussten sie es geheimhalten?*

Sie taten doch nichts Verbotenes. Ihre Familie war nicht einverstanden, na und? Sie waren erwachsen, und beide wollten sie es, und wenn sie sich nicht an seiner fragwürdigen Herkunft störte, warum dann er? Und doch nagte es täglich an ihm – würde er jemals für eine Frau wie Arabella gut genug sein?

Sie rieb seinen Arm. „Geht es dir gut?"

„Ich habe nur gerade nachgedacht, was wir tun werden", erwiderte er. „Ich meine, danach."

Sie drehte ihr Gesicht zu ihm. „Was meinst du mit,

danach'?"

„Ich meine, nachdem sie dich gefunden haben. Denn das werden sie. Sagen wir dann wieder Lebewohl, wie zwei Teens aus zwei verschiedenen Welten? Oder versuchen wir, es hinzubekommen?"

Kurze Zeit schwieg sie. Er spürte, wie sie sich innerlich von ihm entfernte. Vielleicht hätte er nichts sagen sollen. „Ich weiß es nicht", sagte sie endlich. „Ich weiß nicht, was passieren wird." Sie sah ihn mit flehenden Augen an. „Warum spielt das eine Rolle? Lass uns nicht daran denken. Warum müssen wir uns den heutigen Tag mit Gedanken an die Zukunft verderben?"

In diesem Moment fühlte Kyle sich furchtbar alt, und Arabella schien unendlich jung zu sein. Sie hatte ja vielleicht in einer Welt gelebt, in der man sich keine Sorgen um das Morgen machen musste, doch als er aufgewachsen war, hatte er sich gefragt, ob sein Vater betrunken auf der Couch zusammenbrechen und ihn nicht zur Schule fahren würde. Es gab keine Sicherheiten.

„Was ist das, Arabella? Was tun wir hier?" Er fuhr ihr mit dem Daumen über die weiche Haut. „Weißt du, was das ist? Denn ich weiß es nicht."

Sie wandte sich ab. „Wir sind ... Wir sind ..." Sie rang um die richtigen Worte. „Ich weiß nicht, was wir sind, aber was macht das schon?"

„Mir macht es etwas. Denn wenn du weiter so tust, als sei ich ein peinliches Geheimnis, das man verbergen muss, dann muss ich das wissen."

Sie verzog das Gesicht und löste sich leicht. „Du bist

kein peinliches Geheimnis. Aber du weißt auch, dass meine Eltern uns nie ihren Segen geben würden."

„Weil sie wollen, dass du den Grafen heiratest", sagte er geradeheraus.

„Ja, und weil ich nicht die gleichen Entscheidungen treffen darf wie du, Kyle." Sie wandte sich ihm wieder zu und beschwor ihn: „Ich bin ein anderer Mensch als du. Für uns ist das anders. Ich muss an meine Familie denken, die Untertanen, mein Land ..."

Kyle schluckte. „Du tust so, als kämen wir aus verschiedenen Universen, doch wir sind immer noch Menschen, die ihre eigenen Entscheidungen treffen können. Hör auf so zu tun, als wärst du völlig machtlos. Als du gestern Abend mit mir durchgebrannt bist, hast du eine Macht eingesetzt, von der du nicht geahnt hast, dass du sie besitzt!"

„Ich bin machtlos! Du verstehst das nicht. Ich kann nicht meine eigenen Entscheidungen treffen. Alles, was ich tue, wird von jemand anderem bestimmt." Sie war nun sichtbar aufgebracht, ihr Gesicht gerötet.

„Doch *du* hast mich darum gebeten, dich wegzubringen. Das warst du, Arabella. Nur du. Also, was hält dich davon ab, jetzt weiterzugehen?" Er wollte, dass sie die Worte aussprach – *ich werde mich für dich gegen meine Familie wenden* – doch das tat sie nicht. Sie sagte nichts. Stattdessen sammelten sich Tränen in ihren Augen.

Das war dann also ihre Antwort, richtig? Kyle stand auf, angewidert. Er wollte schon weggehen, doch als er sie leise schluchzen hörte, blieb er stehen. Er konnte sie nicht verlassen, ganz egal, wie frustriert er von der Situation war. Er hatte ihr nicht gesagt, dass er nach Salasia kommen würde, also hatte sie jedes Recht, sich überrumpelt zu fühlen. Wahrscheinlich brauchte sie einfach nur etwas Zeit.

Er ging zu ihr zurück und schloss sie in seine Arme. „Es tut mir leid. Das war nicht fair. Ich weiß, dass es viele Menschen gibt, die von dir abhängig sind, und dass es für dich ein Schock war, dass ich hergekommen bin."

Arabella schluchzte gegen seine Schulter. Schließlich löste sie sich und wischte sich über das Gesicht. „Du hast recht. Ich muss eine Entscheidung treffen und dabei bleiben. Ich habe nur Angst, Kyle. Ich habe solche Angst vor dem, was passiert, wenn ich meine Familie und das Land verärgere."

Und genau das war der Haken an der Sache. Kyle hatte noch nie jemanden, dem etwas an seinen Entscheidungen lag. Sein Dad, der auf sein Geld aus war, zählte nicht. Er war unabhängig, doch Arabella gehörte zu ihrem Volk.

Während sie so liefen, schien es, als schaffte sie es, ihre traurige Stimmung abzuschütteln, und als sie nur noch ein paar Blocks von dem Hotel entfernt waren, lächelte Arabella wieder. Sie lachte nicht, war nicht so fröhlich, wie sie es gewesen war, doch auch nicht verzweifelt. Kyle fühlte sich schrecklich, weil er für ihre Tränen verantwortlich war, und hielt noch einmal beim Chocolatier, um ihr eine Schachtel Schokolade zu kaufen. Sie strahlte und küsste ihn dankbar, und einen Moment lang dachte er, dass alles gut werden würde.

Doch als sie so Händchen hielten und den Hügel zum Hotel hinaufgingen, während die Sonne schon am Himmel sank und die Stadt vor Leben noch vibrierte, wurde Kyles Gesicht von einem hellen Licht erleuchtet. Dann von einem weiteren. Und noch einem.

„Prinzessin! Prinzessin! Hier!", schrien sie.

Ein Haufen Paparazzi umschwärmte sie wie die Haie.

KAPITEL DREIZEHN

Arabella fühlte sich töricht, weil sie am Strand so weinerlich gewesen war, doch Kyles Worte hatten sie getroffen. Wie konnte er nur meinen, dass sie ihre Beziehung geheim halten wollte und dass sie sich mit ihm schämte? Er war intelligent, gutaussehend, erfolgreich und ... sexy! Das könnte sie unmöglich geheim halten! Doch es gab andere Dinge, die es verhinderten, dass sie in der Öffentlichkeit zusammen gesehen wurden, und keines hatte mit ihren Gefühlen für ihn zu tun.

Was erwartete er von ihr? Dass sie ihre Liebe vom Dach aus in die Welt brüllte? Das hätte sie gekonnt und auch getan, aber ihre Eltern würden ihr nie gestatten, mit ihm zusammen zu sein. Ihr Leben gehörte ihr nicht – das wusste jeder Blaublütige vom Moment seiner Geburt an. Kyle war in einer Welt aufgewachsen, in der man seine eigenen Entscheidungen treffen konnte.

Vielleicht gibt es andere Gründe, warum er das hier so schnell publik machen möchte, eine böse Stimme schlich sich in ihren Kopf. Sie wollte nicht denken, dass Kyle vielleicht ganz andere Motive hatte, und doch war er richtiggehend beleidigt gewesen, als sie seine Bitte abgelehnt hatte, anstatt auch nur zu versuchen, zu verstehen, woher sie kam. Der nagende Zweifel nagte an ihr, bis sie ihn verdrängte, schließlich hatte er sich entschuldigt.

Als sie den Hügel hinaufgingen, drückte sie seine Hand. Sie hatten so wenig Zeit zusammen, sie wollte das Beste daraus machen, sie wollte, dass die Dinge wieder so waren, wie noch vor ein paar Stunden. Warum sollten sie an etwas denken, das niemals sein könnte, anstatt an das, was sie jetzt gerade hatten?

Dieser Gedanke brachte sie wieder in die Wirklichkeit zurück, als das erste Blitzlicht aufleuchtete. Dann der Lärm, wie summende Bienen um ihren Kopf, gleichzeitig die Rufe: „Eure Hoheit! Eure Hoheit!" Ihr Magen rebellierte. Die Menge schloss sich so schnell um sie und Kyle, dass Arabella kaum begreifen konnte, was eigentlich gerade geschah. Ihr Hirn wusste, dass es Paparazzi waren, doch ihr einziger Gedanke war, *Wie haben sie uns finden können?*

„Eure Hoheit, ein Kommentar zu ihrer Beziehung mit einem American Footballstar?", fragte ein besonders dreister Reporter und hielt ihr das Mikrofon unter die Nase. Er war verschwitzt und ganz rot, seine Schweinsäuglein glänzten aufgeregt.

Bevor sie auch nur einen Ton hervorbringen konnte, drückte Kyle ihre Hand, als wollte er sich um die Situation kümmern, und wurde aktiv. Bevor sie noch eine weitere Frage stellen konnten, bahnte er sich einen Weg durch die Menge und ließ sie keine Sekunde los. Sie liefen hinauf zu ihrem Zimmer, und einige Presseleute folgten ihnen auf den Fersen, ihre Schritte hallten durch das Haus. Als sie ihr Zimmer erreichten, öffnete Kyle rasch die Tür, Sekunden, bevor die Meute um die Ecke bog. Er knallte die Tür zu und verschloss sie.

Vor der Tür schrien die Stimmen durcheinander, bis irgend jemand – wahrscheinlich der Geschäftsführer – alle verscheuchte und damit drohte, die Polizei zu rufen, weil sie widerrechtlich eingedrungen waren, wenn sie nicht auf der Stelle das Gebäude verließen.

Arabella ließ sich auf das Bett fallen und musste gegen neue Tränen ankämpfen. Was für ein emotionsgeladener Tag. Wie hatten die Medien sie gefunden? Welche Rolle spielten Royce und ihre Mutter dabei? Sie wusste, dass ihre Familie sie schließlich finden würden, aber Paparazzi, die sie umschwärmten wie die Fliegen? Sie tadelte sich selbst, weil sie so naiv gewesen war. Hatte sie wirklich gedacht, sie könnte sich einen Schal um den Kopf wickeln und irgendeine dumme Sonnenbrille aufsetzen, und keiner würde sie erkennen?

Kyle schaltete den Fernseher ein, und sie hörte, wie der Nachrichtensprecher meldete: „Ist das der nächste Skandal der königlichen Familie? Es sieht ganz danach aus ..." Sie hätte Kyle beinahe gebeten, den Fernsehapparat auszustellen, doch das nächste Bild ließ sie auf den Bildschirm starren.

Es war ein Foto von gestern Abend, es zeigte sie und Kyle, wie sie sich küssten, dazu die Schlagzeile – *Die Prinzessin – eine Betrügerin?* – direkt darunter. „Bitte?" Sie ächzte. „Frederic und ich sind nicht einmal verlobt!" Doch das war egal, denn die Medien liebten einen guten Skandal.

„Hey, ist doch aber ein tolles Foto von uns", sagte Kyle halb lachend und setzte sich auf den Bettrand, um zuzusehen.

Wer hat denn das Foto gemacht?, fragte sie sich. Sicherlich jemand, der sich das ordentlich hatte bezahlen lassen, denn es würde den nächsten Skandal der königlichen Familie provozieren. „Wie konnten sie das wissen, wie haben sie uns gefunden", flüsterte sie unentwegt auf sich ein.

Die Paparazzimeute schrie, sprach und lachte weiter, nun draußen vor dem Gasthaus, und sie sah sogar Blitzlichter, die ihr Fenster erhellten. „Himmel, die sind gnadenlos." Kyle lugte um den Vorhang herum, dann sprang er zurück. „Wer zum Teufel hat ihnen den Tipp gegeben? Ich habe niemanden gesehen, der uns gefolgt wäre, und den Besitzer hier habe ich bezahlt, damit er den Mund hält. Vielleicht hat uns der Typ am Empfang verpfiffen."

Kyle knurrte mit geballten Fäusten. Arabella konnte kaum hören, was er sagte. Sie waren gefunden worden, und jetzt hatte sie einen weiteren Skandal provoziert, den ihre Familie überstehen musste. Es war eigentlich Nebensache, wer ihren Aufenthaltsort preisgegeben hatte.

Ihr Herz sank. Sie nahm den Schal ab, warf ihn aufs Bettende und rieb sich mit den Fingern durch ihr plattgedrücktes Haar. Ein Kopfschmerz machte sich breit.

Was dachten ihre Eltern wohl in diesem Moment? Dass ihre Tochter eine genau solche Enttäuschung war wie ihr Sohn? Hatte sie gedacht, sie könnte davonkommen mit dieser Beziehung? Dass ihre Eltern glücklich sein würden und ihnen ihren Segen gäben? Sie stieß den Atem aus. Naiv war nicht einmal annähernd hinreichend, um sie zu beschreiben, dachte sie niedergeschlagen.

Das Zimmertelefon klingelte, und Arabella zuckte zusammen. Sie und Kyle tauschten verwirrte Blicke aus, bevor sie langsam aufstand und den Hörer von dem alten Apparat mit dem langen, spiraligen Kabel und den großen Knöpfen nahm. „Hallo?"

„Arabella? Bist du es?"

Ihre Augen weiteten sich. „Mutter, wie hast du ...?"

Die Stimme ihrer Mutter war barsch, sie kochte vor Zorn. „Hast du wirklich gemeint, du könntest davonlaufen, und wir würden dich nicht finden? Wie absurd. Wie dem auch sei, du musst wissen, was los ist, oder besser gesagt, mit wem du da so töricht weggelaufen bist."

Durch ihren Kopf schwirrte eine Vielzahl von Gedanken. „Wovon sprichst du?"

„Kyle Young, du dummes Mädchen! Er benutzt dich nur. Wegen deiner Position und deines Geldes. Hast du das denn noch nicht bemerkt?"

Arabella erstarrte. Ihre Hand verkrampfte sich so sehr um den Hörer, dass ihre Finger schmerzten.

Kyle rutschte an ihre Seite. „Was sagt sie?"

Doch Arabella fragte sich nun, ob sie Kyle vertrauen konnte. Seine Worte von vorhin kamen ihr in den Sinn, die, mit denen er nach ihrem Grund gefragt hatte, ihre Beziehung geheim halten zu wollen. „Was meinst du, Mutter?", fragte sie schließlich.

„Er hat jemanden dafür engagiert, dieses Foto zu schießen, auf dem ihr euch küsst. Er hat es an die Medien verkauft. Und jetzt holt er alles aus diesem Skandal heraus." Elisabetta lachte, ein eiskaltes Lachen. „Hast du wirklich etwas anderes gedacht? Dass das irgend so eine großartige Romanze sei? Komm nach Hause, mein Liebling. Der Schaden ist zwar schon da, aber wir können dafür sorgen, dass es keine größeren Folgen hat."

Arabella sah zu Kyle, der sie aufmerksam beobachtete. Sie wollte es nicht glauben. Er hatte genauso erschrocken ausgesehen wie sie, als die Paparazzi sie eingekesselt haben, und doch hatte er ihre Beziehung öffentlich machen wollen. Wie konnte ihm ihre Beziehung etwas nützen, wenn sie es geheim hielten?

Sie wollte die Worte nicht hören, fragte aber dennoch: „Woher weißt du, dass er es war?"

Elisabetta schnaubte. „Wir haben verlangt, dass dieses Foto von der Webseite entfernt wird, und nachdem wir ein wenig nachgehakt haben, haben sie uns den Namen desjenigen genannt, der ihnen das Foto verkauft hat. Ein gewisser ‚Mr. Young'. Interessant, findest du nicht?"

„Du lügst." Das konnte nicht sein. Er war die ganze Zeit mit ihr zusammen gewesen. Er hatte die ganze Zeit über nichts mit seinem Handy, dem Computer oder sonst etwas getan. Er hatte sich die ganze Zeit über, die sie zusammen waren, um sie gekümmert.

„Dann frag doch den Inhaber der Webseite selbst, Liebling. Er ist derjenige, der bezahlt hat. Doch jetzt werde nicht hysterisch. Komm einfach nach Hause, und wir kümmern uns darum, wie wir es auch bei deinem Bruder getan haben. Das konnte doch sowieso nie mehr als eine kurze Affäre sein. Ich weiß das, und du weißt das auch."

„Aber warum?" Sie hörte sich wie ein Kind an, doch sie musste wissen, ob der Mann, der gerade ihre Hand ergriff und besorgt ihren Arm streichelte, falsch und ein Lügner war.

„Warum, wenn er doch selbst genug Geld hat, meinst du?", fragte ihre Mutter. „Nun ja, offensichtlich hat er im vergangenen Jahr Bankrott angemeldet. Er hat mehr Schulden, als du dir vorstellen kannst. Nicht gerade ein Prinz, was? Als er also merkte, dass er dich haben könnte, dachte er, du könntest sein Gehalt schnell etwas aufbessern. Natürlich hatte er keinen Gedanken daran verschwendet, dass wir ihn wegen Beleidigung anzeigen würden und jeden Cent aus ihm herausquetschen würden, den er damit vielleicht verdient hat, doch das ist nicht von Belang."

Arabella konnte sich nicht rühren. Sie hörte ihrer Mutter noch eine Weile zu, dann legte sie unter Schock auf. Kyle hatte einen Stuhl zu ihr herangezogen und versuchte, ihre Hand zu nehmen, doch sie konnte die

Berührung nicht zulassen.

„Was ist? Was ist los?", fragte er mit besorgter Stimme.

Alles in ihrem Kopf drehte sich so schnell, dass ihr beinahe schlecht wurde, und ihre Hände zitterten. Sie kannte ihre Mutter. Mutter grub gerne nach den finstersten Wahrheiten, um sie als Waffe einzusetzen. Sobald sie herausgefunden hatte, dass ein „Mr. Young" hinter all dem steckte, hatte sie mit den Hufen gescharrt, um ihrer Tochter diese Kleinigkeit unter die Nase zu reiben.

Es missfiel ihr, dass ihre Mutter recht hatte, doch sie war schon reichlich naiv gewesen, zu denken, dass sie keinen Skandal hervorrufen würde. Trotz der Beweise naiv zu bleiben, wäre einfach Irrsinn gewesen. Irgendwie hatte Kyle das alles organisiert oder zumindest ihre Dummheit ausgenutzt. Er hatte wie ein Profi mit ihr gespielt. Tränen füllten ihre Augen, doch sie blinzelte sie fort.

„Was ist passiert?" Kyle beugte sich zu ihr. War das alles nur gespielt?

„Das war meine Mutter." Arabella wischte sich über das Gesicht, erschöpft und verwirrt.

„Deine Mutter? Was hatte sie zu sagen? Hat sie verlangt, dass du nach Hause kommst?"

Er hörte sich wütend an, sein Gesicht war angespannt. Obwohl Arabella sonst genauso wütend auf ihre Mutter wäre wie Kyle, wollte sie im Moment nicht hören, dass er ihre Familie kritisierte.

„Sie hat mir nur das gesagt, was ich wissen musste. Sie weiß, wer den Paparazzi unseren Aufenthaltsort verraten und wer ihnen das Foto verkauft hat."

Seine Brauen schossen in die Höhe, und er erwiderte: „So, und wer bitte schön, behauptet sie, war es?"

Bei seinem abschätzigen Tonfall sank ihr Herz nur noch tiefer. Sollte er sich nicht mehr Sorgen machen? Ihr Kopf brachte sie um, und sie rieb sich über die Augen. „Kannst du es dir nicht denken?"

Kyle blinzelte. „Moment mal, du denkst doch wohl nicht, dass ich es war?" Er stand auf und trat einen Schritt zurück. „Was, ist das hier so eine Art Spiel?"

Sag, dass du es nicht warst, Kyle. Sag, dass du keine Ahnung hattest. Sag, dass du keine Schulden hast und mich nicht meines Geldes wegen benutzt hast. Bitte, Kyle.

„Okay", sagte er langsam. „Ich hab verloren, aber ich werde mitspielen. War es deine Familie?"

Aufgebracht sprang Arabella auf. „Wie kannst du sie anklagen? Als wollten sie sich gerne um einen weiteren Skandal kümmern!"

„Dann Royce? Der Graf? Himmel, Arabella, woher soll ich es denn wissen?"

Sie ging auf die andere Seite des Zimmers, wusste nicht, ob sie weinen sollte, sich übergeben oder einen Stuhl umschmeißen. Vielleicht alles drei. Doch als Kyle sich hinter sie stellte und versuchte, sie zu halten, machte sie sich frei. „Hör auf so zu tun, als wüsstest du von nichts." Sie wirbelte herum und wies mit einem Finger auf seine Brust.

Er hob die Hände. „Dann hör auf, in Rätseln zu sprechen!"

„Du warst es!", schrie sie zurück. „Du warst es! Hör auf, so zu tun, als wüsstest du von nichts. Meine Mutter hat mir alles erzählt. Dass jemand mit Namen Mr. Young das Foto verkauft und den Paparazzi einen Tipp gegeben hat. Sie hat mir alles erzählt, Kyle."

Wie vom Donner gerührt trat er einen Schritt zurück und starrte sie an. Zornesröte stieg ihm in die Wangen. „Das meinst du vollkommen ernst, ja? Wirfst du wirklich *mir* vor, das getan zu haben?"

„Hast du letztes Jahr deinen Bankrott erklärt? Hast du Schulden? Denn das ist der Beweis, den sie mir genannt hat. Sag mir, dass es nicht stimmt, dann weiß ich, dass sie lügt."

Als Kyle mit angespannten Kiefermuskeln gar nichts sagte, wusste Arabella die Antwort: es stimmte. Alles. Er hatte sie benutzt. Und sie war dumm genug gewesen, sich in ihn zu verlieben."

KAPITEL VIERZEHN

Wenn es irgend etwas gab, über das Kyle gerade nicht sprechen wollte, dann waren es seine finanziellen Probleme. Als er gerade achtzehn war, hatte Gary ihn überredet, mit ihm ein gemeinsames Konto zu eröffnen, ein Konto, von dem man Kyle gesagt hatte, es sei einige Jahre später geschlossen worden. Doch er fand heraus, dass sein Dad in dem Punkt gelogen hatte, er hatte Geld für seine verschiedenen Laster dorthin geschleust: für das Spielen, Frauen und was nicht noch.

Als Kyle herausgefunden hatte, wieviel Geld sein Vater verpulvert hatte – und nachdem Kyle den Finanzberater rausgeschmissen hatte, der ihn hintergangen hatte – war es zu spät gewesen. Er musste sich teilweise bankrott erklären und versuchte immer noch, den enormen Schuldenberg abzutragen, den Gary ihm aufgehäuft hatte.

Doch als Arabella ihn jetzt so ansah und ihre Augen auf sein Schweigen hin sich immer mehr weiteten, wusste Kyle, dass er jetzt seinen Stolz hinunterschlucken und ihr die Wahrheit sagen musste. Nicht nur über das Geld, sondern auch über seinen Vater. Über seine Vergangenheit im Trailerpark und dass er in ärmlichen Verhältnissen bei einem Trinker als Vater aufgewachsen war.

„Die finanziellen Probleme will ich gar nicht leugnen", sagte er knapp. Als sie nach Luft schnappte, fügte er hinzu: „Das heißt aber nicht, dass der Rest auch stimmt."

„Warum hast du es mir nicht gesagt?"

„Was sollte ich dir sagen?" Er lachte bellend. „Dass ich nicht gerade in Wohlstand aufgewachsen bin? Dass ich immer auf mein Geld achten musste, dass mein Vater mich bei jeder Gelegenheit bis aufs Blut aussaugt? Was von dem allen, Herzogin? Und wenn ich mir jetzt deine Reaktion ansehe, ist das auch nichts, über das ich mit dir sprechen möchte."

„Also gibst du zu, dass du Geld brauchst?", fragte sie ruhig. Sie wirkte eingeschüchtert, als wüsste sie nicht, wem sie glauben sollte. Er wusste nicht, ob diese Mr. Young-Sache stimmte oder nicht, oder ob es etwas mit seinem Dad zu tun hatte, doch er konnte nicht zulassen, dass Arabella in dieser Sache das Schlimmste von ihm dachte.

„Ich habe Schulden, ja. Sogar große. Das Arschloch von einem Vater hat mich da reingeritten, der mich so richtig verarscht hat. Brauche ich aber dein Geld? Nein. Und selbst wenn würde ich dich – und auch mich selbst – nicht an diese Scheißpresse verkaufen. Das musst du mir glauben."

Er merkte, dass sie ihm glauben wollte, doch als sie den Kopf schüttelte, hatte er das Gefühl, dass es nichts änderte. Sie glaubte ihrer Mutter eher als ihm, und da er einen Teil von dem, was ihre Mutter behauptet hatte, hatte bestätigen müssen, sagte ihr das jetzt wahrscheinlich, dass alles stimmte.

Du warst nie gut genug für sie. Seine Gedanken gruben wieder ihre Krallen in ihn. *Du wirst immer der Abschaum Young bleiben.*

„Sag mir nur: Hast du dieses Foto verkauft?", fragte sie.

Natürlich nicht!" Er hob seine Stimme. „Du vergisst eine winzige Kleinigkeit: *du* hast mich gebeten, den Ball zu verlassen. Das war *deine* Entscheidung, Herzogin. Wie passt das zu deiner Idee, dass ich das alles geplant habe?"

„Das heißt nicht, dass du nicht vielleicht meine Dummheit ausgenutzt hast. Dass du mich nicht belogen und nur auf den richtigen Moment gewartet hast."

Er warf die Arme in die Luft. „Also hast du mich bereits verurteilt? Egal, was ich sage, ich habe diesen grandiosen Plan ausgeheckt, ist es das?" Die Wut durchfuhr ihn, und er musste sich zurückhalten, kein Loch in die Wand zu schlagen. Er konnte immer noch die Journalisten draußen reden hören, und plötzlich wünschte er sich, er könnte rausgehen und jeden einzelnen zusammenschlagen. „Du hast überhaupt nicht vor, mir auch nur eine Chance zu geben, oder?"

Arabella seufzte leise. „Du hast so viel hierbei zu gewinnen, Kyle. Ich will es nicht glauben, aber ich war schon dumm genug. So dumm kann ich gar nicht sein, dass ich nicht glaube, was direkt vor meinen Augen steht."

Er verlor sie – oder vielleicht hatte er sie bereits verloren. Egal wie, es brach ihm das Herz. Was war nur aus der Frau geworden, die ihn so bewundernd angesehen hatte? Die, die ihn nicht wie einen tollen Footballstar behandelt hatte, sondern wie einen normalen Typen?

„Sieh mal, Prinzessin Arabella", knurrte er, „vielleicht bin ich nicht irgend so ein versnobter Blaublütiger, doch ich bin wohl auch kein Niemand. Ich verdiene reichlich viel eigenes Geld, und das Letzte, das ich gebrauchen kann, ist eine Frau, die aus einer Mücke einen Elefanten macht. Glaub was du willst, aber eines sage ich dir: Ich habe dich nicht verkauft. Ich will dein Geld nicht. Und wenn du dich weigerst, das zu glauben, ist das deine Sache. Doch komm dann nicht heulend zu mir gerannt, wenn du mit irgend so einem langweiligen Adligen verkuppelt worden bist, nur weil du zu viel Angst vor dem hast, was wir miteinander haben." Er strich sich über den Unterkiefer und atmete tief ein.

Ihm blieb nichts als sich zu verteidigen.

Auf Arabellas Wangen waren rote Flecke erschienen, und sie ballte ihre Fäuste an der Seite. Als der Nachrichtensprecher wieder über den königlichen Skandal zu berichten begann, nahm sie die Fernbedienung und warf sie gegen den Fernseher. Sie prallte von der Wand ab, die Batterien flogen heraus und rollten über den Boden.

„Ich habe keine Angst", zischte sie. „Ich sehe gerade zum ersten Mal erst das Licht. Meine Mutter hat mich vor dir gewarnt, doch ich war zu dumm, um zu sehen, was da geschah." Tränen kullerten aus ihren Augen, und Kyle wusste nicht, ob er sie in die Arme nehmen oder durch die Tür gehen sollte. Sie hatte sich eine Meinung von ihm gebildet. „Ich war so dumm! So dumm, zu denken, dass alles echt war. So dumm, dass ich dachte, ich hätte mich in dich verliebt."

Liebe? Sie hatte sich in ihn verliebt? Er hatte schon viele Frauen gehabt, die ihm sagten, sie liebten ihn – ob das nun stimmte oder nicht – aber das von Arabella zu hören? Es war, als ob ein Traum wahr würde, nur dass es einen Tick zu spät war. Ein Traum, der bereits in eine Million scharfe Stücke zersplittert war, die seine Haut zerschnitten und kratzten.

Ich liebe dich auch, dachte er, und sein Herz brach. *Doch das ist nun nicht mehr von Bedeutung, oder?*

„Ich muss gehen", sagte sie plötzlich, stand auf, nahm sich ihr Ballkleid und stopfte es ohne nachzudenken in ihre Tasche. Sie schlüpfte mit ruckartigen Bewegungen in ihre Schuhe und hätte beinahe ihr Handy auf dem Nachttisch vergessen, doch Kyle reichte es ihr.

Er konnte doch nicht einfach so da stehen, oder? Wie ein schuldiger Schuft, der sie zu seinem Vorteil ausgenutzt hatte, und einfach nichts mehr sagen? Wollte er wegen ihrer Mutter die Frau gehen lassen, die er liebte? Er nahm ihren Ellbogen. „Wirst du wirklich wieder weglaufen, Arabella?"

Sie hielt inne, ihre Brust hob sich, der Hals war verkrampft, ihr Schultern sogar noch mehr. „Ich renne nicht weg", sagte sie ruhig.

„Bist du dir sicher? Für mich sieht es ganz so aus."

„Es ist vollkommen egal, wonach es aussieht. Ich laufe nicht davon. Ich versuche nur, einen großen Fehler wieder gut zu machen." Ihre Stimme war belegt, und sie wischte sich über ihre feuchten Wangen.

„Ah so, das sind wir jetzt also? Ein Fehler? Du hast dich in mich verliebt, deine Mom spricht eine Anschuldigung aus, wobei für sie eine Menge davon abhängt, dass du nach Hause kommst, und alles ist ein großer Fehler?" Er schnaubte. „Du hast recht – du bist leichtgläubig."

Er wollte, dass sie es leugnete. Er wollte, dass sie um sie kämpfte. Er wollte, dass sie ihm glaubte.

Arabella zuckte die Schultern, während sie den Schlag ignorierte. „Ich dachte, du wärst ein wahrgewordener Traum, und ich habe dir vertraut. Doch heute hast du dieses Vertrauen zerstört. Träume sind nur etwas für dumme Kinder, und ich kann kein Kind mehr sein. Ich muss erwachsen werden und die Pflicht auf mich nehmen, für die ich geboren wurde. Lebwohl, Kyle."

Vielleicht war es ein verzweifelter, dummer Versuch, doch bevor er es sich anders überlegen konnte, hatte Kyle nach ihr gegriffen, sie in seine Arme gezogen und geküsst. Der Kuss war ungestüm und schmutzig und flehend – wie konnte das ein Fehler sein? – und er wusste nicht, ob es ihre Tränen waren oder seine oder sie von ihnen beiden stammten, doch wenn das das letzte Mal sein sollte, dass er sie küsste, dann wollte er es schmecken, aufsaugen, für immer in sich aufnehmen.

Anfangs gab sie sich hin, doch dann machte sie sich frei. „Tu das bitte nicht." Sie drückte ihre Stirn an seine Brust und raffte sein Hemd in ihren kleinen Fäusten.

„Ich weiß, dass du nicht gehen willst. Ich weiß, du denkst, deine Eltern und dein Königreich denken das Richtige über mich, und du hast recht damit, ängstlich zu sein. Ich verstehe es. Doch ich bin ein guter Mann, meine Herzogin, und man läuft vor keinem guten Mann davon, ohne es sein Leben lang zu bereuen."

Als sie sich nicht bewegte, dachte er, er sei zu ihr vorgedrungen. Doch dann trat sie zurück, es waren keine Tränen mehr auf ihren Wangen. „Es tut mir leid, Kyle." Sie nahm ihr Handy, das zu läuten begonnen hatte. „Hi, Royce. Ja, ich bin es. Hol mich doch bitte am Schwanenhof ab. Ja, ich verstehe. Tschüss."

Sie warf einen letzten Blick auf Kyle – smaragdene Wahnsinnsaugen voller Schmerz – dann ging sie davon, und er konnte bloß dastehen und sie gehen lassen. Zuhören, wie sie die Tür schloss und die Treppe hinunterstieg, wie die Paparazzi sie draußen umschwärmten. Dann hörte er einen Wagen vorfahren, schneller als er für möglich gehalten hätte. Erst da gelang es Kyle, seine Erstarrung zu durchbrechen und ihr nachzulaufen.

„Arabella!", rief er, während er aus dem Zimmer stürmte, die Treppen hinunter und durch den Haupteingang, wo die Paparazzi sich bereits um das Fluchtauto der Prinzessin gedrängt hatten. „Arabella, geh nicht!"

Die Fotografen tummelten sich wie wild bei dieser Entwicklung der Dinge, und Arabella schaute noch einmal aus dem hinteren Fenster und schüttelte den Kopf. Es war ihm egal. Die Fotos und die Nachrichten waren ihm egal, und ganz sicher war es ihm egal, dass sie zur Märtyrerin einer Familie wurde, der nichts an ihrem Glück lag.

Kyle eilte zum Auto, schob sich durch das Gewimmel von Reportern, doch gerade als er durch die offene Wagentür nach ihr greifen wollte, schoss eine kräftige Hand hervor und hielt ihn zurück. „Sie werden Ihre Hoheit nicht berühren", knurrte Royce, seine Augen zwei glühende Kohlen. „Sie fährt nach Hause in den Palast, und Sie werden sie nicht aufhalten."

„Verpiss dich, du Arschloch." Kyle schubste den Kerl mit genügend Kraft, dass der ins Wanken geriet. Die Kameras der Paparazzi flackerten in einem schwindelerregenden Blitzlichtgewitter und blendeten ihn einen Moment lang.

„Kyle, bitte!", rief Arabella. „Du machst dich bloß lächerlich!"

Endlich hatte er ihre Hand erreicht und zog sie heraus, so dass sie neben dem Auto standen. „Lauf mit mir davon. Beim letzten Mal hast du mich gebeten, mit dir zu kommen, jetzt bitte ich dich. Tu das Gleiche. Für mich. Geh nicht, Herzogin. Ich belüge dich nicht."

Sie ließ den Kopf sinken und fing bitterlich zu weinen an. Sie bedeckte ihr Gesicht mit den Händen und schüttelte den Kopf. „Ach, Kyle, mach es doch nicht so kompliziert.

Ich ..."

Kyle spürte eine Hand an seinem Schlüsselbein und wurde zurückgerissen. Royce machte einen Bereich im Kreis der Medienleute frei und schlug ihm auf das Kinn. Gefällt wie ein Baum, schwirrte Kyle der Kopf, und er hörte, wie Royce sagte: „Wenn Sie sie noch einmal berühren, werden Sie das büßen. Verziehen Sie sich, Young."

Die Blitze der Kameras leuchteten auf um ihn, Stimmen brüllten und schrien, und dann fuhr das Stadtauto davon, gerade als Kyle es zurück auf seine Füße geschafft hatte. Er würde einen dicken blauen Flecken an seinem Kinn haben, doch er spürte den Schmerz kaum. Der unerwartete Schlag war ihm egal, er konnte nur sein Mädchen nicht einfach so gehen lassen.

„Mr. Young, Mr. Young, bitte einen Kommentar! Was ist geschehen? Ist ihre Affäre mit Prinzessin Arabella zu Ende?"

Wie die Heuschrecken schwärmten die Paparazzi um ihn herum, und er konnte nur ihre Kameras und Mikrofone aus dem Weg drücken. Leise murmelte er „Kein Kommentar" und eilte in das Hotel zurück. Er arbeitete schon seit Jahren mit den Medien zusammen und wusste verdammt gut, dass die beste Antwort keine Antwort war, wenn die Journalisten Blut geleckt hatten.

„Mr. Young! Mr. Young!", riefen sie, als er ihnen die Eingangstür ins Gesicht knallte und sie von innen verriegelte und dem Mann am Empfang einen eindringlichen Blick zuwarf. „Sie öffnen nicht diese Tür!"

Er ging hinauf zu dem Zimmer, das er sich mit Arabella geteilt hatte, setzte sich auf den Bettrand und starrte an die Wand. *Was zum Teufel soll ich jetzt tun?* Würde der Coach ihn auf die Strafbank setzen, wenn er die Nachrichten hörte? Drohte ihm eine Strafe, weil er eine Prinzessin entführt hatte?

Was sonst konnte dafür sorgen, dass er sich so verrückt verhielt, dass er seine Karriere derart aufs Spiel setzte, wenn nicht die Liebe? Diese Scheißliebe, über die alle sprachen. Jetzt wusste er, was alle, besonders Heath, ständig hatten. Er hatte sich in Prinzessin Arabella von Salasia verliebt, die Frau, die ihm unter der Nase entwischt und in den Palast zurückgekehrt war.

„Verdammt!" Kyle holte eine Flasche Whisky aus der Zimmerbar und schüttete sich einen ein, dann noch einen und noch einen, bis er nicht mehr denken konnte.

KAPITEL FÜNFZEHN

Während die Tage verstrichen, nahm Arabella kaum wahr, was um sie herum geschah. Der Skandal um sie und Kyle Young wütete weiter, denn die Nachrichtensender, Paparazzi und Journalisten belagerten immer noch den Palast und warteten auf einen günstigen Moment, sie zu erwischen und ein Foto der niedergeschlagenen Prinzessin zu erhaschen. Die blutrünstige Art, mit der die salasischen Medien sich auf ihr Davonlaufen stürzten, widerte sie an. Liebte Salasia die Skandale der königlichen Familie mehr als die königliche Familie?

Jeden Tag las sie eine andere Beschreibung von sich in den Medien. Einmal war sie eine hoffnungslose Romantikerin, ein andermal eine sexsüchtige Nutte, opportunistisch auf Ruhm aus, schwanger und verzweifelt, und, das Beste von allem – eine durchgeknallte Prinzessin, die zu ihrem eigenen Wohl wie Rapunzel in einen Turm eingesperrt werden sollte.

Also wirklich – Rapunzel? Etwas Besseres hatten die Medien nicht auf Lager?

Alles war grausam und offenkundig unwahr, doch Arabella hatte keine Kraft es zu leugnen. Ihre Familie hielt sie in Hausarrest, sie durfte den Palast nur verlassen, wenn außer Royce noch drei weitere Bodyguards sie begleiteten, die jede ihrer Bewegungen beobachteten und sie genau genommen zu einer Gefangenen machten.

Eine Gefangene im eigenen Palast.

Nichts von all dem spielte eine Rolle. Sie und Kyle waren nicht mehr zusammen. Was sie für die größte Liebe ihres Lebens gehalten hatte, war die ganze Zeit über eine Lüge gewesen. Kyle hatte sie für Geld verkauft. Mutter hatte ihr den Beweis gezeigt, froh über ihre Ehrenrettung, als sie nach Hause kam. „Ich habe dir doch gesagt, dass er nichts taugt!" Ihre Mutter hatte sich im Triumph gesonnt. „Und hier ist der Beweis!"

Arabella hatte nichts von der Ehrenrettung mitbekommen und sicherlich keine Freude empfunden. Einfach nur Traurigkeit und nicht enden wollende Niedergeschlagenheit. Es wäre eine Sache gewesen, wenn sie sich getrennt hätten, weil sie nicht zueinander passten, doch dass sie sich trennen mussten, weil Kyle sie hintergangen hatte? Waren seine Küsse, seine Worte und Berührungen bloß Lüge gewesen? Hatte er die ganze Zeit nur mit ihr gespielt? Vielleicht hatte er vom ersten Moment an, als er sie im Stadion angesprochen hat, gewusst, dass sie eine Prinzessin ist.

Und doch, vielleicht war es besser, all das jetzt

herauszufinden und nicht erst in Zukunft, wenn sie jemals ein offizielles Paar geworden wären. Ja, dachte sie, besser jetzt als später.

Wie ein Gespenst irrte sie durch den Palast, suchte die Flure heim und machte ihre Mutter noch wütender als gewöhnlich. *Los, du musst darüber hinweg kommen, warum weinst du,* waren nur einige der Dinge, die sie täglich zu hören bekam. Doch ihr gebrochenes Herz konnte nicht weitermachen, denn sie hatte einen Mann geliebt, der sie nicht einmal respektiert hatte. Sie hatte mit ihrem Herzen und ihrer Seele einem Mann vertraut, und der hatte ihre Gefühle ohne darüber nachzudenken mit Füßen getreten.

Sie hatte von Kyle nichts gehört. Nicht eine Nachricht.

Funkstille. Sie hatte sich amerikanische Nachrichtensendungen angesehen, und obwohl die den Skandal kurz angesprochen hatten, wurde es ihnen schnell langweilig, und sie hatten sich anderen Dingen zugewendet. „So sind Jungs nun mal" war allgemein der Tenor in allen Berichten, in denen es um Kyle Young ging, und wenn Arabella emotional nicht so erschöpft gewesen wäre, wäre sie aufgebracht über die Bigotterie gewesen.

Die schlimmste Bigotterie jedoch war von ihrer eigenen Mutter gekommen. Elisabetta war ausgesprochen schroff ihr gegenüber, behandelte ihre Tochter mit Kälte und Verachtung, die Arabella nicht einmal gesehen hatte, als ihr Bruder Louis in seinen Skandal verwickelt gewesen war. Sie hatte Arabella alle möglichen Namen an den Kopf geworfen, sie beschuldigt, dass sie sie kaputt mache, weil sie die Hure spielen musste, woraufhin Arabella schließlich ausgerastet war und ihrer Mutter gesagt hatte, sie solle zum Teufel gehen. Die beiden übten sich nun in eisigem Schweigen, keiner von beiden war bereit, die Mauer einzureißen, die sie zwischen sich aufgebaut hatten.

Eine Woche nach dem Ball saß Arabella im Salon und langweilte sich zu Tode mit ihrem Tablet und den Nachrichten, als ein Besucher angekündigt wurde. Doch warum? Sie war doch genau genommen eine Gefangene ohne Rechte. Und dann sah sie, wer es war. „Graf Frederic wünscht Ihre Hoheit zu sehen", kündigte ihr Diener mit so viel Enthusiasmus wie eine feuchte Decke an.

Pfui, das wäre jetzt das erste Mal seit dem Ball, dass sie ihn träfe. „Danke, Barton. Sie dürfen die Tür schließen." Arabella bedeutete Frederic, näher zu treten, und er setzte sich in einen weichen, samtblauen Sessel ihr gegenüber. Er sah müde und besorgt aus.

„Wie geht es dir, meine Liebe?" Er wollte schon nach ihrer Hand greifen, doch dann schien er es sich anders zu überlegen. Sein sonst so sorgfältig gekämmtes Haar war zerzaust und seine Hose zum ersten Mal nicht glatt gebügelt.

Sie war gleich besorgt. „Mir geht es gut genug. Aber wie geht es dir?"

Er lächelte ein wenig. „Gut, doch ich bin nicht hier, um über mich zu sprechen. Ich wollte sehen, ob es dir gut geht. Nach ... all dem."

Ihr Magen zog sich zusammen. Sie und Frederic waren nicht verlobt gewesen, doch sie fühlte sich doch noch zu einem gewissen Grad schuldig, dass sie ihn zu einem unfreiwilligen Teil ihres Skandals mit Kyle gemacht hatte. Er war vielleicht nicht der Richtige für sie, doch er war immer noch ein guter Mensch. Sobald sie wieder im Palast gewesen war, hatte sie ihm ein Entschuldigungsschreiben geschickt, doch er hatte bloß erwidert, es gäbe nichts zu entschuldigen.

Arabella verbiss sich die Tränen. „Ich möchte mich nochmals für das entschuldigen, was an jenem Abend vorgefallen ist. Ich wollte nie jemandem wehtun, doch das heißt nicht, dass ich nicht vielen Menschen Schmerzen zugefügt habe."

„Arabella." Vorsichtig nahm er ihre Hand. „Ich habe dir bereits gesagt, es gibt nichts zu entschuldigen. Wir waren nicht verlobt, und, wenn ich ehrlich bin, ich habe dich ja auch nie gefragt, wie du es findest, mit mir zusammen zu sein. Abgesehen davon, in dem Moment, als ich dich gesehen habe mit ... nun ja, mit ihm, wusste ich, ich hatte keine Chance. Das Letzte, das ich will, ist, mit einer Frau verheiratet zu sein, die jemand anderen liebt."

Da kullerten die Tränen schließlich. „Ach, Frederic, alles ist so furchtbar. Ich dachte, ich liebe ihn, doch er hat mich nie geliebt. Ich war solch ein Narr."

„Weil er diese Fotos an die Presse verkauft hat?"

Sie verzog das Gesicht, dann nickte sie. „Ich dachte, ihm läge etwas an mir. Ich dachte, was wir miteinander hatten, sei echt, doch ..." Sie zog ihre Hand weg.

„Offensichtlich hat er anders gedacht."

Frederic spitzte die Lippen, dann öffnete er den Mund, um zu sprechen. Dann schloss er ihn wieder. Dann öffnete er ihn erneut. Er legte sich die Worte zurecht und sagte: „Und du weißt, dass er dich verraten hat, weil ... weil deine Mutter etwas gesagt hat?"

Arabella begriff gleich, was er zwischen den Zeilen andeutete. „Ja, sie hat es mir mitgeteilt", erwiderte sie. „Ich weiß, dass sie guten Grund gehabt hätte, sich etwas zurechtzulegen, doch die Beweise waren hinreichend, um mich zu überzeugen."

„Bist du dir vollkommen sicher, dass Kyle Young die Fotos verkauft hat? Zu hundert Prozent sicher? Denn, das muss ich dir sagen, auch ich habe Informationen eingeholt, und ich glaube, man hat dir weismachen wollen, dass es Kyle war, obwohl er vielleicht gar nichts damit zu tun hatte."

Ihr Herz setzte aus. Sie durfte die Hoffnung, Kyle könnte vielleicht unschuldig sein, nicht zulassen. Sie war diesen Weg bereits gegangen und hatte ihn schon zehnmal wieder verlassen. Nichts war in der Lage, das Bild aus ihrem Kopf zu verbannen, in dem sie den richtigen Scheck mit seinem Namen gesehen hatte, sie hatte die E-Mails des Online-Magazins gesehen, alles.

„Was meinst du?" Sie klang unwirsch und erschöpft, selbst in ihren eigenen Ohren.

„Nur, dass deine Mutter das Beweismaterial manipuliert haben könnte, damit es zu dem passte, was sie wollte. Mehr nicht."

„Frederic, meine Mutter ist vieles, aber sie ist keine Lügnerin." Schon während sie das sagte, fragte sie sich, ob sie ihre Mutter vielleicht schon immer falsch eingeschätzt hatte.

Frederic starrte sie an, als hoffte er, sie würde die unausgesprochenen Worte zwischen ihnen beiden vernehmen. Dass er hierhergekommen war und so über die Königin gesprochen hatte, konnte ihm eine Menge Ärger einbringen, ganz zu schweigen von dem Respektverlust des gesamten Hofes, und sie war ihm unendlich dankbar dafür. Selbst wenn Frederic falsch lag, spürte sie, wie viel ihm an ihr liegen musste, wenn er ihr all das sagte. „Meine Liebe, mir liegt sehr viel an dir. Das musst du wissen."

„Frederic, ich weiß nicht, ob das, was du sagst, stimmt", erwiderte sie langsam, „doch ich habe jetzt eine Menge, worüber ich nachdenken muss. Ich werde mir die Beweise noch einmal ansehen. Ich fände es furchtbar, wenn ich einen unschuldigen Mann beschuldigt hätte."

Frederic sah erleichtert und glücklich und gleichzeitig doch auch traurig ihrer beider willen aus. „Ich sage nur eins: Kein Mann, der dich so ansieht, wie Kyle Young es getan hat, würde dich jemals hintergehen. Kein Mann. Ich hoffe, du findest die Antworten, die du suchst, Arabella."

„Ich danke dir. Danke, dass du hergekommen bist." Sie lächelte. „Kann ich dir jetzt wenigstens einen Tee anbieten? Ein Glas Whisky? Absinth?" Sie lachte. „Meine Güte, ich kann mir nicht vorstellen, dass du dich auf diese Unterhaltung gefreut hast."

Dankbar lachte auch er. „Nein, das habe ich wirklich

nicht, aber ich möchte, dass du glücklich bist, und der Gedanke daran, dass du so schlecht von einem Mann denkst, den du liebst, hat mein Gewissen so sehr belastet."

„Also, ich kann nur sagen, dass ich dich nicht verdient habe. Ich hoffe, du findest eine Frau, die das tut."

Frederics Wangen erröteten, und er hüstelte in seine Faust. „Du schmeichelst mir, meine Liebe. Doch ich bin mir sicher, du hättest für mich dasselbe getan, wir sind doch schon so lange befreundet."

Bei diesen Worten heilte Arabellas gebrochenes Herz ein wenig. Dass sie wenigstens einen auf ihrer Seite hatte, ließ sie sich weniger allein und hilflos fühlen. Niemand in ihrer Familie hatte sich die Mühe gemacht zu verstehen, warum sie das getan hatte – ihr Bruder hatte angerufen, aber war immer noch weit weg von Salasia – doch Frederics Unterstützung bedeutete ihr alles.

Sie läutete nach Tee. Falls Frederic bemerkte, wie sie vereinzelte Tränen beiseite wischte, war er zu sehr Gentleman, um es zu erwähnen.

KAPITEL SECHZEHN

Kyles Kopf schmerzte schon, bevor sein alter Herr die Tür zu seinem Trailer geöffnet hatte.

„Kyle!" Garys Gesicht war erhitzt und rot, wahrscheinlich hatte er schon einige Bier getrunken. „Was machst du denn hier?"

Ohne auf eine Aufforderung zu warten, trat Kyle ein. Der Trailer sah noch genauso aus, wie in seiner Kindheit – verblasste, wellige Tapete von unbestimmter Farbe hinter einem überdimensionierten Sessel in der Ecke. Der glänzende Flachbildschirm, der beinahe die gesamte gegenüberliegende Wand einnahm, war neu, und irgendein plärrendes Spiel lief. Zwei Hunde kamen auf ihn zu, schnüffelten und knurrten, doch Kyle ließ sie an seiner Hand schnuppern, bevor er sie streichelte.

Dann sah er seinen Vater an.

Nachdem er erfahren hatte, dass jemand namens „Mr. Young" die Fotos von ihm und Arabella an die Presse verkauft hatte, war Kyle schnell klar gewesen, wer ihn hintergangen haben musste. Er musste nur wenige Nachforschungen anstellen und dem Blog-Inhaber ein wenig Geld zustecken, damit der zugab, dass Gary Young ihnen die Fotos verkauft und sie darum gebeten hatte, seinen Vornamen nicht zu nennen. Kyle hatte das Gefühl, dass es seinem Vater egal gewesen wäre, wenn es jemand herausgefunden hätte, aber wenn, dann hätten sie vermutet, dass es Kyle war und nicht er. Das war ganz typisch für Gary Young.

Kyle hatte nichts mehr zu verlieren. Er hatte Arabella bereits verloren, seine Karriere hing am seidenen Faden, und die Medien hatten ihn erst nach einer Belagerung von mehreren Wochen in Ruhe gelassen und auch nur wegen eines anderen Skandals eines anderen NFL-Spielers. Kyle konnte es nicht mehr egal sein, ob Gary jetzt tatsächlich auspackte, wie er seit Jahren drohte. Was hatte er jetzt noch zu beschützen? Sein Ruf war bereits ruiniert.

Die Frau, die er liebte, glaubte, er habe sie für schnelles Geld verraten. Es konnte gar nicht schlimmer werden.

„Wie bist du an diese Fotos gekommen?" Kyle stellte sich seinem Vater direkt vor das Gesicht. Er war einen Kopf größer als sein Vater, besonders jetzt, da Gary sich nicht mehr um seine Zuckererkrankung kümmerte und wegen seiner Gewichtszunahme gekrümmt war.

Gary starrte ihn an, dann lachte er. „Ich hätte wissen müssen, dass du dahinter kommst!" Er klopfte Kyle auf die Schulter, als wären sie beste Kumpel. „Ich muss schon sagen, mein Sohn, ich war ganz schön beeindruckt, dass du bei einer Prinzessin hast landen können. Hat sie eine Tiara getragen, als du sie gefickt hast?"

Erbost griff Kyle nach dem Kragen seines Vaters, während er wütend die Zähne zusammenbiss. „Wieviel hast du für diese Fotos bekommen?"

„Zwanzig Riesen, obwohl ich fünfzig haben wollte. Kniepige Arschlöcher."

„Wie hast du es gemacht?", forderte Kyle zu erfahren und schob Gary so kräftig von sich, dass er auf den zu üppigen Sessel fiel.

Einer der Hunde sprang auf seinen Schoß und winselte. „Hast du es nicht bemerkt? Ich habe einen Typen engagiert, dass er dir folgte, nachdem du in New York mit der Prinzessin gesehen worden bist. War mir schon klar, dass du deine Hose nicht anbehalten konntest, als du in ihr Land fuhrst, und ich hatte recht. Er hat die Aufnahmen gemacht und sie mir geschickt. Kinderspiel."

„Du hast also deinen einzigen Sohn für Geld verkauft. Weißt du, ich habe nie viel von dir erwartet, doch damit hast du einen völlig neuen Tiefpunkt erreicht. Selbst du."

Die nagelneue Klimaanlage im Fenster ratterte weiter und erfüllte den muffigen Trailer mit kühler Luft. „Und du bist hergekommen, um mir Vorwürfe zu machen? Soll ich jetzt weinen?"

„Du wirst nicht lange etwas von deinen Zwanzigtausend haben. Genieße es, so lange du kannst." Kyle schnappte sich die Fernbedienung aus der Hand seines Vaters, schaltete den Fernseher aus und schmiss sie dann auf den zerkratzten Beistelltisch. „Es ist vorbei, Dad.

Das Geld, das Spielen, die Trinkerei. Alles. Ich werde dir keinen Cent mehr dafür zahlen, dass du dein großes Maul hältst."

Gary blinzelte und lief noch roter an. Doch der Mann hatte zu lange gepokert, um seine Emotionen so leicht Überhand nehmen zu lassen. „Das hast du schon mal gesagt, und als ich dann das Interview angesagt habe, hast du einen Rückzieher gemacht. Warum sollte es diesmal anders ein?"

„Weil ich nichts mehr zu verlieren habe. Deinetwegen denkt die Frau, die ich liebe, dass ich sie verkauft habe. Meine Karriere ist wegen dieser Sache im Eimer. Was macht da schon ein weiterer Skandal, Dad? Was macht schon ein Interview mehr? An diesem Punkt ist mir das egal. Doch für dich ist das ganz übel. Denn so lange es für mich noch eine Rolle spielte, war es das, was dich davor bewahrte, deinen Goldesel zu verlieren."

Garys Fäuste drückten sich in die Armlehnen des Fernsehsessels. Er hatte Schweißperlen auf der Stirn, und der Hund auf seinem Schoß winselte noch lauter. „Halts Maul!", schrie er den Hund an, der daraufhin nur noch heftiger jaulte. „Das wirst du nicht tun. Du weißt, dass ich nicht arbeiten kann. Du wirfst mich auf die Straße? Nachdem ich mich um dich die ganze Kindheit über gekümmert habe?"

„Was verstehst du denn unter „kümmern"? Sich volllaufen lassen, während Mom darum kämpfen musste, die Rechnungen irgendwie zu begleichen? Außerdem bekommst du genug Sozialhilfe, um nicht hungern zu müssen. Mein Geld ist ja nur ein Extra. Und von heute an bekommst du davon keinen Cent mehr. Es ist vorbei."

Die beiden Männer starrten einander an, obwohl Kyle spürte, wie ihm eine riesige Last von der Schulter genommen wurde. Seinen Vater zur Rede zu stellen machte ihn überhaupt nicht mehr nervös. Viel zu lange schon hatte er sich Garys Launen gefallen lassen, nur um ihn ruhig zu stellen. Und jetzt? Da diese Last nicht mehr über seinem Haupt schwebte? Er war frei. Endlich frei.

Jedoch nicht glücklich. Er konnte niemals glücklich sein – nicht ohne Arabella. Er wusste das. Doch dies war zumindest ein Schritt in die richtige Richtung.

Gary stand ruckartig auf, scheuchte den Hund von seinem Schoß auf den Boden. „Du undankbarer Bastard!", grollte er. Der Hund lief ins Schlafzimmer davon. „Ich ziehe dich groß, gebe dir alles, mache dich zu dem, was du jetzt bist, und du schiebst mich einfach so ab? Das werde ich nicht zulassen!"

Kyle schnaubte. „Du hast keine verdammte Sache für mich getan, außer dass du gesoffen und das bisschen Geld, das wir hatten, auf den Kopf gehauen hast. Während ich mir den Arsch aufgerissen und es in die NFL geschafft habe, ohne deine Hilfe. Ich bin der Spieler, der ich heute bin, wegen *meiner* harten Arbeit, nicht deiner. Du hast in deinem gesamten Leben noch nicht einen Tag lang hart arbeiten müssen."

„Du weißt doch gar nichts. Du weißt nur das, was deine Mutter dir erzählt hat."

„Ich weiß, was ich *gesehen* habe. Ich weiß, was du ihr

angetan hast. Wie du sie verletzt hast. Und doch ist sie bei dir geblieben. Und bei Gott, ich konnte es nicht verhindern, und damit habe ich schon jeden verdammten Tag zu kämpfen.

Garys Gesicht war feuerrot, so sehr, dass Kyle schon fürchtete, er könnte einen Herzinfarkt haben. „Du weißt nicht wie es war. Und jetzt schiebst du mich ab. Ich kann es nicht fassen, dass mein Sohn so herzlos sein kann."

Kyle ließ es nicht zu, dass sein Vater ihm die Schuld zuschob. „Du kannst mir schon dankbar sein, dass ich dich nicht anzeige, denn das könnte ich, und ich würde gewinnen. Doch von jetzt an wirst du nicht mehr mit mir sprechen. Du wirst keinen Cent meines Geldes bekommen. Und meinetwegen kannst du in diesem Trailer verrotten. Wir sind durch."

Gary starrte ihn an, und Kyle meinte, er habe echte Tränen in seinen Augen entdeckt, was ein Beweis für ein tatsächlich schlagendes Herz gewesen wäre. Doch wenn es sie wirklich gegeben hatte, dann blinzelte er sie rasch weg und setzte sich wieder in seinen Fernsehsessel zurück, der Zorn versiegte. Gott, er sah so krank aus, so ausgemergelt, der Schatten des Mannes, der er einmal gewesen war.

„Warum stehst du noch da?", fragte Gary resigniert. „Geh schon. Ich bin müde." Er wollte nach der Fernbedienung greifen, doch sie war zu weit weg. und anstatt aufzustehen, lehnte er sich seufzend zurück.

Kyle nahm die Fernbedienung und reichte sie Gary, der sie ohne ein Wort nahm. Er schaltete den Fernseher ein. Kyle wusste, dass er entlassen war, und tief in seinem

227

Herzen, trotz allem, trotz der Tatsache, dass Kyle seine Mutter sehr geliebt und es gehasst hatte, wie sein Vater sie behandelte, machte es ihn traurig, dass er seinen Vater vielleicht nie wieder sehen würde.

Es war vorbei. Zu Ende. Das war es schon lange, und dies hier war nur der letzte Nagel am Sarg gewesen.

„Ich hoffe, du kannst glücklich sein, Dad", hörte Kyle sich sagen, während er die Haustür öffnete. Er meinte es so. Er hasste seinen Vater, doch ein kleiner Teil in ihm würde ihn immer lieben, Mitleid mit ihm haben.

„Und ich hoffe, du wirst in der Hölle schmoren." Sein Vater schniefte und fing an, hin- und herzuschalten.

Kyle betrat die Veranda und kam ins Sonnenlicht. Dann schloss er für immer die Tür hinter diesem Teil seines Lebens.

KAPITEL SIEBZEHN

„Louis!" Arabella sprang von ihrem Stuhl auf und warf sich ihrem Bruder an den Hals. Prinz Louis – groß, dunkelhaarig und gutaussehend – schloss sie ganz fest in seine Arme.

„Hey, Bella", sagte er in ihr Haar. „Wie geht es dir?"

Sie löste sich von ihm, um ihn sich anzusehen und sah, dass der Louis in ihren Armen müde und dünner aussah. Arabella war überrascht festzustellen, wie sehr sie ihren nichtsnutzigen Bruder vermisst hatte. Nach dem Skandal mit seiner verheirateten Geliebten hatte Louis Salasia für eine Weile verlassen, hauptsächlich, um etwas Gras über die Sache wachsen zu lassen, und damit Elisabetta sich über das Verhalten ihres ältesten Kindes beruhigen konnte.

„Es ist ja schon Monate her, seit ich dich das letzte Mal gesehen habe, Louis. Viel zu lange. Mir geht es den Umständen entsprechend. Magst du einen Tee mit mir trinken?" Sie bedeutete ihm, sich zu setzen.

Er grinste, während sie ihm Tee eingoss. „Wie ich sehe, bist du immer noch so korrekt wie eh und je. Ich dachte, du hättest jeden Sinn für Etikette abgelegt, als du mit deinem Amerikaner durchgebrannt bist!"

„Louis!" Zornesröte stieg in ihr auf. Natürlich war ihr klar, dass ihr Bruder von den Vorfällen wusste, doch dass er so offen darüber sprach? Sie blickte zu den Dienern in der Ecke, die versuchten, desinteressiert zu wirken, und dabei kläglich versagten.

Louis lachte über ihren beschämten Gesichtsausdruck. „Tut mir leid, ich hätte nichts sagen sollen. Doch ich bleibe dabei. Als ich die Nachrichten hörte, konnte ich es erst nicht glauben. Meine Schwester, die immer korrekte Arabella? Das musste ein Missverständnis sein. Doch dann sah ich die Fotos! Ich hätte tot umfallen können."

„Du bist albern." Mit einer abwehrenden Geste verdrehte sie die Augen. „Möchtest du jetzt Tee oder nicht?"

„Keinen Tee. Und übrigens waren das die besten Nachrichten, die ich seit langem gehört habe." Louis zwinkerte ihr zu.

Sie hielt inne, die Teetasse auf halbem Weg zu ihren Lippen. Über den Tassenrand sah sie ihren Bruder an und versuchte einzuschätzen, ob er scherzte oder nicht, doch sein Gesicht war so ernst wie zuvor. „Mit deiner Meinung stehst du ziemlich alleine da."

„Wundert dich das? Mutter hat mich hysterisch angerufen, sie hätte dich am liebsten in den Kerker gesperrt ..." Er unterbrach sich und lachte. Arabella verzog das Gesicht. Der Weinkeller war nun schon seit dreihundert Jahren ein eben solcher, doch sie nannten ihn ab und zu immer noch den Kerker. „Und sie war sich ganz sicher, dass das der Untergang für die ganze königliche Familie wäre." Er verstellte seine Stimme und äffte ihre Mutter nach. „Der sichere Untergang! Der sichere Untergang! Diese verflixte Familie hat mir das Herz gebrochen!" Louis lehnte sich zurück und blickte nach oben. „Wenn es irgend jemanden gibt, der sich so richtig in einen Skandal hineinsteigern kann, dann ist es Mutter."

Arabella nippte still an ihrem Tee. Sie hatte Frederics Rat befolgt und sich genauer angesehen, wer dieser andere „Mr. Young" wirklich war, doch bis jetzt hatte sie keine schlüssigen Hinweise entdeckt. Jedenfalls war ihr anfänglicher Ärger über Kyle mittlerweile fast vollkommen verblasst, und jetzt wünschte sie sich nur, die Dinge könnten anders stehen.

„Tut mir leid, dass Mutter dich in die ganze Sache verwickelt hat. Sie spricht immer noch nicht mit mir. Sie hat mich als etwas bezeichnet, das ich lieber nicht wiederholen möchte, und wir hatten ... einen Meinungsaustausch." Arabella dachte an jenen Tag zurück. „Ich sagte ihr, sie solle zum Teufel gehen. War nicht gerade einer meiner besten Momente."

Louis brach in schallendes Gelächter aus. „Hast du das wirklich getan? Jetzt bin ich um so mehr beeindruckt! Ich habe schon seit Jahren darauf gewartet, dass du Mutter das mal sagst. Ich bin froh, dass wenigstens einer von uns es geschafft hat!"

Sie gestand sich ein wenig Stolz zu, weil sie für sich eingestanden war, obwohl sie sich wünschte, das wäre nicht nötig gewesen.

„Ich habe auch von der Ansprache gehört, die du morgen halten wirst", meinte Louis.

Ach ja, das. Sie stellte ihre Teetasse ab. Nach Frederics Besuch hatte sie sich entschlossen, sich nicht länger vor dem Volk von Salasia zu verstecken, und ihren Skandal offen anzusprechen. „Ich dachte, es wäre das Beste, nicht länger so zu tun, als hätte ich etwas ernsthaft Falsches getan. Es war vielleicht nicht wirklich geschmackvoll, doch ich lasse mich nicht länger wie eine Kriminelle behandeln."

Louis lächelte reumütig. „Du hast nichts Falsches getan. Ich bin stolz auf dich, Bella. Du bist mutig, das kann ich von mir nicht behaupten. Ich hatte zu viel Angst, meiner Familie unter die Augen zu treten, du dagegen hast diesem Sturm meisterhaft die Stirn geboten." Er nahm ihre Hand und drückte sie.

Arabella musste die Tränen hinunterschlucken. Sie hatte sich in letzter Zeit so ausgeliefert gefühlt, so allein, abgesehen von Frederics Unterstützung aus der Ferne. Auch sie drückte seine Hand. „Ich weiß nicht, ob Kyle wirklich diese Fotos verkauft hat", sagte sie. „Ich dachte, er hätte es getan, doch jetzt habe ich mich etwas beruhigen können und die Dinge noch einmal genauer betrachtet ..." Sie schloss die Augen gegen den Schmerz, der ihre Brust erfüllte. „Ich möchte glauben, dass er unschuldig ist. Doch vor allem möchte ich, dass er unabhängig davon ein glückliches Leben führen kann."

„Ich habe ihn zwar nicht kennengelernt", sagte Louis und legte ihre Hände in seine, „doch wenn er es wert ist, dass du ihn liebst, dann muss er ein großartiger Mann sein. Außerdem, wenn einer von uns einen amerikanischen Liebhaber hat, wird Mutter das so aufregen, dass sie sich wahrscheinlich nie wieder davon erholt."

„Du bist schrecklich!", sagte sie und lachte mit ihm. Mit einem verschlagenen Blick fragte sie: „Warst du auch wirklich brav, als du weg warst? Komm schon, du kannst mir alles erzählen."

„Ich kann dir nicht alles erzählen, weil du meine kleine Schwester bist, aber ich kann dir erzählen, dass ich vielleicht jemanden kennengelernt habe. Und sie ist übrigens nicht verheiratet."

„Ach, du!" Sie warf ihm ein Kissen ins Gesicht, das er fing und gleich zu ihr zurückwarf, während die Diener besorgt dabei zusahen.

Am Tag der Ansprache war Arabella so nervös, dass sie dachte, sie kippe gleich um. Sich anzuziehen und sich die Haare machen zu lassen fühlte sich wie ein entfernter Traum an, und obwohl sie wusste, dass man mit ihr sprach, konnte sie kaum ein Wort davon verstehen.

Als sie, ihre Assistenten und Louis das Wohnzimmer betraten, in dem die königliche Familie Pressekonferenzen gab, kam Elisabetta aufgeregt aus einem Raum und berührte Arabellas Arm. „Ich wollte dir Glück wünschen", sagte ihre Mutter leise. „Ich bin mir sicher, du wirst das großartig machen."

Arabella starrte ihre Mutter nur an. Sie hatte keine Entschuldigung erwartet, doch das kam dem schon recht nahe. Sie nickte und murmelte ein schwaches Dankesschön, bevor sie weiterging. Elisabetta hielt sie nicht auf.

Jetzt, am Pult und mit einem Mikrofon im Gesicht, verspürte sie eine Ruhe, wie sie sie lange nicht empfunden hatte. *Ich schaffe das, ich schaffe das* ... dachte sie, während die Journalisten und Nachrichtensprecher sie erwartungsvoll ansahen.

„Ich danke Ihnen allen, dass Sie heute hergekommen sind", eröffnete sie und nickte der kleinen Gruppe von wartenden Kameraleuten und Reportern zu. „Ich bin mir sicher, dass Sie neugierig sind, weswegen ich diese Pressekonferenz nach so vielen Wochen Rückzug aus dem öffentlichen Leben einberufen habe."

Ein paar Leute kamen etwas näher. Arabella schluckte, ihr Hals war ganz trocken.

„Ich habe versucht, so ehrlich wie möglich zu leben, doch bei dieser Gelegenheit habe ich mich versteckt und mich geweigert, der Wahrheit ins Auge zu sehen. Wissen Sie, an jenem Abend bei dem Ball bin ich tatsächlich mit dem American Footballspieler Kyle Young davongerannt." Der ganze Raum atmete gleichzeitig tief ein. „Ich habe ihn darum gebeten, mich fortzubringen, weil ich das Gefühl hatte, dass mein Leben nicht mehr mir gehöre. Ich fühlte mich gefangen, entmündigt. Es war, als spielte es keine Rolle, was ich dachte oder tat, doch Kyle – Mr. Young – hat mir gezeigt, dass das nicht stimmt."

Zwischenzeitlich blitzten die Lichter auf, während sie sich auf die nächsten Zeilen vorbereitete.

„Mr. Young hat mir gezeigt, dass die Welt ehrlich sein kann, gut und gütig. Er hat mir gezeigt, dass ich solcher Dinge wert bin. Ja, ich habe mich in ihn verliebt. Und ich liebe ihn noch."

Sie hörte das Publikum nach Luft schnappen, doch sie machte weiter, mit Tränen in den Augen.

„Wir sind nun nicht mehr zusammen, und das ist meine Schuld. Denn, obwohl ich weiß, dass er mir nie einen Grund für Zweifel gegeben hat, habe ich es getan. Ich habe einen schrecklichen Fehler gemacht, einen, von dem ich bezweifle, dass er ihn mir vergeben kann. Und ich mache ihm keinen Vorwurf daraus. Doch ich möchte ihm danken. Er hat mein Leben verändert, zum besseren hin. Verzeihen Sie bitte jeglichen Schmerz, den ich diesem Land vielleicht bereitet habe, doch Sie sollen eins wissen: Diese Tage mit Kyle Young werde ich mein Leben lang nicht vergessen. Ich werde bis zu meinem letzten Atemzug von ihnen zehren."

Sie hielt inne und sah die Menge an. Viele Reporter hörten auf, sich Notizen zu machen und sahen sie erstaunt an. Manche hatten sogar Tränen in den Augen.

Arabellas Herz fühlte sich voll und friedvoll an. „Ich danke Ihnen allen, mögen Sie ihr eigenes Glück finden."

KAPITEL ACHTZEHN

„Noch einen!" Kyle reichte der Kellnerin sein Glas. Alec und Heath warfen ihm einen vielsagenden Blick zu, doch das war ihm egal. Wenn er sein Leid in einem melancholischen Alkoholnebel ertränken wollte, dann würde er das tun, und niemand konnte ihn aufhalten.

Allein in der letzten Woche hatte er die erforderlichen Schritte unternommen, um seinen Vater komplett loszuwerden, trotz Garys wiederholter wütender Anrufe, in denen er ihn anflehte, es nicht zu tun. Kyle hatte die Nummer seines Vaters gesperrt und sich an sein Versprechen gehalten: es war vorbei, und er machte weiter.

„Willst du nicht mal etwas langsamer machen, Mann?", fragte Alec, doch auf Kyles Blick hin hob er die Hände. „Hab ja nur gefragt."

„Du weißt schon, dass du sie nicht damit zurückbekommst, dass du dich in Alkohol suhlst, oder?", fragte Heath, doch Kyle zeigte ihm nur den Mittelfinger.

Doch Heath hatte recht. Das Trinken würde nicht ändern, was zwischen ihm und Arabella vorgefallen war. Die Sache war vorbei. Und das Wissen schmerzte am meisten. Er würde sie nicht wiedersehen, und sie würde bald eine blasse Erinnerung: die Frau, die er geliebt aber verloren hatte wegen der beschissenen Umstände, wegen der Gier seines Vaters und, ach ja – weil sie ihm nicht vertrauen konnte. Nicht mehr in ihm sehen konnte als eine Kanalratte, die von ihrer königlichen Herkunft profitieren wollte.

Die Kellnerin kam mit seinem Bier zurück, und Kyle haute es so weg, genoss die Kühle und den Rausch des Alkohols. Vielleicht, wenn er nur genug trank, könnte er seine Gedanken an Arabella in die Wüste schicken. Dann lachte er über sich selbst – er würde niemals aufhören, an sie zu denken, ganz egal wie viel er trank.

„Kyle", sagte Heath und achtete gar nicht auf Kyles unwirschen Blick, „Wir wissen, dass du gerade in keiner guten Verfassung bist, aber du kannst so nicht weitermachen. Du musst sie entweder gehen lassen oder dir etwas einfallen lassen, wie du sie zurückbekommst. Du kannst nicht weiter versuchen, nichts zu empfinden. Glaub mir, ich hab das bei Camille probiert. Hat nicht geklappt."

„Und jetzt seid ihr beide glücklich und zufrieden." Kyle wusste, dass er sich verbittert anhörte, doch das war ihm gleich. „Schade auch, dass sie nie von dir gedacht hat, du hättest sie verkauft."

„Hör zu", sagte Alec und beugte sich vor. „Wenn du meinst, dass sie die Richtige ist, dann kämpf um sie. Doch hier rumsitzen und in dein Bier heulen? Das ist nicht gut, Mann."

„Ach ja? Kämpfst du um die, die du willst, Alec?", schoss Kyle zurück. „Denn wir wissen beide, dass das nicht die Frau ist, mit der du verlobt bist."

Alec machte einen finsteren Blick. „Pass schön auf. Du sprichst von der Frau, die mein Kind bekommt."

„Richtig, und du hast nicht geleugnet, dass du sie nicht willst."

„Fick dich, Young." Alec schob seinen Stuhl zurück und ging davon.

Kyle schloss die Augen. „Scheiße", murmelte er. Er hatte etwas weit ausgeholt, weil er Alec aus dem Nacken haben wollte, und weil er an die letzte Frau dachte, bei der er Alec tatsächlich hatte lächeln sehen – das war nicht seine Verlobte Colleen gewesen – und das war Scheiße gewesen. Er sah Heath an, der seufzte. „Ich werde ihm mal nachgehen." Heath legte Kyle die Hand auf die Schulter. „Nur ... du musst dich zusammenreißen, Kyle. Ich möchte nicht dass es *beiden* meinen besten Freunden mies geht. *Du* kannst noch etwas daran ändern."

Jetzt fühlte er sich noch beschissener, was er kaum für möglich gehalten hatte. Kyle war auf bestem Wege so richtig betrunken zu werden, als er auf einen der vielen Fernseher in der Sportbar blickte. Sein Herz setzte aus. Das konnte nicht sein – doch, es war so. Arabella in den Nachrichten, das dunkle Haar in einem korrekten Knoten, sie trug einen schlichten Hosenanzug und gab eine Pressekonferenz.

Kyle war auf der Stelle nüchtern und ging an die Theke. „Wo ist die Fernbedienung für diesen Fernsehapparat?", schnauzte er den Barkeeper an.

Der Barkeeper reichte ihm eine klebrige Fernbedienung. „Da, Mann."

Kyle schnappte sie sich und drehte die Lautstärke bis hintenhin auf. Was dachte, fühlte, sagte sie da gerade? War sie glücklich? So elend wie er? Hatte sie sich mit Graf Dracula verlobt? Frederic oder wie auch immer der verdammte Name war?

„Es war, als spielte es keine Rolle, was ich dachte oder tat", sagte Arabella, „doch Kyle – Mr. Young – hat mir gezeigt, dass das nicht stimmt."

Dann lächelte sie in die Kamera, und es brach Kyle das Herz. Er liebte dieses Lächeln, selbst wenn es nicht ihr echtes Lächeln war: es war das, das sie aufsetzte, wenn sie der Welt zeigen wollte, dass es ihr gut ging, obwohl sie innerlich zerbrach. Das traurigste Lächeln, das er je gesehen hatte. Was hatte sie über Mr. Young gesagt? Bei ihren nächsten Worten musste er sich beinahe am Nachbarstuhl festhalten, um nicht umzukippen.

„Mr. Young hat mir gezeigt, dass die Welt ehrlich sein kann, gut und gütig", sagte Arabella. Sie blickte auf die Menge vor ihr. „Er hat mir gezeigt, dass ich solcher Dinge wert bin. Ja, ich habe mich in ihn verliebt. Und ich liebe ihn noch." Dann sprach sie darüber, dass sie einen Fehler gemacht habe. Dass sie Kyle nicht vertraut habe, und bezweifle, dass er ihr jemals verzeihen könne, dass sie bis zum Tag ihres Todes von dieser Erinnerung zehren werde.

Denn sie meinte, sie werden keine Gelegenheit mehr für weitere gemeinsame Erinnerungen haben.

Verdammt, nein.

Kyle hörte vages Freudengeschrei im Hintergrund.

Sie liebt mich immer noch, dachte er wie wild. *Sie liebt mich immer noch. Ich liebe sie immer noch. Sie liebt mich!*

Und dann stieß er selbst einen Freudenschrei aus.

„Haben Sie das gehört?" Die Leute in der Bar sahen ihn als wäre er verrückt, und der Barkeeper nahm ihm die Fernbedienung weg und machte die Lautstärke leiser. Wieder brüllte er: „Haben Sie das gehört?" Doch Heath und Alec waren ja jetzt weg, also packte Kyle irgendeinen Typen an den Schultern und schüttelte ihn. „Sie hat gesagt, dass sie mich liebt. Sie liebt *mich!* Sagen Sie mir, dass Sie das auch gehört haben."

„Kumpel, wir haben es gehört", sagte der Fremde grinsend. „Also, was machen Sie noch hier? Schnappen Sie sie sich!"

Kyles Herz schlug wie wild. Er schnappte sich seine Jacke, warf etwas Geld auf den Tisch für die Biere, und als er die Bar verließ, stieß er einen so lauten Freudenschrei aus, dass jeder auf der Straße es hörte.

* * *

Nach einem Neunstundenflug über den Atlantik erreichte Kyle am Abend Salasia, mit verquollenen Augen und todmüde von seinem Nachtflug. Er wusste nicht, wie er an Arabella herankommen sollte, sie finden sollte, sonst etwas. Sie hatte ihre Handynummer geändert, daher konnte er ihr nicht sagen, dass er käme. Doch auf dem ganzen Weg nach Europa hatte er sich an ihr Gesicht im Fernsehen erinnert, froh und zugleich traurig, ein Ausdruck, der voller Liebe und Ehrlichkeit war.

Während des gesamten Fluges hatte er sich ihre Ansprache wieder und wieder auf seinem Handy angesehen, ihre Worte und ihren Mut bewundert. Sie hatte es endlich getan – sie war vor dem gesamten Land aufgestanden und hatte der Welt gesagt, was sie für ihn empfand. Er, ein Mann aus niederen Verhältnissen, aus dem nichts hätte werden sollen, hatte sich die Liebe einer Prinzessin verdient.

Kyle fuhr in seinem Mietauto direkt zum königlichen Palast, während die Sonne bereits unterging. Er fuhr die lange, gewundene Straße entlang und hoffte wider besseres Wissen, man werde ihn einlassen, und dann würde er ... was? Mit ihr sprechen? Sich entschuldigen? Hoffen, dass sie nun nicht zu Frederic zurückgekehrt war?

Am Haupttor wurde er von zwei Wachen aufgehalten. „Ihr Name und der Zweck Ihres Besuchs?", fragte der Wachtmann auf seiner Linken. Er sah besonders mürrisch aus und betrachtete skeptisch Kyles Auto. Der andere wirkte neugieriger, sagte aber nichts.

Kyle wusste nicht, was er sagen sollte. Sollte er ihnen die Wahrheit sagen? Da weiteten sich die Augen des Wachmanns auf der rechten Seite. „Meine Güte, das ist er!

Der Mann, mit dem die Prinzessin beim Ball weggelaufen ist!" Er zeigte mit dem Finger auf Kyle, als hätte er gerade festgestellt, dass er neben einem Massenmörder steht.

Die Augen des mürrischen Wächters verengten sich. „Du hast recht. Das ist er." Er wandte sich Kyle zu und fragte: „Warum sind Sie hier, Mr. Young? Wollen Sie noch mehr Ärger anrichten?"

Kyle zeigte den beiden mit charmantem Lächeln seinen Ausweis. „Keinen Ärger, Gentlemen. Ich möchte nur mit Ara – ich meine, mit der Prinzessin sprechen. Könnten Sie sie bitte wissen lassen, dass ich da bin?"

Die Wachen lachten. „Einfach so, was? Sie kommt heraus, und Sie beide unterhalten sich nett. Ich denke, eher nicht."

Kyle seufzte. „Hört zu, Jungs, ich muss mit ihr sprechen. Es ist dringend."

„Ja, das ist das Abendessen, das zu Hause auf mich wartet, auch", sagte der griesgrämige Wachmann. „Steigen Sie aus, Mr. Young, Sie befinden sich auf einem Privatgrundstück."

Kyle schaltete den Motor ab und stieg langsam aus. Er wurde schnell gegen das Auto gedrückt, und der mürrische Wächter tastete ihn ab. Als er protestierte, forderte der Wachmann ihn auf, den Mund zu halten.

Ich muss mit ihr sprechen, dachte er fortwährend. *Ich kann es nicht so enden lassen.*

„Sie haben kein Recht, mich so zu behandeln", sagte Kyle und wirbelte herum. „Ich bin ein US-Bürger, und ich weiß, dass viele Besucher diese Straße nutzen. Sie haben kein Recht, mich festzunehmen."

„Ach, wirklich? Das werden wir ja sehen." Der Wachmann zog Handschellen hervor, und obwohl der nettere Wächter protestierte, legte er sie Kyle um und wollte ihn schon in ihr Wachhaus bringen.

Vergeblich kämpfte Kyle dagegen an. Er war allein gegen zwei. Doch gerade, als die Tür des Wachhauses geschlossen wurde, hörten alle eine Stimme, und das war der Himmel in Kyles Ohren.

„Lasst ihn los!"

KAPITEL NEUNZEHN

Oben in ihrem Zimmer blickte Arabella von dem Buch auf, das sie zu lesen versuchte, als sie Schreie und Kämpfen im Hof hörte. Der Palast war normalerweise so ruhig, dass ein Rufen so selten war, wie das Lächeln ihrer Mutter. Sie eilte ans Fenster und warf einen Blick hinab, wo sie sah, was am Haupttor vor sich ging.

Sie blinzelte, dann rang sie nach Atem. Kyle? War das Kyle dort, und die Wachen nahmen ihn fest? Sie stürmte aus ihrem Zimmer, an Royce vorbei, der ihr sofort die Stufen hinab folgte und durch die Eingangshalle, bis sie draußen auf dem Hof waren.

„Lasst ihn los!", rief sie.

Die Wachmänner erstarrten. Auch Kyle erstarrte, und während sie sich dem Trio näherte, ließen seine Augen – diese sinnlichen blauen Augen – nicht von den ihren ab. Ihr Herz klopfte. *Er ist hier. Warum ist er hier?*

„Warum verhaften Sie diesen Mann?" Sie ging durch das Tor, direkt auf die Wachen zu. Sie hatten Kyle

Handschellen angelegt, und Wut durchströmte Arabella.

„Dieser Mann hat nichts Falsches getan."

„Eure Hoheit", sagte einer der Wachmänner. „Er hat versucht, in den Palast einzudringen. Er war nicht bereit, zu kooperieren mit–"

„Natürlich nicht, wenn Ihr ihn wie einen Verbrecher behandelt! Lasst ihn auf der Stelle frei!"

„Eure Hoheit, ist das auch wirklich klug?", fragte Royce leise hinter ihr.

Sie wirbelte zu ihrem Bodyguard herum und piekste ihm mit ihrem Finger in die Brust. „Du weißt so gut wie ich, dass Kyle keine Bedrohung ist. Und jetzt hältst du entweder den Mund, oder ich werde dich auch festnehmen lassen."

Royce warf ihr einen stillen, eisigen Blick zu. Als sie sich wieder umdrehte, starrten die Wachen sie mit offenen Mündern an, während Kyle wie der klugscheißerische Amerikaner, der er nun einmal war, grinste. Dieses Grinsen hatte sie so sehr vermisst. Doch als die Wachen sich weigerten, ihn freizulassen, ging sie um sie herum und suchte nach den Schlüsseln, um Kyles Handschellen zu öffnen.

„Eure Hoheit, lassen Sie mich das tun. Bitte." Der zweite Wachmann fummelte nach den Schlüsseln, steckte sie ins Schloss, und die Handschellen öffneten sich.

Kyle schüttelte sie ab und warf den Wachmännern einen bösen Blick zu. Dann wandte er sich Arabella zu.

„Herzogin", sagte er und verbeugte sich leicht vor ihr. „Jetzt sehen wir uns wieder."

Da stand er, aus Fleisch und Blut, wie am ersten Tag, an dem sie ihn getroffen hatte. Sie war damals von ihm hingerissen und war jetzt von ihm hingerissen. „Ihr zwei", sagte sie zu den Wächtern, „macht euch wieder an die Arbeit. Und du gehst zurück in den Palast. Wenn ich dich brauche, werde ich dich rufen", sagte sie zu Royce. Mit stolzgeschwellter Brust und gehobenem Kinn setzte sie sich endlich gegen ihre Untergebenen durch. Welchen Vorteil hatte es sonst, eine Prinzessin zu sein, wenn sie nicht sie herumkommandieren konnte, sondern immer nur selbst herumkommandiert wurde?

Royce grummelte, ging aber dann doch endlich zum Palast. Dann wirbelte sie zu Kyle herum, nahm sein Handgelenk und führte ihn in einen der privaten Gärten des Palasts. Sie bat Kyle auf einer Bank Platz zu nehmen und musste lächeln, als er sie anlachte. „So herrisch, wie eh und je, Herzogin? Schön zu wissen, dass manche Dinge sich nie ändern."

„Ich bin nicht herrisch", erwiderte sie geziert und nahm seine Hand. „Ich nehme nur die Dinge in die Hand."

Wieder lachte er und fügte hinzu: „Das hör ich gerne", mit seiner verführerischsten Stimme.

Als sie so beisammen auf der Bank saßen, betrachtete sie ihn. Er hatte ein wenig abgenommen, sogar noch mehr als das letzte Mal, dass sie ihn gesehen hatte, doch er sah immer noch genauso gut aus wie immer. Auf seinen Wangen waren Bartstoppel zu sehen, und seine sonst so klaren blauen Augen waren ein wenig blutunterlaufen. War er gerade erst in Salasia angekommen? Warum war er überhaupt hier? Konnte es sein, dass er ihre Ansprache gehört hatte? Liebte er sie und war bereit ihr zu verzeihen, dass sie an ihm gezweifelt hatte?

Sie schwiegen, betrachteten einander, jeden Zug, nahmen einander begierig auf. Sie hätte sich ihm an den Hals werfen können, ihn aufnehmen, jegliche Vorsicht in den Wind schreiben können.

Ruhig fragte Kyle: „Stimmte es?"

Arabellas Brust zog sich zusammen. Er musste gar nicht sagen, wovon er sprach – sie wusste genau, was er meinte.

Ich liebe ihn immer noch. Hallten die Worte in ihrem Kopf wider. Doch jetzt? Ihre Zunge war gebunden. Wagte sie es, ihm diese Worte zu sagen, nachdem so viel zwischen ihnen beiden vorgefallen war?

Kyle nahm ihre Hand, führte sie an seine Lippen und küsste ihre Finger. Zarteste Elektrostöße fuhren durch ihre Finger und in ihre Brust. Gott, wie sie diese Lippen vermisst hatte. Da erkannte sie die Wahrheit: Sie musste nichts fürchten, bloß ihre eigenen Unsicherheiten. Doch sie wollte ihn es sagen hören. „Stimmte was?", fragte sie.

„Dass du mich geliebt hast. Dass du mich noch liebst." Seine Augen waren dunkelblau, beschwörend. Er hielt ihre Hand in seiner, und sie sagte lange Zeit nichts, denn nur so konnte sie ihre Wärme spüren.

„Kyle Young, der perfekte Footballspieler auf dem Spielfeld, und so wenig in Form? Nicht gerade aufmerksam."

„Nein, ich bin sehr aufmerksam." Er lächelte, und sein

charmantes Lächeln brachte sie völlig vom Kurs.

„Dann wüsstest du, dass ich dich liebe. Natürlich tue ich das. Ich habe mich in dem Moment, in dem ich dir begegnet bin, in dich verliebt. Ich habe dich sogar geliebt, bevor ich dich kennengelernt habe. Und ich liebe dich jetzt." Sie schluckte und streichelte mit ihren Fingern über seine. „Ich liebe dich, Kyle Young."

Er zog sie in seine Arme und küsste sie wieder und wieder, voller Hitze und Leidenschaft und Liebe, so sehr, dass es ihr sogar egal war, ob sie jemand sehen konnte. Sie wusste nur, dass sie dahinschmolz, ihre Knochen aus Wachs. Immer wieder flüsterte er ihren Namen an ihren Mund, und sie konnte ein Lächeln bei ihrem Kuss nicht zurückhalten.

„Gott, Arabella", stöhnte er. „Du hast mir so gefehlt. Ich liebe dich so sehr. Es ist mir egal, ob du eine Prinzessin bist oder die Königin des Universums oder das Aschenputtel, das den Kamin ausfegt. Ich liebe dich, und ich möchte mit dir zusammen sein.

„Obwohl ich an dir gezweifelt habe?"

„Trotzdem. Denn du hast deinen Fehler selbst erkannt. Und weil, wenn wir frei sind – *endlich* frei, miteinander zusammen zu sein, das zu sein, was wir *wirklich* miteinander sind – dann wirst du nie wieder Grund haben, an mir zu zweifeln."

Weil sie kurz davor stand, loszuweinen und nie wieder aufzuhören, warf sie sich ihm an den Hals und küsste ihn überschwänglich. Sie lachten einander an, küssend und unter Tränen, zerzausten einander, und es war herrlich, Arabella war so glücklich, dass sie nicht wusste, wie sie so viel Glück ertragen sollte. Sie hatte so lange von diesem Moment geträumt, doch sie hatte nie gedacht, er würde wirklich wahr werden.

Und jetzt war er eingetreten, und es war kein Traum. Es war so echt, wie etwas nur echt sein konnte.

Kyle hob sie hoch und wirbelte sie im Garten umher. Sie lachte laut auf und hielt sich an seinen Schultern fest, und obwohl ihr ein wenig schwindlig war, konnte sie nicht aufhören, ihn zu küssen. Wären sie nicht draußen gewesen, hätte sie ihn nackt ausgezogen und ihn direkt auf der Bank genommen, die Splitter konnten sie mal.

„Ich muss dir das erklären ...", sagte er, während sie sich auf der Bank eng aneinander schmiegten und die Dämmerung am Himmel betrachteten, „das mit den Fotos."

Arabella legte ihm einen Finger auf die Lippen. „Das ist völlig gleich. Jetzt sind wir zusammen. Das ist alles vergangen."

Er küsste ihre Finger, und sie beobachtete seine schönen Lippen. „Ich weiß. Doch du sollst wissen, dass es mein Vater war. Er hat uns jemanden auf die Fersen geschickt, und der Typ, den er angeheuert hat, hat die Fotos gemacht. Mein Vater hat sich das Geld eingesackt. Er war schon immer schwierig." Als er Arabellas Ausdruck sah, fügte er rasch hinzu: „Ich habe mich nun für immer von ihm gelöst. Er wird uns so nicht mehr zusetzen, das verspreche ich."

Meine Güte.

Sie konnte sich nicht vorstellen, dass ihre Eltern sie so verkaufen würden. Schon, ihre Mutter war schwierig, aber so etwas? Das war mies. Kyle musste von dem Betrug seines Vaters schwer verletzt sein. Sie kuschelte sich enger an ihn. „Es tut mir leid, dass es dein eigener Vater war. Und es tut mir so leid, dass ich dir zu allem Überfluss auch noch misstraut habe. Bist du dir sicher, dass du mir verzeihen kannst? Denn–"

„Herzogin, das ist jetzt Schnee von gestern. Lass uns einfach nach vorne schauen, okay?" Er küsste ihre Stirn. „Nach vorne in eine gemeinsame Zukunft."

„Gemeinsam", wiederholte sie.

Die Sonne verschwand nun vollkommen, und die Lichter des Palastes glitzerten um sie herum. Obwohl es ein eiskalter Abend war, dachte Arabella nicht daran, in ihre Gemächer zurückzukehren.

Einen Moment lang schweifte Kyles Blick in die Ferne, gedankenverloren.

„Was ist?", fragte Arabella.

„Was ist mit dem Grafen?"

Sie blinzelte ihm zu. „Frederic? Was soll mit ihm sein?"

„Ich dachte, ihr zwei ständet kurz vor der Verlobung. Was ist daraus geworden?"

Erleichtert lachte sie. „Nichts. Er hat mir gesagt, er wolle keine Frau heiraten, die einen anderen liebt. Er ist ein guter Mann, Kyle. Ich hoffe, er findet sein eigenes Glück."

„So lange das nichts mit dir zu tun hat, klar." Sie

lachte, und er grummelte ein wenig. „Lachst du mich aus, Herzogin?"

„Ja, weil du albern bist."

Dafür beugte er sich hinab, küsste sie erneut und nahm sie in seine Arme. Sie hatte sich nie so geliebt gefühlt, so umsorgt, während sie so an Kyles starkem, athletischem Körper geschmiegt war. Rasch erhitzte sich die Situation, Hände griffen in die Haare, Arme waren um Körper gewickelt. Sie küssten sich als gäbe es kein Morgen. Sie erbebte und krallte sich an seinem Hemd fest. Wie sie es vermisst hatte, ihn zu berühren, ihn zu schmecken, mit ihm zu schlafen. Alles.

„Ich liebe dich, Herzogin." Kyle löste sich ein wenig, um ihr in die Augen zu sehen.

Sie lächelte durch ihre Tränen. „Und ich liebe dich, Kyle. Für immer und ewig."

KAPITEL ZWANZIG

Kyle zog im Spiegel seine Krawatte zurecht, dann verdrehte er die Augen. Seit wann lag ihm etwas daran, dass er gut im Anzug aussah?

Seit dem Tag, an dem du für Arabella nach Salasia gekommen bist stimmte sein Kopf hilfreich ein. Er schüttelte den Kopf, wollte seine Krawatte richten. Er weigerte sich, sich von einem Diener beim Anziehen helfen zu lassen, also mussten sie ihn so nehmen, wie er war: einen ungeschliffenen American Footballspieler. Der zufällig ihre Prinzessin liebte – und mit ihr verlobt war.

Nachdem er und Arabella einander ihre Gefühle im Garten gestanden hatten, hatte sie ihren Eltern die Dinge erklärt, während Kyle irgendwo im Palast in der Bibliothek gewartet hatte. Royce hatte vor der Tür gestanden, angeblich, um für seine Sicherheit zu sorgen, doch wahrscheinlich eher, um Kyle von etwas Dummem abzuhalten.

Stunden später war Arabella in jener Nacht wieder

aufgetaucht, erschöpft aber triumphierend. Sie hatte ihren Eltern erklärt, dass sie Kyle Young liebte und ihn nicht aufgeben würde. Dann war das Ultimatum gekommen: entweder sie würden sie beide als Paar akzeptieren, oder sie würde auf ihren Titel verzichten und sie würden sie nie wieder sehen. Elisabetta war empört gewesen, doch Philippe hatte ihr ruhig zugehört.

Als Elisabetta beinahe durchgedreht wäre, hatte ihr Ehemann erklärt, dass sie ihre Tochter nicht verlieren wollten, nur weil sie sich wie ein Snob verhielt. Arabellas Mutter war auf der Stelle still, und Philippe hatte seine Tochter in die Arme genommen. „Ich freue mich für dich, mein Liebling", hatte er gesagt. „Bring ihn am Morgen unbedingt zum Frühstück."

An jenem Abend war Kyles Respekt dem König gegenüber um ein Zehnfaches gewachsen, und er war das restliche Wochenende über im Palast geblieben – nicht in Arabellas Zimmer, trotz seiner Bemühungen – bevor er nach Hause hatte zurückkehren müssen. Er hatte die Footballsaison zu Ende gebracht und die Bootleggers beim Super Bowl in den Sieg geführt. Der Coach hatte ihm alles vergeben, weil er das entscheidende Touchdown für sie erzielt hatte, und zum ersten Mal sah Kyle, dass sein stoischer Coach echte Tränen vergoss.

Im März war Kyle dann nach Salasia und zu seiner Arabella zurückgekehrt. Die ganze Zeit über, in der sie getrennt gewesen waren, hatten sie den Kontakt aufrecht erhalten, und Kyle hatte ihr gezeigt, was man mit Sexting und erotischen Facetimetelefonaten Schönes anstellen konnte. Doch als sie dann endlich allein waren, zogen sie einander aus und liebten sich bis spät in die Nacht, überglücklich, endlich wieder zusammen zu sein.

Jetzt war Mai, und heute Abend sollte ihr Verlobungsball stattfinden. Kyle hatte Arabella um ihre Hand gebeten, als er im März wiedergekommen war, doch den Ball zu organisieren hatte so lange gedauert. Er hatte keine große Feier gewollt, doch Arabella wollte das für ihre Familie und für das Land, so dass er widerwillig zugestimmt hatte. Das würde ihm außerdem die Gelegenheit geben, sie wieder in einem Abendkleid zu sehen. Er grinste bei dem Gedanken daran, ihr das später am Abend ausziehen zu können.

Eine Stunde später traf er Arabella an ihrer Schlafzimmertür, und er konnte sich selbst kaum zurückhalten, sie nicht aus ihrem hautengen Abendkleid zu schälen. Sie trug ein dunkelpurpurfarbenes Kleid, ganz aus Seide und Riemchen und mit offenem Rücken, ihr dunkles Haar ergoss sich über ihre Schultern, in ihren Ohren funkelten Diamanten. Sie lächelte ihn an, als er ihren Arm nahm und sie zur Treppe geleitete, die sie zum Ballsaal führte.

„Du siehst umwerfend aus, Herzogin", raunte er in ihr Ohr. „Aber eigentlich siehst du ja immer toll aus."

Sie lachte. „Und du bist ein gutaussehender Teufel, der sich heute Abend benehmen sollte."

„Oh, ich werde mich schon benehmen, Liebling.

Glaub mir, ich habe vor, am Schluss meine Belohnung abzuholen."

Arabella lachte und zwickte ihn leicht.

Nachdem sie die Stufen zu dem glitzernden Ballsaal hinabgegangen waren, stellten sie sich zu ihrer Familie und Kyles Footballfamilie – Heath, Camille, deren Tochter Emma und Alec – als sie ihre Verlobung bekanntgaben. „Wir sind glücklich, Kyle Young in unserer Familie willkommen zu heißen", verkündete König Philippe der Menge, die Ernsthaftigkeit war seiner Stimme anzuhören. „Mögen sie als Paar alles Glück haben und äußerst fruchtbar sein."

Heath hüstelte in seine Faust, und Camille stupste ihn mit ihrem Ellbogen an. Kyle versuchte, einen Lacher zu unterdrücken und versagte. Fruchtbar, oh ja. Arabella warf ihm einen wütenden Blick zu, doch trotz ihrer Versuche deutete sich ein Lächeln auf ihrem Gesicht aus.

Kyle geleitete sie dann zum Eröffnungstanz auf die Tanzfläche. Sie strahlte, ihr Lächeln war breit und elegant, ihre Wangen gerötet und ihre grünen Augen funkelten. Niemand im Saal konnte seinen Blick von ihr abwenden, am wenigsten Kyle. Seine Hand rutschte vielleicht mehr als einmal auf ihre nackte Haut, doch das war jetzt in Ordnung, denn diese Frau würde seine Frau werden.

Während sie so die Nacht durchtanzten, unterbrach ihr Bruder Louis sie einmal, um mit seiner Schwester zu tanzen. Kyle mochte Arabellas Tunichtgut von einem Bruder am meisten von ihrer Familie, und er hatte dem Prinzen auch schon einen Rat in Sachen Liebe gegeben.

Louis schien sich nun eher mit seiner Rolle als Erbe abzufinden, traf sich sogar mit einer standesgemäßen Frau und war sehr bemüht, jedem Skandal aus dem Weg zu gehen. Was ihm nicht immer gelang – ungeachtet seiner Ausschweifungen in angetrunkenem Zustand – doch das Bild des Enfant terrible, von dem viele in Salasia gedacht hatten, er würde es nie loswerden, hatte er abgelegt.

Da nicht Arabella die Erbin war, hatte sie größere Freiheiten, nach Salasia zu kommen und zu gehen. Sie hatte mit ihren Eltern ausgehandelt, dass sie einen Teil des Jahres bei Kyle in Georgia lebte und den Rest des Jahres in Salasia. Sie wollte für ihren Mann da sein, wenn er spielte, hatte sie ihnen gesagt, und Kyles Brust schwellte sich vor Stolz, weil sie jetzt so selbstbewusst auftrat. Sie würde sich auch um Wohltätigkeitsangelegenheiten kümmern, während sie im Ausland war, und würde auch weiter als Sängerin proben und auftreten.

Später am Abend wurde die Tanzfläche geräumt. Arabella wurde von ihrem Bruder angekündigt und betrat die Bühne, um ein traditionelles salasisches Lied zu singen. Sie war seit ein paar Jahren nicht mehr in ihrem Land aufgetreten, und jeder sah ihr mit angehaltenem Atem zu. Bei ihrer Stimme, verführerisch, kräftig und überschäumend vor Freude, traten mehr als einem der Anwesenden Tränen in die Augen. Kyle seinerseits hätte nicht stolzer sein können. Wenn man bedachte, dass diese selbstbewusste junge Frau einmal das Mädchen gewesen war, das für ein bisschen Freiheit in New York City davongelaufen war! Jetzt war sie eine Frau, die wusste, wer sie war und was sie wollte.

Die letzten Töne von Arabellas Lied verklangen, und die Menge brach in Applaus aus. Sie lächelte und verbeugte sich und schüttelte den Kopf, als das Publikum eine Zugabe wollte. „Sie müssen wieder tanzen!", erwiderte Arabella, ganz eingeschüchtert von der Begeisterung. Bald schon vergaß die Menge den Wunsch nach einer Zugabe und begann wieder zu tanzen, der Champagner floss weiter reichlich im Saal.

„Herzlichen Glückwunsch, Kumpel", Heath packte Kyles Schulter. „Ich bin froh, dass dir klargeworden ist, was du willst."

Kyle betrachtete Arabella auf der anderen Seite des Saals. „Ich wusste immer schon, was ich wollte." Er stellte sein Glas auf den Tisch, ging zu ihr und sagte, wobei er sie sanft am Ellbogen berührte: „Entschuldigen Sie uns, meine Damen und Herren. Ich müsste kurz mit meiner Verlobten sprechen."

Trotz ihres Protests führte er sie aus dem Ballsaal. In den Monaten, die er hier verbracht hatte, hatte er nun eine gute Vorstellung vom Grundriss des Palasts, und er ging die Flure und Abzweigungen entlang, ohne sich noch zu verlaufen. Er öffnete die Tür zur Bibliothek, schloss sie hinter sich und seufzte erleichtert, da niemand hier drin war.

„Was soll das, Kyle? Wir können nicht einfach von unserem eigenen Verlobungsball verschwinden!", Arabella krümmte eine Augenbraue.

Mit einem breiten Grinsen wandte er sich ihr zu.

„Natürlich können wir das. Das ist *unser* verdammter Ball."

„Achte ein wenig auf deine Sprache, sonst muss ich dir deinen schmutzigen Mund waschen."

„So lange du dafür deine Zunge benutzt, bin ich dabei."

Sie verdrehte die Augen, lachte jedoch herzhaft. „Du bist unmöglich!"

Er konnte nicht anders, er musste sie an sich ziehen und sie küssen, saugte den Champagnergeschmack von ihrer Zunge. Sie schnappte nach Luft und erzitterte bei seiner Berührung, und er konnte es kaum abwarten, sie später aus diesem Kleid zu bekommen.

„Wofür war das?", fragte sie einen Augenblick später.

„Du sahst so schön aus, ich konnte mich einfach nicht beherrschen."

Sie steckte ihre Finger in seine Haare. „Du Charmeur."

„Da hast du recht. Das bin ich." Er küsste sie wieder. „Doch nur für dich, Herzogin. Nur für dich."

„Und ich will es auch kein bisschen anders", erwiderte sie, bevor sie sich streckte, um ihn noch einmal zu küssen.

—Ende—

Ich danke Ihnen, dass *Blaues Blut und tiefe Passé* gelesen

haben. Wenn es Ihnen Freude bereitet hat, Zeit mit meinen Charakteren zu verbringen, dann lesen Sie unbedingt auch Heaths Geschichte (*Gelbe Karte für die Liebe*), Alecs Geschichte (Tief im Innern**) und meine anderen erotischen und modernen Romanzen!

**erscheint in Kürz

BÜCHER VON VIRNA DEPAUL

HART WIE STAHL-REIHE
Band 1: Harte Zeiten für Schwere Jungs
Band 2: Harte Fälle für Toughe Anwälte
Band 3: Harte Entscheidungen, Sanfte Liebe
Band 4: Harte Jungs - Zwischen Hammer und Amboss
Band 5: Harte Schale, Weicher Kern**

DIE SERIE, ROCK'N'ROLL CANDY
Die Rock'n'Roll Candy Serie handelt von einer Gruppe von Freunden, Schauspieler Bad-Boys und sexy Rock Stars Anfang 20, die jeweils der Frau ihrer Träume begegnen.

Band 1: Sexy wie Rock'n'Roll
Band 2: Stark wie Rock'n'Roll
Band 3: Süß wie Rock'n'Roll
Band 4: Crazy wie Rock'n'Roll
Band 5: Wild wie Rock'n'Roll**
Band 6: Frei wie Rock'n'Roll**

DIE SERIE ‚MIT DEN JUNGGESELLEN IM BETT'
UMFASST

Band 1: Mit dem falschen Bruder im Bett (Rhys)
Band 2: Mit dem schlimmen Zwilling im Bett (Max)
Band 3: Mit dem Milliardär im Bett (Jamie)
Band 4:Mit dem besten Freund im Bett (Ryan)
Band 5: Mit dem Biker von nebenan im Bett (Cole)
Band 6: Mit dem Bodyguard im Bett (Luke)
Band 7: Mit dem Trauzeugen im Bett (Gabe)
Band 8: Mit dem Chef im Bett (Eric)**

DIE SERIE, HEIMKEHR NACH GREEN VALLEY

Band 1: Wozu Liebe in der Lage ist
Band 2: Wohin die Liebe führt
Band 3: Ich will Dich lieben
Band 4: Das Beste meiner Liebe
Band 4.5: Denn du liebst mich

Verrückt nach dem verkehrten Kerl

Einem Werwolfkämpfer verfallen

**erscheint in Kürz

ÜBER DIE AUTORIN

Virna DePaul ist eine *New York Times* Bestsellerautorin und steht auch auf der Bestselling-Liste von *USA Today* für erregende, spannungsvolle Erzählliteratur. Ob es um Vampire, eine Spezialeinheit für paranormale Phänomene, heiße Polizisten oder umwerfende identische Zwillingsbrüder geht, ihre fiktiven Geschichten handeln immer von komplexen Individuen, die gewillt sind, auch die unglaublichsten Schwierigkeiten zu überwinden, um der Liebe den Weg zu bahnen.

Um weitere Informationen zu erhalten und den kostenlosen Newsletter zu abonnieren, besuchen Sie mich bitte auf:www.virnadepaul.com

Website: www.virnadepaul.com
Facebook: www.facebook.com/booksthatrock
Twitter: twitter.com/virnadepaul